PROCÈS-VERBAL

DE LA COMMISSION INTERMÉDIAIRE

DE

L'ASSEMBLÉE PROVINCIALE

DE HAUTE-NORMANDIE

1787-1790

PROCÈS-VERBAL

DE LA COMMISSION INTERMÉDIAIRE DE

L'ASSEMBLÉE PROVINCIALE

DE HAUTE-NORMANDIE
1787-1790

(ANALYSE ET EXTRAITS)

THÈSE COMPLÉMENTAIRE POUR LE DOCTORAT

Présentée à la Faculté des Lettres de l'Université de Paris.

PAR

ERNEST LEBÈGUE

Ancien élève de l'École Normale Supérieure,
Agrégé d'Histoire.

PARIS

FÉLIX ALCAN, ÉDITEUR

LIBRAIRIES FÉLIX ALCAN ET GUILLAUMIN RÉUNIES

108, BOULEVARD SAINT-GERMAIN, 108

1910

INTRODUCTION

Le procès-verbal de la Commission intermédiaire de l'Assemblée provinciale de Haute-Normandie, que nous publions plus loin, est conservé aux Archives de la Seine-Inférieure sous la cote C 2113. C'est un registre grand in-folio, formé de la réunion de six cahiers, d'une écriture très serrée, comprenant ensemble 166 feuillets. Le premier de ces cahiers va du 24 août au 15 novembre 1787, date à laquelle les séances de la Commission furent suspendues ; le deuxième, du 27 décembre 1787 au 16 octobre 1788 ; le troisième, du 23 octobre 1788 au 19 février 1789 ; le quatrième, du 26 février au 6 août 1789 ; le cinquième, du 13 août 1789 au 20 mars 1790 ; le sixième et dernier, du 24 mars au 19 juillet 1790, date de la dernière séance. Ils furent rédigés successivement par MM. Bayeux (jusqu'au 25 juillet 1788), Dupuis (du 31 juillet au 17 novembre 1788) et Niel (du 20 novembre 1788 au 19 février 1789, par intérim, puis, du 26 février 1789 au 19 juillet 1790, avec le titre de secrétaire provincial). Leur signature figure au bas du procès-verbal de chaque séance, à la suite des membres présents.

Le compte rendu des séances est purement analytique. Jamais il ne mentionne l'avis de tel ou tel membre ni les discussions qui ont pu s'élever. Il se

a

borne à énumérer les objets traités par la Commission : simple énoncé du contenu des lettres envoyées par le contrôleur général, les départements ou les municipalités ; résumé plus détaillé de la réponse à faire (les passages les plus importants sont parfois transcrits en style indirect) ; examen de requêtes en modération d'impôt ; envoi de mandats aux adjudicataires. Assez rarement la Commission rédige des Instructions ou des Règlements et prend des Arrêtés.

Les dimensions du procès-verbal nous interdisaient de le reproduire intégralement. D'ailleurs, beaucoup de détails n'eussent présenté qu'un faible intérêt : envoi et renvoi de pièces de comptabilité, renseignements sur le nombre de toises cubes de caillou à fournir pour l'exécution de tel ou tel chemin, plaintes au sujet de la conduite de tel cantonnier, etc. Nous avons donc réduit au strict nécessaire la place faite aux affaires d'intérêt purement local, à moins qu'elles ne contiennent des renseignements d'ordre économique ou politique (ateliers de charité de Rouen, demandes de secours provoquées par le chômage ou la disette, émeutes). Nous avons préféré mettre en lumière les rapports de la Commission avec les départements et avec le pouvoir central. En règle générale, nous nous sommes contenté d'une analyse que nous avons cherché à rendre aussi fidèle que possible. Lorsque le texte mérite d'être reproduit, nous le citons entre guillemets.

Nous n'avons pas jugé utile de respecter l'orthographe originale. On trouvera donc *blé* au lieu de : *bled*, *adressée* au lieu de : *addressée* ; Darnétal, au lieu de Dernetal, Pont-Audemer, au lieu de Ponteaudemer, etc.

Le commentaire paraîtra peut-être un peu copieux ; mais la nature même des sujets exigeait de nombreux éclaircissements, tant il reste de points obscurs dans le détail de l'administration provinciale[1]. Pour éviter les répétitions ou les renvois, nous avons réservé les notes au bas des pages pour les faits d'ordre particulier. Nous avons jugé préférable de condenser dans une *Notice* tout ce qu'il est nécessaire de savoir sur les attributions et le fonctionnement de la Commission intermédiaire de Haute-Normandie.

---

1. Les deux ouvrages de M. de Luçay : *Des assemblées provinciales sous Louis XVI*, 1857, Bibl. nat., Lf 95/11, 2ᵉ édition 1871, et de M. de Lavergne, *Les assemblées provinciales sous Louis XVI*, 1864, 8° Lk 15/2. 2ᵉ édition 1879, n'ont qu'un caractère général. Le second laisse même de côté les Commissions intermédiaires. On consultera avec fruit l'ouvrage un peu ancien de M. de Girardot : *Essai sur les Assemblées provinciales et en particulier celle du Berry*, 1778-1790, 1845, 8° Lf 95/7, bien qu'il s'occupe d'une assemblée antérieure à la réforme de 1787 ; l'opuscule de M. Grand-maison : *La Commission intermédiaire de Touraine*, Revue de législation française et étrangère 1872. Tirage à part Lk 15/57, et l'ouvrage, le plus complet qui ait paru sur la matière, de H. Fromont : *Essai sur l'administration de l'assemblée provinciale de la Généralité d'Orléans*, 1787-1790, 1907, in-8°. Nous n'en avons eu connaissance que tardivement. Enfin, on nous permettra de renvoyer aux chapitres IV et V de notre *Thouret*.

BIBLIOGRAPHIE

Un travail d'ensemble sur l'œuvre de la Commission demanderait le dépouillement de plus de cent registres ou liasses rien que dans les Archives de la Seine-Inférieure (Série C 2109 à 2214, 2952 à 2968). Nous nous bornerons à indiquer ceux que nous avons utilisés de préférence.

I. — DOCUMENTS MANUSCRITS

1° ARCHIVES DÉPARTEMENTALES DE LA SEINE-INFÉRIEURE

C. 2117 et 2118. Registre de Correspondance de la Commission intermédiaire [Abrév : *Reg. corr.*]

Il forme deux tomes. Le premier va du 30 septembre 1787 au 7 décembre 1789, le second du 8 décembre 1789 à la fin de la session. Il contient la copie des lettres envoyées tantôt par « les députés composant la Commission intermédiaire provinciale », tantôt par les procureurs-syndics ou simplement l'un d'eux. Nous y avons eu fréquemment recours, surtout en ce qui concerne les relations avec le Contrôleur Général, les difficultés d'ordre administratif ou financier, le conflit avec les cours souveraines, la disette et les émeutes. Il a l'avantage de rendre le Procès-verbal plus intelligible et plus vivant.

C. 2137, 2138, 2140, 2147, 2150, 2154 2156, 2158, 2170, 2185 : Procès-verbaux des assemblées de département de la Généralité. [Abrév : *Procès-verbal ass. dép.*]

Ces assemblées eurent deux sessions, en octobre 1787 et en octobre 1788. La seconde est seule intéressante, parce qu'elle permet de juger des résultats du nouveau régime administratif, après un an d'existence.

2° ARCHIVES NATIONALES

La série H (administration provinciale) contient quelques car-
tons concernant en partie la Généralité de Rouen. Ce sont :

1587, 1588 : Arrêts du Conseil rendus à la demande du Contrôleur Général (autorisation d'impositions locales).

1589 : Participation des assemblées provinciales aux travaux
des routes (un dossier intitulé : Rouen, travaux des routes).

1593 : Assemblées provinciales et assemblées d'arrondissement. Tenue et projets de règlement.

1595 (imprimé, in-4°) Edits, déclarations du Roi, arrêts du
Conseil. Proclamations et lettres patentes du roi sur des décrets
de l'Assemblée Nationale.

1596 : Remplacement des bureaux des finances par les Commissions intermédiaires. Enregistrement par les Cours souveraines de l'Edit créant les Assemblées provinciales.

1598 : Demandes des personnes qui désirent faire partie des
Assemblées provinciales ; secrétaires-greffiers.

1603 : Calepin d'enregistrement pour le départ des lettres (du
24 septembre 1787 au 29 octobre 1790 ; indique le nom du des-
tinataire, la date de l'envoi, et, très sommairement, le sujet de
la lettre),

1605 : Edits et règlements concernant les assemblées provinciales et les commissions intermédiaires.

1606 et 1608. Registre des affaires particulières, mémoires,
questions diverses. (Simple répertoire. Le premier tome s'arrête
au 31 décembre 1788).

1607 : Registre des renvois (va du 12 avril au 31 décembre 1788).

1609 : Affaires diverses : impression des procès-verbaux, remboursement des avances des syndics : presbytères, etc.

1610 : Minutes des circulaires relatives aux assemblées provinciales (du 30 septembre 1787 au 22 janvier 1789).

1611 : Affaires diverses ; frais d'administration.

II. — DOCUMENTS IMPRIMÉS

*Procès-verbal des séances de l'Assemblée provinciale de la
Généralité de Rouen, tenue aux Cordeliers de cette ville, aux
mois de novembre et de décembre 1787.* Rouen, Seyer 1787, 4°
Bibl. Nat. Lk¹ˢ/41. L'original, manuscrit, est aux Archives de la
Seine-Inférieure, C. 2111 ; le volume imprimé C. 2112. [Abrév. :
procès-verbal ass. prov.].

Rapport des travaux de la Commission intermédiaire de Haute-Normandie, depuis le 20 décembre 1787 jusqu'au 20 juillet 1790. Rouen, Oursel, 1790, 4° Lk¹⁵/44. [Abrév. *Rapp. C. I.*]

Recueil général des anciennes lois françaises, par MM. Jourdan, Decrusy et Isambert 1822-1823 (tome XXVIII, 1786-1789) [Abrév. : Isambert].

Collection générale des décrets rendus par l'Assemblée Nationale, acceptés ou sanctionnés par le Roi, Baudouin 8° (tomes 1 et 2) [abrév. : *Coll. décrets*].

NOTICE

I

LA COMMISSION INTERMÉDIAIRE DE HAUTE-NORMANDIE.
SES ATTRIBUTIONS ADMINISTRATIVES

LA GÉNÉRALITÉ DE ROUEN. *Limites*. — La Généralité de Rouen s'étendait le long de la Manche, depuis le bourg d'Ault jusqu'à l'embouchure de la Dives. Du côté de la terre, ses limites, très capricieuses, englobaient le département de la Seine-Inférieure, les deux tiers de celui de l'Eure, et empiétaient quelque peu sur le Calvados, la Somme, l'Oise et la Seine-et-Oise. Elle confinait aux quatre Généralités de Caen, d'Alençon, de Paris et d'Amiens[1]. Le chiffre de sa population, vu l'absence de tout dénombrement officiel, ne pouvait être évalué que par approximation. Le procédé le plus usité consistait à relever le nombre des naissances pendant dix années, et à multiplier la moyenne obtenue par un coefficient déterminé, variable, suivant les auteurs, de 24 à 29. Necker[2] trouvait ainsi 740 700 personnes[3], M. Messance, ancien secrétaire de l'intendant la Michodière, 718 113, M. des Pomelles[4] 732 419, l'abbé Le Coq[5] 732 204.

1. Nous indiquons comme étant le plus exact le tracé donné par Jailliot dans sa grande carte du *Gouvernement général de Normandie divisé en ses 3 Généralités et 32 Elections*, 1719 (Arch. nat. NN 21/20). Cf Brion : *Coup d'œil général sur la France*, 1765, pl. 24 (Bibl. nat. Lk 14/15). Les Arch. dép. à Rouen possèdent sous la cote C 921 un plan manuscrit de 2ᵐ × 2ᵐ,13, datant de 1772, intitulé : *Carte de la Généralité de Rouen où sont indiquées toutes les paroisses*, etc. Suivant M. de Beaurepaire, il serait l'œuvre de M. Dubois, ingénieur en chef. Sous le numéro 2745 est un portefeuille contenant les cartes des 14 Élections de la Généralité, ayant appartenu à M. Paris de Tréfonds, receveur général des finances.

2. *De l'administration des finances de la France* (1784), tome I, chap. xi.

3. *Nouvelles recherches sur la population de la France* (Lyon, 1788).

4. *Tableau de la population de toutes les provinces de France* (1789).

5. *Dictionnaire topographique de la Généralité de Rouen* (1787), cité par

Subdivisions. — La Généralité était subdivisée en 14 élections comprenant chacune un nombre variable de villes, bourgs et « communautés » rurales. Elle était administrée par un intendant ayant au-dessous de lui dans chaque élection un ou plusieurs subdélégués [1], dans chaque paroisse un syndic [2]. Les assemblées de paroisse, rarement convoquées, ne jouaient qu'un rôle insignifiant. Seules les villes et quelques bourgs possédaient une municipalité plus ou moins oligarchique.

L'édit de juin 1787. — L'édit de juin 1787 bouleversa cette organisation [3]. Il créait au chef-lieu de chaque Généralité (dans les pays d'élection) une assemblée dite provinciale, dans chaque élection une assemblée départementale, dans chaque paroisse une assemblée municipale. Les « départements » [4] comprirent chacun une ou plusieurs élections. Ainsi la Généralité de Rouen fut divisée en 10 départements : Rouen, Pont-Audemer, Pont-l'Evêque ; Caudebec [5] ; Montivilliers [6] ; Arques [7] ; Eu [8] et Neufchâtel ; Lyons [9], Gisors [10], Chaumont [11], Magny [12] ; Andely et Pont-de-l'Arche [13] ; Evreux. Chaque département serait formé de

de Beaurepaire dans ses *Recherches sur la population de la Généralité et du diocèse de Rouen en 1789* (Mémoires de la Société des Antiquaires de Normandie, 1871). Des « états de population » pour cette même Généralité existent aux Arch. nat. (D IV *bis* 46).

1. Vingt et un dans toute l'étendue de la Généralité, non compris le subdélégué général et un adjoint résidant auprès de l'intendant. (*Almanach de Normandie*, 1787.)

2. Il ne faut pas confondre ces syndics paroissiaux, subordonnés de l'intendant, avec les syndics municipaux, élus par l'assemblée paroissia'e depuis l'édit de juin 1787. Les premiers subsistèrent assez longtemps, au moins en Normandie, à côté des seconds.

3. *Edit du Roi portant création d'Assemblées provinciales*, juin 1787, Arch. nat. K 2430 et (imprimé) H 1495.

4. Ce terme n'était pas nouveau dans la langue administrative. Plusieurs provinces formaient le département d'un secrétaire d'Etat, une Généralité le département d'un intendant. Les circonscriptions des Eaux et Forêts, celles de la Maréchaussée s'appelaient aussi de ce nom. Cf Expilly : « Les départements de Rouen, Caen, Alençon forment les trois Généralités de cette province ». (*Dictionnaire...* V, 236.)

5. Caudebec, ch.-l. de c., arr. d'Yvetot.

6. Montivilliers, ch.-l. de c., arr. du Havre.

7. Arques-la-Bataille, c. d'Offranville, arr. de Dieppe.

8. Eu, ch.-l. de c., arr. de Dieppe.

9. Lyons-la-Forêt, ch.-l. de c., arr. des Andelys.

10. Gisors, ch.-l. de c., arr. des Andelys.

11. Chaumont-en-Vexin, ch.-l. de c., arr. de Beauvais.

12. Magny-en-Vexin, ch.-l. de c., arr. de Mantes.

13. Pont-de-l'Arche, ch.-l. de c., arr. de Louviers.

5, 6 ou 7 « arrondissements », simples circonscriptions électorales.

Les municipalités. — Les paroisses rurales étaient dotées
d'Assemblées municipales, comprenant, outre le seigneur de la
paroisse et le curé, membres de droit, 3, 6 ou 9 membres élus
par la communauté, plus un syndic municipal chargé de l'exécution des volontés de l'Assemblée.

Les trois degrés d'Assemblées. — Les innovations fondamen-
tales sont les suivantes : trois sortes d'Assemblées superposées
ont hérité en partie des attributions de l'intendant. Les deux
premières sont composées en proportion égale de membres des
o rdres privilégiés et du Tiers-Etat. Elles comprennent non pas
des propriétaires, comme l'avait demandé Turgot, mais des cen-
sitaires. Elles dérivent les unes des autres, c'est-à-dire qu'il
faut avoir été membre d'une Assemblée municipale pour être
éligible à l'Assemblée de département, membre d'une Assemblée
de département pour être éligible à l'Assemblée provinciale.
Toutefois il est à remarquer que seules les municipalités furent
réellement élues ; les Assemblées provinciales et départementales
ne devaient être élues .qu'en 1791, et encore pour le premier
quart sortant. Provisoirement elles seraient ainsi formées :
le roi nommerait la première moitié des membres et ceux-ci
l'autre moitié. Aucun règlement n'énonce pour ceux-ci des conditions de fortune, mais il est à présumer qu'elles furent d'un
grand poids dans le choix des intendants ou de leurs subdélégués.
    Enfin ces Assemblées sont subordonnées les unes aux autres.
La même hiérarchie qui existe entre les agents du pouvoir central existait entre ces Assemblées, véritables « administrations
collectives », dont l'espèce a disparu depuis l'an VIII.

*Compétence des Assemblées provinciales et de leurs commis-
sions.* — Leurs attributions étaient ainsi définies :
    « Lesdites Assemblées provinciales seront par elles-mêmes,
ou par les Assemblées ou commissions qui leur seront subordonnées, chargées, sous notre autorité et celle de notre Conseil,
de la répartition et assiette de toutes les impositions foncières
et personnelles, tant de celles dont le produit doit être porté en
notre Trésor royal, que de celles qui ont ou auront lieu pour
chemins, ouvrages publics, indemnités, encouragements, réparations d'églises et de presbytères, et autres dépenses quelconques propres auxdites provinces, ou aux districts et communautés qui en dépendent. Voulons que lesdites dépenses, soit
qu'elles soient communes auxdites provinces, soit qu'elles soient

particulières à quelques districts ou communautés, soient, suivant leur nature, délibérées ou suivies, approuvées ou surveillées par lesdites Assemblées provinciales, ou par les Assemblées ou commissions qui leur seront subordonnées, leur attribuant, sous notre autorité et surveillance, ainsi qu'il sera par nous déterminé, tous les pouvoirs et facultés à ce nécessaires [1]. »

Règlements constitutifs. — Le règlement du 5 août 1787 n'allait pas tarder à préciser ce que l'édit de juin indiquait d'une façon encore vague [2]. Encore n'avait-il qu'un caractère provisoire. « Ce n'est qu'après deux Assemblées que Sa Majesté se propose d'y mettre la dernière main ». Les instructions du mois de novembre de la même année modifièrent sur certains points le règlement du 5 août [3]. Des arrêts du Conseil, de simples décisions ministérielles publiées sous forme de circulaires augmentèrent peu à peu les attributions des Assemblées ou de leurs commissions pendant ce qu'on pourrait appeler la période normale de leur existence, c'est-à-dire jusqu'au mois d'août 1789. En outre, certaines dispositions restèrent lettre morte, parce que leur exécution semblait difficile ou impossible. Ainsi le Directeur Général des finances, Necker, ayant décidé par une circulaire du 4 novembre 1788 [4], que les collecteurs des tailles seraient tenus de faire la collecte des autres impositions, écrit le 25 du même mois que cette mesure ne recevra pas cette année d'exécution dans les trois Généralités de Normandie. On s'exposerait à de graves erreurs, pensons-nous, en attribuant un caractère général et permanent aux actes du pouvoir concernant les nouvelles Assemblées. On ne se tromperait pas moins en affirmant que dans la Généralité de Rouen on s'est conformé à telle lettre du Ministre, à tel arrêt du Conseil, parce qu'ils ont été portés à la connaissance des intéressés. La lecture des procès-verbaux ne laisse aucun doute à cet égard.

Les rouages essentiels de la nouvelle administration, étaient, pour chaque Généralité, la Commission intermédiaire et les Bureaux qui leur étaient subordonnés dans chaque département. La première était une délégation de l'Assemblée provinciale qui restait en fonctions pendant l'intervalle des sessions et veillait à l'exécution de ses arrêtés ; les Bureaux jouaient le même rôle par rapport aux Assemblées de département. Ainsi la Commission intermédiaire de Haute-Normandie, entrée en activité le

1. Édit de juin 1789, art. 2.
2. Arch. nat., H 1595.
3. Arch. nat., H 1593.
4. Arch. nat., H 1603.

24 août 1787, à la suite de la courte session préliminaire de l'assemblée provinciale (18-22 août), tint des séances régulières jusqu'au 15 novembre pour les reprendre après la clôture de la session proprement dite, le 27 décembre, et, comme l'assemblée ne fut plus jamais convoquée, c'est la Commission intermédiaire qui seule délibéra et administra jusqu'au jour de sa disparition (27 juillet 1790).

Les membres de la Commission intermédiaire. — La Commission était élective; mais le gouvernement, qui avait un intérêt évident à ce qu'elle fût bien composée, s'employa, sans que l'on sache exactement de quelle manière, à « diriger » les choix.

« La Commission intermédiaire, était-il dit dans une circulaire imprimée, doit fixer l'attention de l'assemblée. Cette commission doit être en tout temps et surtout dans ce premier moment, composée de gens sages, intelligents et zélés pour le bien public [1] ». Aussitôt qu'elle fut au complet, l'Assemblée de Rouen procéda à l'élection de sa Commission. Elle nomma, le 20 août:

pour l'ordre du Clergé : l'abbé de Goyon ;
pour l'ordre de la Noblesse : M. Couvert de Coulons ;
pour l'ordre du Tiers-Etat: MM. le Couteulx de Canteleu et Gueudry.

Les semaines qui suivirent furent très utilement employées. La Commission s'occupa de rassembler et de dégrossir les matériaux qui devaient servir aux travaux de l'Assemblée provinciale, en ce qui concerne les contributions, les routes, la mendicité, l'agriculture, le commerce, l'industrie, à entrer en rapport avec les nouvelles Assemblées départementales. C'est dans le procès-verbal de cette Assemblée qu'il faut chercher la trace de son activité. Au cours même de ses séances, l'Assemblée provinciale émit le vœu que le nombre des membres de la Commission intermédiaire fût doublé, sous réserve de l'approbation du roi.

Furent élus le 13 décembre :
pour le Clergé : l'abbé de Saint-Gervais ;
pour la Noblesse : le marquis de Conflans ;
pour le Tiers : MM. Dambourney et de Fontenay.

Il faut y joindre les deux procureurs-syndics élus au mois d'août, le marquis d'Herbouville et Thouret. Le président de l'Assemblée provinciale, le cardinal de la Rochefoucauld était de droit président de la Commission intermédiaire.

On le voit : les trois ordres étaient représentés suivant la proportion adoptée pour l'Assemblée provinciale. Les membres de

1. *Observations sur la tenue des premières Assemblées provinciales* (Arch. nat., H 1595).

la Commission avaient été choisis ou pour leur mérite personnel, on en raison du rang qu'ils occupaient.

Le président, cardinal de la Rochefoucauld, archevêque de Rouen, porteur d'un grand nom, était très populaire par sa bienfaisance. Très avancé en âge (il avait 75 ans), il ne présida que rarement [1].

M. de Saint-Gervais, doyen du chapitre de la cathédrale de Rouen [2] et M. de Goyon, abbé de Saint-Victor [3], étaient tous deux ses vicaires généraux. Le président Couvert de Coulons [4] représentait la noblesse de robe, et le marquis de Conflans [5] la noblesse d'épée. Le premier, gêné sans doute par sa qualité de parlementaire, ne parut qu'à de rares intervalles. Le second, propriétaire de la terre du Vaudreuil, près de Louviers, était un gentilhomme agriculteur, à la façon du duc de Liancourt. Dambourney, son collègue, l'appellera « un de ces généreux seigneurs, qui, après avoir passé leurs plus belles années à cueillir des lauriers dans le champ de Mars, viennent, pour la prospérité de leurs vassaux, employer les dernières à moissonner paisiblement dans celui de Cérès [6] » Passionné pour l'élevage du mouton, il était encore intéressé dans les fonderies de cuivre de Romilly. C'est lui qui présidait les séances de la Commission en l'absence du cardinal. Il mourut au cours de la session.

Les représentants du Tiers Etat appartenaient tous quatre à la ville de Rouen.

1. Dominique de La Rochefoucauld, né en 1712 à Saint-Chély-d'Apcher (diocèse de Mende), archevêque d'Albi 1747, de Rouen 1759, installé 1760, abbé commendataire de Cluny 1757 et de Fécamp 1778, cardinal 1778, député du clergé du bailliage de Rouen aux Etats Généraux 1789, président de la chambre du clergé, mort en émigration à Munster en Westphalie le 23 septembre 1800. Cf. abbé Loth : *Histoire du cardinal de La Rochefoucauld et du diocèse de Rouen pendant la Révolution.* Evreux 1893, in-8° (Bibl. nat., Ln 27/42.011).

2. Jacques-Frédéric-Auguste Carré de Saint-Gervais, vicaire général, doyen du chapitre, seigneur ecclésiastique de Saint-Vaast, émigré à Munster, reprit après le Concordat son titre et ses fonctions, mort en 1803, âgé de quatre-vingts ans (d'après Loth, *op. citato*, 630. Il figure cependant de 1803 à 1809 dans l'Almanach impérial comme vicaire général).

3. Louis de Goyon, grand archidiacre, vicaire général, abbé de Saint-Victor en Caux, s'exila en Angleterre, revint à Rouen, mort au château de Maulévrier dans les premières années du xix° siècle (Loth, *ibid.*, p. 483).

4. Président à mortier à la Grand Chambre du Parlement depuis 1779.

5. Lieutenant général des armées du Roi, depuis 1781, mort à Paris le 26 février 1789 (cf. une courte notice nécrologique dans le *Journal de Normandie* du 11 mars 1789).

6. *Procès-verbal ass. prov.*, p. 151.

Dambourney [1], négociant, était connu par ses expériences sur la culture de la garance.

Gueudry [2], procureur à la Chambre des comptes, apportait à la Commission le concours de ses connaissances toutes spéciales en matière de finances. Il fut l'un des plus assidus, et sans doute l'un des plus écoutés.

De Fontenay, aîné [3], appartenait à une famille de négociants. C'était un grand industriel. Propriétaire, ainsi que son frère, d'une importante filature de laine à Louviers, il avait acheté la manufacture de velours fondée près de Rouen par l'anglais Holker.

Le Couteulx de Canteleu [4] était probablement l'homme le plus riche de Rouen. Sa famille, originaire du pays de Caux, s'était fixée dans cette ville au début du xvie siècle. Elle comprenait plusieurs branches : de Caumont, de la Noraye, de Canteleu, du Molay, de Verclives. Deux d'entre elles dirigeaient de grosses maisons de commerce à Paris et à Cadix. Le père de Le Couteulx, bourgeois anobli, était devenu premier président de la chambre des Comptes de Normandie. Lui-même premier échevin, signera le Mémoire pour le doublement du Tiers (1788) ; il votera avec la noblesse aux élections du bailliage de Rouen.

Le doublement de la Commission intermédiaire ne fut pas inutile pour la bonne expédition des affaires, car MM. Couvert de Coulons et Le Couteulx furent peu assidus. En outre, des vides se produisirent en 1789 : M. de Conflans mourut et ne fut pas remplacé. Le cardinal, Thouret, MM. de Fontenay et Le Couteulx, élus députés aux Etats Généraux ne reparurent plus. Dans

---

1. Dambourney (Louis-Alexandre), 1722-1795, négociant, intendant du Jardin Botanique, secrétaire perpétuel de la Société d'agriculture, fit paraître un *Recueil de procédés et d'expériences sur les teintures solides que nos végétaux indigènes communiquent aux lainages et aux laines,* 1786, in-4°. Supplément 1788.

2. Gueudry, procureur en la Chambre des comptes. Depuis, membre de l'Assemblée administrative de la Seine-Inférieure (1790), membre du Conseil général de la Seine-Inférieure (1800).

3. De Fontenay l'aîné (Pierre-Nicolas), 1743-1806, ancien échevin et ancien juge-consul, député du Tiers Etat de la ville de Rouen aux Etats Généraux (1789), membre du Comité d'agriculture et de commerce de la Constituante, maire de Rouen (déc. 1791), président de l'Administration départementale (déc. 1792), emprisonné, délivré après Thermidor, maire de Rouen après Brumaire an VIII, sénateur, an XII.

4. Le Couteulx de Canteleu (Jean-Barthélemy), né à Rouen en 1749, écuyer, seigneur de Canteleu, premier échevin de la ville de Rouen, député du Tiers Etat de cette ville aux Etats Généraux, membre du Conseil des Anciens 1795, sénateur 24 décembre 1799, régent de la Banque de France, comte de Fresnelles 1808, pair de France 1814, comte-pair héréditaire 1817, mort a Farceaux (Eure), 18 septembre 1818.

les derniers mois, la Commission se réduisait à Gueudry, un ou deux abbés et d'Herbouville.

Les procureurs-syndics. — Le premier rôle dans la Commission intermédiaire appartenait incontestablement aux Procureurs-Syndics. « Ils devront être choisis résidant habituellement dans la province, et n'ayant aucun service et emploi qui pensent les distraire de leurs occupations [1]. » C'étaient les fondés de pouvoirs de l'Assemblée ou de la Commission. Ils étaient autorisés « à présenter toutes requêtes, à former toutes demandes, introduire toutes instances par devant les juges qui en doivent connaître et même intervenir dans toutes les affaires générales ou particulières qui pourront intéresser les provinces ou districts, et les poursuivre au nom desdites Assemblées, après toutefois qu'ils y auront été autorisés par elles ou par les commissions intermédiaires [1]. Le règlement du 5 août, puis les instructions du 19 novembre 1787, précisent leurs fonctions dans l'Assemblée provinciale. Nous n'avons pas à nous en occuper ici. Ces mêmes instructions semblaient avoir pris à tâche de les rapetisser. Ainsi, dans la Commission intermédiaire, leurs deux voix ne comptaient que pour une seule ; si leurs opinions étaient contraires, leurs voix se détruisaient. « Ils ne pourront, était-il dit encore, intervenir dans aucune affaire sans une délibération de l'Assemblée ou de la Commission intermédiaire, et n'agiront d'ailleurs sur aucun objet relatif à l'administration de la province que de concert avec la Commission intermédiaire... » En dépit de ces précautions, les Procureurs-Syndics furent plus que des chargés d'affaires. Les vrais chefs de la Commission intermédiaire de Haute-Normandie seront Thouret et d'Herbouville.

Thouret [2] était un avocat au Parlement de Rouen, très en vue, et même célèbre dans la province par ses succès au barreau. Esprit net et méthodique, intelligence souple, rompu aux discussions d'affaires, très instruit, il était tout désigné pour remplir une place où il devait justifier la haute opinion qu'on avait de ses talents. Ambitieux, il s'y était laissé porter sans résistance et avait su se procurer les appuis efficaces. L'intendant, de son côté l'avait expressément recommandé par un article laudatif

---

1. Edit de juin, art. 3.

2. THOURET (Jacques-Guillaume), né à Pont-l'Evêque le 30 avril 1746, avocat au bailliage de cette ville 1765, au Conseil supérieur de Rouen 1772, puis au Parlement de Normandie 1775. Procureur-syndic de l'Assemblée provinciale 1787, et avocat-pensionnaire de la ville de Rouen. Député du Tiers Etat aux Etats Généraux, membre du Comité de Constitution. Juge et président au Tribunal de Cassation 1791, emprisonné 25 brumaire an II, condamné à mort par le Tribunal révolutionnaire et décapité 3 floréal an II (22 avril 1794). Sur ce personnage, voir Lebègue, *Thouret*.

paru dans le *Journal de Normandie*. Elu à l'unanimité des voix, moins la sienne, c'est lui qui rédigea le magistral rapport qui fut lu à l'Assemblée provinciale. Il fut l'âme de la session. Dans la Commission, son activité ne se ralentira pas un instant. Présent à toutes les séances, il ne s'absentera qu'au moment des élections. Sa dernière signature est du 25 avril 1789; il vient d'être élu député aux Etats Généraux par le Tiers Etat du bailliage de Rouen.

Le marquis d'Herbouville [1], âgé de trente et un ans, seigneur d'une terre aux environs de Rouen, officier général de cavalerie, appartenait à la noblesse d'épée. Dans ses fonctions, il fut sans doute éclipsé par Thouret, mais il se forma en tout cas par la pratique des affaires; après le départ de son collègue, il resta seul à supporter une charge devenue écrasante.

Séances de la Commission. — Les séances de la Commission se tenaient, en principe, le jeudi de chaque semaine, dans un local loué au couvent des Cordeliers [2], mais, dès 1788, il devint nécessaire de multiplier les séances; elles furent de deux et parfois même de trois par semaine. Les Procureurs-Syndics apportaient les lettres reçues de Versailles ou des départements, et dont ils avaient déjà pris connaissance. La Commission délibérait, et arrêtait le texte de la réponse, signée de tous les membres présents; seules les lettres d'affaires étaient signées des procureurs-syndics, souvent même de l'un d'eux. On expédiait également les mandats à payer aux adjudicataires sur les fonds mis à la disposition de la Commission, comme ceux de l'imposition en rachat de corvée. On lisait les requêtes en décharge ou modération, et on statuait sur leur contenu. On adressait à l'intendant les rôles d'imposition, visés par la Commission, afin qu'il les rendît exécutoires, et on les renvoyait aux bureaux.

Le procès-verbal de chaque séance, qui ne donne que le résultat des délibérations, et ne reproduit jamais les débats, était rédigé par le secrétaire-greffier qui signait après tous les membres. Cette place fut occupée d'abord par M. Bayeux, avocat

---

1. Charles-Joseph-Fortuné, marquis D'HERBOUVILLE, né à Paris en 1756, seigneur de Saint-Jean-du-Cardonnay et de Saint-Pierre-le-Vieux, mestre de camp de cavalerie, premier enseigne des gendarmes de la garde du Roi ; procureur général-syndic de l'Assemblée provinciale (1787-1790), commandant de la garde nationale 1789, commissaire du Roi pour la formation du département de la Seine-Inférieure (mars 1790), maire de Rouen (février), président de l'Assemblée administrative de la Seine-Inférieure (juillet), emprisonné du 6 brumaire au 25 fructidor an II (d'après Clérembray, *La Terreur à Rouen*, p. 239), préfet des Deux-Nèthes (1800), du Rhône (1806), démissionnaire (1810), pair de France, lieutenant général (1814), directeur général des postes (octobre 1815 à novembre 1816).

2. Aujourd'hui rue Nationale.

et bel esprit[1]. Plusieurs lettres de lui, conservées aux Archives nationales, témoignent de l'envie irrésistible qu'il avait de l'obtenir, et de l'ardeur extrême qu'il mit à se faire recommander[2]. Il réussit. Mais le Collège des avocats, estimant que les fonctions de greffier dérogeaient à l'honneur de la profession, voulut l'obliger à démissionner, sous peine de radiation. Il fallut que M. de Lamoignon, le garde des sceaux, intervînt auprès du premier président pour calmer leur amour-propre offensé[3]. C'est sans doute pour cette raison que l'Assemblée provinciale fit disparaître le titre de greffier pour lui substituer celui, plus beau, de secrétaire provincial, que le gouvernement adopta. M. Bayeux quitta ses fonctions pour entrer dans les bureaux du Contrôle général (1788). Il fut alors remplacé à titre provisoire par M. Dupuis et plus tard, à titre définitif, par M. Niel[4], chef de bureau.

Les membres de la Commission exerçaient leurs fonctions gratuitement[5]. Il n'en était pas de même des procureurs-syndics et du secrétaire provincial. Par un arrêté du 18 décembre 1787 l'Assemblée avait fixé le traitement des deux premiers à 6.000 L. chacun, « moins comme un prix attaché à leurs travaux, que comme une première marque de la reconnaissance publique ». Le chiffre parut un peu fort au ministère, qui unifia

1. Georges-Mathieu-Nicolas-Denis BAYEUX, avocat au Parlement, membre de l'Académie royale des sciences, arts et belles-lettres de Rouen, correspondant de l'Académie des inscriptions et belles-lettres ; secrétaire provincial, puis premier commis des Finances au département des dépêches (1788), chargé d'examiner les demandes en rétablissement d'anciens Etats provinciaux, élu procureur général-syndic du Calvados, massacré à Caen le 6 septembre 1792.

2. Dès le 29 mai 1787 il écrivait à M. de Villedeuil pour solliciter la place de secrétaire de l'Assemblée. Cette lettre et d'autres sont aux Arch. nat.. H 1599.

3. Voir aux Arch. nat. un dossier intitulé : Rouen, secrétaire-greffier 1787, H 1598.

4. Adrien-J.-B. NIEL, secrétaire provincial, puis secrétaire général du département (juillet 1790), emprisonné pour incivisme et aristocratie, du 19 brumaire au 5 fructidor an II (Clérembray... p. 447.)

5. Ils avaient le droit de toucher 1.000 L. au maximum. Une note non signée, mais qui paraît être d'un chef de service (M. Tarbé?) et datée du 19 avril 1788, dit : « dans quelques commissions intermédiaires, telles que celles de Paris, Rouen, les Trois-Evêchés, les membres qui les composent n'ont point voulu accepter de traitement ». On lit dans cette même note : « Rouen demande 6.000 L. et on me dit que la raison en est. qu'ils ont voulu avoir un très bon avocat, nommé M. Thouret, et qu'ils n'auraient pas eu à moindres honoraires. Il ne faut pas les en priver, mais j'établirais toujours la place à 4.000 L. et je donnerais à M. Thouret 2.000 L. de gratification personnelle tant qu'il l'occuperait (Arch. nat., H 1611). Thouret se contenta de 4.000 L.

les traitements des syndics au taux de 4.000 L. C'était aussi ce
que recevait le secrétaire provincial.

Le personnel subalterne comprenait deux chefs de bureau,
dont l'un portait le titre de secrétaire du syndicat, d'un commis,
de deux copistes, sans compter les gens de service, concierge
et huissiers. La dépense effective (traitement, loyer, frais de
bureau, frais d'impression) s'éleva à 35,641.8,6 pour 1788 ; à
45,571.18,3. pour 1789. Il faut y ajouter les frais faits pour
rémunérer et loger un chef de bureau des Vingtièmes et ses
auxiliaires (2.066.13.4 en 1788 ; 2.900 en 1789) [1].

La Commission intermédiaire étant chargée d'administrer
« sous l'autorité du Roi et de son Conseil », entrait par là même
dans les cadres de la hiérarchie officielle. Quelle a été la nature
de ses relations avec les autres autorités qui étaient ses supé-
rieures, ses égales ou ses subordonnées ?

Rapports de la Commission avec le Conseil. — Héritière,
pour une grande partie, des attributions de l'intendant, la
Commission dépend comme lui et du Conseil d'Etat et du Contrôleur général. C'est au Conseil qu'elle doit transmettre, pour
y être approuvés ou modifiés, les arrêtés pris par l'Assemblée
provinciale, les états des impositions locales lorsqu'elles dépas-
sent 500 L., le projet de répartition des impositions ordinaires entre les départements, le projet des travaux publics à
exécuter dans l'étendue de la Généralité. Le Conseil lui envoie
l'état définitif des impositions à répartir, ainsi que les « commissions » nécessaires pour procéder à leur recouvrement. Ses
décisions, connues sous le nom d' « Arrêts du Conseil d'Etat du
Roi », sont parfois provoquées par la Commission elle-même,
qui en rédige le « projet », et d'autres fois lui sont adressées
sous la même forme, pour recevoir, s'il y a lieu, ses observations. Certains de ces arrêts concernent l'ensemble du royaume,
d'autres sont spéciaux à la Généralité. Un cas intéressant peut
se produire, celui où un arrêt du Conseil est en contradiction
avec des règlements ou des lettres-patentes enregistrées par le
Parlement de Normandie. Des conflits de cette nature jetèrent la
Commission dans des embarras inextricables.

Rapports de la Commission avec le Contrôleur général. —
Le Contrôleur général [2] est le chef immédiat de la Commission

1. *Rapp. C. I.*, p. 123-135.

2. Ce poste fut occupé par Laurent de Villedeuil, ancien intendant de
Rouen, du 3 mai 1787 au 21 août, puis par Lambert, du 21 août 1787 au
25 août 1788, puis par Necker, avec le titre de Directeur Général, le
26 août 1788. En août 1789, Lambert redevint Contrôleur général, tandis

intermédiaire. Il lui adresse directement soit des circulaires,
soit des lettres sur les sujets qui la concernent en particulier[1].
Il donne des éclaircissements sur les points douteux et ses avis
font loi. Il demande à son tour des renseignements sur toute
sorte de sujets ; renvoie, par exemple, à la Commission, en lui
demandant son avis, les requêtes adressées par des municipalités
ou de simples particuliers. Il veut être informé de tout, même
d'une épidémie de morve ou d'un incendie arrivé dans un obscur
hameau.

De son côté, la Commission l'entretient de toutes les questions
qui sont de nature à l'intéresser, et il ne se passe guère de
séance où la Commission n'ait à recevoir de lettre du Contrôleur
général ou à lui en adresser.

Le ton de cette correspondance est remarquable : ni raideur
de la part du ministre, ni servilité de la part de ses subordonnés.
Le premier n'oublie pas qu'il écrit à des collaborateurs béné-
voles, dont plusieurs sont des gens « de qualité ». On pourrait
même noter un certain caractère de confiance, presque d'in-
timité, à partir du jour où Necker est revenu aux affaires avec
le titre de Directeur général des finances (25 août 1788). Il est
vrai qu'elle n'eut guère à se louer de son retour, qui coïncida
avec la rentrée en scène de ses deux implacables ennemis, le
Parlement et la Chambre des Comptes. Elle eut beau multiplier
les avis ; on ne l'écoute pas. Au plus fort de la lutte, elle ne reçut
guère que des témoignages sincères, mais peu efficaces, d'estime
et de satisfaction. Malgré un accès de découragement bien
légitime, elle resta, par dévouement au ministre ou par sentiment du devoir. Elle n'eut aucune parole de blâme pour le
ministre qui l'abandonnait, la mort dans l'âme, aux coups
redoublés de ses adversaires. Necker resta son dieu tutélaire, et
c'est sans doute pour la consoler qu'il exauça, autant qu'il le
pouvait, ses demandes de secours extraordinaires en faveur des
ouvriers des villes réduits à la misère par la famine et le
chômage.

Avec M. Lambert redevenu Contrôleur général en août 1789,
la correspondance prend un caractère exclusivement fiscal. Il

que Necker prenait le titre de Ministre principal des finances (cf. Brette :
Documents relatifs à la convocation des États Généraux, I, 2ᵉ partie,
chap. I : Ministres et secrétaires d'Etat).

1. Nous n'avons pu retrouver le texte de ces lettres et de ces circulaires.
Aux Arch. nat. le *Calepin pour le départ des lettres* (H 1603) indique le
sujet de chacune. Les unes sont adressées à la Commission seule, les
autres à la Commission et à l'intendant. La dernière, approuvant les
comptes des frais d'administration de 1789 est du 29 octobre 1790. — Un
registre des minutes des circulaires relatives aux assemblées provinciales
ne dépasse pas le 22 janvier 1789 (Arch. nat., H 1610).

semble que la Commission ne rencontre plus de ce côté le même bon vouloir qu'auparavant. On verra quel embarras lui causa l'exécution de quelques-unes des lois de finances votées par la Constituante et quels efforts elle dut déployer pour dégrever d'une lourde contribution l'Élection de Rouen. Là encore, si elle réussit, ce ne fut pas grâce au Contrôleur général, mais au principal ministre, c'est-à-dire à Necker.

Rapports de la Commission avec d'autres personnages. — Dans certains cas, la Commission s'adresse, non pas au ministre, mais à ses lieutenants, MM. Blondel et de la Millière, tous deux intendants des finances, et qui étaient comme ses deux sous-secrétaires d'Etat, l'un aux finances, l'autre aux travaux publics.

Avec le duc d'Harcourt, gouverneur de la province[1], elle ne fut en rapport qu'une seule fois, et cela au sujet des mesures à prendre pour la destruction des loups. Le duc avait cru voir là un empiétement sur ses attributions.

Enfin, en de rares occasions, et surtout dans la seconde période de son existence, elle fut amenée à écrire au président de l'Assemblée nationale, ou aux présidents de divers comités formés par l'Assemblée. Notons, pour mémoire, la correspondance qu'elle recevait de M. de Saint-Priest, secrétaire d'Etat. A partir de novembre 1789, ce ministre était chargé de lui transmettre régulièrement (en réalité avec des retards dont la Commission se plaignait) tous les arrêtés et décrets acceptés ou sanctionnés par le Roi. Aussitôt reçus, ils étaient enregistrés sans modification et transmis aux Bureaux intermédiaires qui les enregistraient à leur tour et les faisaient passer aux municipalités.

Rapports de la Commission avec l'Intendant. — Il est difficile de déterminer exactement les rapports de la Commission intermédiaire avec l'intendant. L'Edit de juin 1787 et les Règlements de juillet laissaient, sans doute volontairement, ce point dans l'ombre. Le Règlement du 5 août, le premier, s'efforçait d'établir l'harmonie entre ces deux pouvoirs inconciliables, celui de l'Assemblée provinciale et celui du fonctionnaire resté jusqu'alors le délégué omnipotent du gouvernement. Mais il le

---

1. François-Henri, duc D'HARCOURT, né le 11 janvier 1726, lieutenant général des armées du Roi 1762, succède à son père, le maréchal, en qualité de gouverneur général de la province (provisions du 17 septembre 1775, enregistrées au Parlement le 17 juillet 1776). Sa charge de gouverneur du Dauphin le tenant éloigné de la province, c'était son frère, le duc de Beuvron, qui en 1789 exerçait les fonctions du commandant. (Cf. *Almanach de Normandie* 1789.)

faisait de telle manière qu'il semblait vouloir susciter les occasions de conflit[1].

La situation de l'intendant était vraiment équivoque. Il
n'assistait ni aux séances de l'Assemblée ni à celles de la Commission intermédiaire, et cependant il devait recevoir copie des
délibérations qui y étaient prises ; on devait lui donner sans
délai les éclaircissements qu'il jugerait nécessaires. Les projets
d'arrêtés seraient d'abord communiqués au commissaire départi
qui les enverrait au Conseil en joignant son avis. Tout acte
émanant de l'autorité du Roi serait publié, imprimé ou affiché
sur l' « ordonnance d'attache » de l'intendant.

Ces dispositions nettement rétrogrades s'inspiraient évidemment de l'Arrêt du Conseil du 23 août 1783 qui, dans l'Assemblée
du Berry, avait restauré l'autorité de l'intendant, à peu près
annulée par Necker. Elles provoquèrent des représentations très
vives de la part des Assemblées nouvelles[2]. Le gouvernement
dut faire des concessions. Par exemple, les propositions de
dépenses devaient être faites par la voie de l'intendant, « sans
interdire néanmoins aux Assemblées provinciales la correspondance avec le Conseil lorsqu'elles le préféreront ». La correspondance directe avec le Conseil était donc permise, mais les
décisions de ce dernier seraient transmises par l'intendant,
« tout acte portant caractère d'autorité devant toujours émaner
du seul commissaire du Roi ». Si l'Assemblée avait seule à
s'occuper de l'adjudication, direction et réception des travaux
exécutés sur les fonds de la corvée, ces mêmes opérations, en ce
qui concerne les ouvrages exécutés sur les fonds du Roi, ne
regardaient que l'intendant. Pour les travaux exécutés sur les
fonds mixtes (fonds du Roi et fonds de la province), la Commission, d'après le Règlement du 6 août, devait être présidée
par le commissaire départi. En novembre, il fut décidé que
l'intendant n'assisterait pas à la séance, mais la délibération
ne pourrait avoir son effet qu'autorisée par lui. Il en fut de
même pour le compte des dépenses faites sur les fonds de la
province : il n'eut plus le droit de présider la séance de la Commission où ces comptes étaient rendus ; il n'y assistait même
pas. Il était laissé comme en marge de la Commission, mais le
gouvernement le gardait en réserve au cas où, pour une raison
quelconque, la Commission n'aurait pu remplir sa tâche, ce qui
arriva précisément dans la Haute-Normandie, au mois de
novembre 1788. Réduit à l'état de témoin muet du travail de

1. IVᵉ Section : *fonctions respectives du Commissaire départi et de l'Assemblée provinciale.*

2. *Observations et réponses* (de d'Ormesson) *sur le règlement du 5 août.*
(Arch. nat., H 1594)

ses successeurs, l'intendant n'en conservait pas moins deux prérogatives importantes. En matière fiscale, il rendait exécutoires les rôles d'imposition que la Commission lui faisait passer ; seul il délivrait des ordonnances sur les fonds libres et les fonds variables de la capitation pour l'acquit des dépenses administratives. En matière judiciaire, il restait investi du contentieux administratif, sauf appel au Conseil, et la Commission préférait de beaucoup sa juridiction expéditive à celle des tribunaux ordinaires.

En fait, et sans tenir compte des textes obscurs et contradictoires, les rapports entre les Commissions et les intendants varièrent suivant les lieux et les personnes. Si la rivalité était naturelle entre deux pouvoirs, l'un jaloux d'exercer dans leur plénitude ses attributions nouvelles, l'autre mécontent de se voir diminué, tous d'eux d'ailleurs incertains de leurs limites respectives, elle ne se manifesta pas partout avec le même éclat[1]. A Rouen nous ne remarquons ni froissement, ni conflit, entre M. de Maussion[2] et la Commission : tout au plus un désaccord au sujet du taux de la contribution représentative de la corvée que devaient payer les habitants de Rouen. Si, au mois de novembre 1788, la répartition des impositions de 1789, déjà arrêtée par les Bureaux et visée par la Commission, leur fut brusquement enlevée, il faut y voir non une mesure de défiance, mais un acte d'autorité, pour assurer le recouvrement de l'impôt contre les entreprises de la Cour des Aides. L'intendant de Rouen fut donc en somme un auxiliaire bien plutôt qu'un ennemi.

Rapports de la Commission avec les Assemblées et Bureaux de département. — Les assemblées d'élection ou de département étaient « le lien de la correspondance qui doit exister entre les assemblées municipales et l'assemblée provinciale »[3]. Les procureurs-syndics d'Evreux disaient non moins justement : « les

1. Des difficultés plus ou moins graves s'élevèrent par exemple à Caen. (Mourlot : *Rapports de l'Assemblée provinciale et de sa Commission intermédiaire avec l'intendant*, 1902. Bibl. nat. Lk 15/70) ; à Tours (Grandmaison : *La Commission intermédiaire de Touraine*, 1872. Bibl. nat. Lk 15/57) ; à Châlons (Ardascheff : *L'administration provinciale en France dans les derniers temps de l'ancien régime*, Pièces justificatives nᵒˢ 144 et 145, 1902-1903 Bibl. nat. Lf 95/54) ; à Lyon (Guigue : *Procès-verbal de l'Assemblée provinciale du Lyonnais*, 1898, Bibl. nat. Lk 15/66.)

2. Etienne-Thomas de Maussion, « chevalier, seigneur de Jambville, Frémainville et autres lieux, conseiller du Roi en tout ses conseils, maître des requêtes ordinaires de son hôtel, intendant de justice, police et finances en la ville et généralité de Rouen ». Il avait remplacé en 1787 Laurent de Villedeuil, successeur lui-même (1786) de Thiroux de Crosne.

3. Règlement du 5 août II, 4.

Assemblées de département et leurs Bureaux intermédiaires sous l'œil et les mains par lesquels les Assemblées provinciales et les Commissions intermédiaires doivent voir et exécuter »[1]. La Commission n'eut sans doute que peu de rapports avec les Assemblées de département proprement dites, qui tinrent deux sessions au mois d'octobre, l'une en 1787, l'autre en 1788. En revanche, elle fut en relations étroites et constantes avec leurs Bureaux. Elle leur transmettait les décisions du Contrôleur général et les arrêts du Conseil, recevait d'eux et leur renvoyait toutes les pièces concernant les municipalités. Toutes leurs opérations en ce qui regardait la répartition de l'impôt, les adjudications, la surveillance des travaux des routes, les ateliers de charité, était contrôlé, et de fort près, par la Commission. Il ne leur était même pas permis de rédiger une circulaire sans son consentement. C'était une subordination dans toute la force du terme. Comment était-elle acceptée d'hommes qui appartenaient aux mêmes classes que les membres de la Commission ? A en juger par les procès-verbaux des assemblées départementales et la correspondance de leurs bureaux, ces rapports furent courtois, parfois cordiaux. Evreux, au contraire, se plaignait, par ses procureurs-syndics, « que tout dût se faire, opérer et décider par la Commission intermédiaire provinciale, sans l'intervention des assemblées de département, de leurs bureaux intermédiaires, sans même les consulter, sans prendre leur avis sur quoi que ce soit[2] », critique reproduite par le Bureau du Règlement. Et, plus tard, la Commission se plaignait « du ton d'irritation » d'une lettre du Bureau d'Evreux. Relevons encore quelques difficultés avec Caudebec. Si l'amour-propre de tel ou tel Bureau put être froissé, ce fut en dépit des ménagements pris par la Commission. Elle s'exprimait ainsi pour faire des reproches au bureau d'Arques. « C'est avec sensibilité que nous nous voyons obligés de vous remarquer qu'il y a dans les opérations de votre département un retard qui n'existe dans aucun autre[3]. » Au contraire, si un Bureau a obtenu un rabais considérable sur une adjudication, elle s'empresse de louer « son zèle patriotique »[4]. Elle les stimule de toutes les manières ; elle les réconforte, quand elle les sent sur le point de céder au découragement. On le vit dans deux circonstances critiques, en novembre 1788, au moment où l'opposition des cours souve-

---

1. *Procès-verbal de l'Assemblée du département d'Évreux* (octobre 1788). Arch. dép., C. 2138.

2. *Ibid.*

3. *Reg. corr.* 7 février 1788.

4. *Ibid.*, 13 mars 1788.

raines empêcha le recouvrement de l'impôt, en août et septembre 1789, alors que, pour d'autres motifs, les contribuables se croyaient dispensés de payer. « Redoublons d'autorité, écrivait-elle, resserrons la chaîne de l'administration, que trop d'intérêts séparent ; préparons nos concitoyens à recevoir la Constitution qui va leur être donnée, et surtout, jusqu'à ce qu'il survienne un nouvel ordre de choses, maintenons la tranquillité publique [1]. »

Rapports de la Commission avec les municipalités. — Les municipalités, au nombre de plus dix-huit cents, soumises indirectement à la Commission intermédiaire, lui donnèrent beaucoup d'occupation, surtout au début et à la fin. Les municipalités urbaines, habituées à s'administrer elles-mêmes, sous une oligarchie bourgeoise, firent peu parler d'elles, encore que plusieurs aient montré peu d'empressement à acquitter l'imposition représentative de la corvée. A Rouen même, l'Hôtel de Ville [2] et les communautés d'arts et métiers prétendaient payer leur contribution au taux fixé par le Parlement, et non pas au taux de la Commission. Il fallut en référer au ministre, et de ce fait l'opération du recouvrement fut retardée de plusieurs mois [3]. Mais ce fut bien autre chose avec les municipalités rurales créées de toutes pièces par l'Edit de Juin : c'étaient des règlements mal compris ou inexécutables, des élections irrégulières ou frauduleuses qui étaient signalées à la Commission. Elle se décida à rédiger un « corps d'instructions à envoyer à chacun des départements pour la réformation des assemblées paroissiales [4] ». C'était aux départements à signaler les cas particuliers à la Commission qui, s'il y avait lieu, en référerait au Conseil. Or, le département de Pont-Audemer, à lui seul, en signala plus de quarante [5]. Ailleurs ce sont des plaintes sur l'ignorance et l'inexpérience des campagnards. Gisors déplore « qu'un grand nombre de municipalités s'écartent de leur objet ou ne le remplissent que d'une manière imparfaite ; tous les jours nous les voyons, nous les entendons demander des explications sur les instructions les plus claires et les plus précises. Il faudrait un interprète qui sût s'abaisser à leur portée pour leur expliquer ce qu'ils ne comprennent pas » [3]. Cela donne à croire que bien

1. Circulaire du 3 septembre 1789. *Reg. corr.*
2. Sur l'Hôtel de Ville de Rouen, voir notre *Thouret*, chap. vi.
3. Voir le *procès-verbal des séances*, en août et septembre 1788, *passim*.
4. Arch. dép., C. 2214.
5. *Procès-verbal de l'Ass. du dép*, *de Pont-Audemer* (Arch. dép. C. 2147).
6. *Procès-verbal de l'Ass. du dép*, *de Gisors* (Arch. dép. C 2140).

des syndics étaient insuffisants. Et voici le remède que proposaient en même temps Caudebec, Evreux et Gisors : permettre au curé, plus instruit sans doute que ses paroissiens, de présider l'assemblée en l'absence du seigneur[1]. Les lignes suivantes, écrites par la Commission aux Bureaux ne sont pas moins significatives : « C'est à vous qu'appartient l'honneur d'animer ces corps (les municipalités) qui sont au berceau de l'existence civile ; de les former, de les encourager, et de faire des citoyens dans la classe où il y avait à peine des hommes[2]. »

La Commission intermédiaire était encore en fonctions lorsque furent constituées les nouvelles municipalités décrétées par la Constituante en janvier 1790. Elle entendit les mêmes plaintes qu'en 1788. C'étaient des élections entachées de fraude, ou bien des querelles entre les anciens syndics et les nouveaux officiers municipaux, les premiers refusant de remettre leurs registres aux seconds. Ou bien c'étaient des communes qui se disputaient la possession d'un bois, ou d'autres, en assez grand nombre, qui se refusaient à dresser les rôles d'imposition[3]. Fort embarrassée, car aucun texte ne faisait mention de ses pouvoirs, la Commission écrivit à Necker sur la nécessité de former promptement les corps qui auraient autorité sur les assemblées municipales[4]. Heureusement, l'Assemblée nationale vint au secours de la Commission. Elle permit au Roi de nommer dans chaque département des commissaires du Roi pour trancher sur place toutes les difficultés électorales ou en référer au Comité de Constitution. Le 18 mars 1790, les trois commissaires, dont l'un était précisément M. d'Herbouville, vinrent faire solennellement enregistrer leurs pouvoirs par la Commission intermédiaire. Désormais celle-ci, délivrée d'une besogne fastidieuse, n'eut guère plus à s'adresser aux municipalités que pour les exhorter à faire leurs rôles et hâter la rentrée de l'impôt[5].

1. Arch. dép., C 2156, 2140, 2138.

2. Arch. dép., C 2210.

3. *Procès-verbal des séances*, de janvier à avril 1790, *passim*.

4. *Procès-verbal...* 18 février 1790.

5. Cependant l'Assemblée ne tarda pas à prendre ombrage de ces commissaires nommés par le ministre. Par son décret du 29 mars 1790, elle leur interdit de prendre connaissance des difficultés qui pourraient survenir relativement à l'organisation des municipalités. Ils devaient en renvoyer l'examen au Comité de Constitution. (Le dossier concernant la Seine-Inférieure est aux Arch. nat., D IV 61.)

II

IMPOSITIONS

Aux termes de l'édit de juin, les Assemblées provinciales étaient, par elles-mêmes ou par les Assemblées ou Commissions qui leur étaient subordonnées, chargées de la répartition et assiette de toutes les impositions foncières ou personnelles. C'étaient : la Taille, la Capitation, les Vingtièmes, l'Imposition représentative de la corvée, et, indirectement, les impositions locales, particulières aux paroisses. Postérieurement à 1789 des modifications assez graves furent apportées à la nature même ou à l'assiette de ces impositions. Nous les indiquerons à part.

La Taille. — Avant la réforme de 1787, le montant de l'imposition de la taille et accessoires, arrêté au Conseil, était distribué entre les Généralités. Dans chaque Généralité la répartition était faite par élections, d'après l'avis de l'intendant et du bureau des finances. Puis l'intendant, assisté d'un trésorier de France, des officiers de l'élection, du receveur particulier, du subdélégué, divisait la contribution entre les paroisses. Les « mandements » étaient envoyés aux collecteurs, désignés d'après un tableau déposé au greffe de l'élection. L'assiette de l'imposition était, depuis les édits de 1600 et de 1634, réunie à la collecte. De là l'instabilité perpétuelle des cotes variant sans cesse au gré des préjugés des asséeurs. Le taillable devait être taxé « à raison de ses meubles, de ses fonds propres, du profit des fermes qu'il cultive et de son trafic et industrie[1]. » Nous n'avons pas à reproduire ici les vives critiques que Thouret fait de cette imposition dans son rapport, ni les moyens qu'il propose pour en corriger l'arbitraire et les abus.

D'ailleurs le « département » de 1788 fut fait, comme à l'ordinaire, par l'intendant. Un arrêt du Conseil, du 8 août 1788, prescrit les formes nouvelles à observer pour le département de 1789[2]. L'extrait du brevet des tailles, accessoires et capitation, arrêté au Conseil était envoyé à la Commission intermédiaire. La répartition était faite par celle-ci entre les départements, par les bureaux intermédiaires entre les municipalités, par les muni-

---

1. Cf. le *Rapport* de Thouret, dans le procès-verbal de l'Assemblée provinciale, p. 83.

2. Arrêt portant règlement pour les Assemblées provinciales, de département et municipales, sur les formes de la répartition et assiette de la taille, capitation et autres impositions, et celles de la nomination à la collecte. (Arch. nat., II 1595.)

cipalités, ou plutôt par leurs seuls membres taillables, complétés par des adjoints, entre les contribuables. On le voit : la procédure est devenue beaucoup plus simple. Ce sont des Assemblées qui font la répartition de l'impôt. Il n'est plus question ni des trésoriers de France, ni des officiers d'élection, ni du subdélégué ; l'Intendant n'a plus qu'à opposer une « ordonnance d'attache » aux commissions pour les rendre exécutoires. Dans les paroisses, l'assiette est séparée de la collecte. Un règlement spécial concerne la répartition de l'impôt dans les villes [1].

Or, un des premiers soins de Necker ayant été de rétablir les tribunaux d'exception supprimés par son prédécesseur, on se vit obligé de leur rendre au moins une partie de leurs anciennes attributions. De là des mesures boiteuses qui n'eurent pour résultat que de créer une indicible confusion, sous prétexte d'assurer le « concours » des anciennes juridictions et des nouvelles Assemblées. La déclaration du 4 octobre [2] ne change rien quant à la répartition, mais elle décide, qu'une expédition des brevets et des commissions sera déposée aux greffes des bureaux d'élection. La déclaration du 28 octobre [3] dit que les rôles des tailles seront vérifiés et rendus exécutoires par les officiers des élections, lesquels jugeront également des contestations relatives à la répartition des tailles.

Conflit avec la cour des aides et les tribunaux d'élection. — Cette demi-restauration parut insuffisante à la cour des aides, de qui relevaient les tribunaux d'élection. Elle émettait la prétention de ne reconnaître aucun des arrêts du Conseil rendus depuis le 8 mai 1788, à moins qu'ils ne fussent revêtus de lettres patentes librement enregistrées. Encouragés par son exemple, les bureaux d'élection refusaient de recevoir les expéditions des départements, les nominations des collecteurs, et, comme obéissant à un mot d'ordre, condamnaient à de fortes amendes les syndics municipaux coupables de s'être conformés aux arrêts du Conseil [4]. La Commission intermédiaire dut faire d'actives démarches pour obtenir du roi la remise de ces amendes.

Pour sortir de cette espèce d'anarchie, le pouvoir usa d'un moyen violent. Les bureaux intermédiaires, qui avaient déjà fait la répartition, apprirent brusquement qu'elle leur était enlevée pour être rendue aux intendants [5]. Ce fut, comme on le verra,

1. Arrêt du Conseil d'État du 30 septembre (Arch. nat., H 1595.)
2. Arch. nat., H 1605.
3. Arch. nat., H 1595.
4. *Procès-verbal*, séances des 13 et 28 novembre 1788.
5. *Procès-verbal*, 27 novembre 1788. La mesure était commune aux trois Généralités de la Normandie.

pour eux et la Commission intermédiaire une amère déconvenue.
Le « département » de la taille pour 1790 est donc le seul dont
la Commission ait eu à s'occuper.

La Capitation. — La capitation se divisait en deux classes :
celle des sujets taillables et celle des sujets non taillables. Pour
les premiers, elle était devenue en réalité un accessoire de la
taille, en ce sens qu'elle était répartie « au marc la livre » de
cette dernière. Elle participait donc à tous ses défauts, et c'est
pour cette raison que Thouret avait songé à la réformer[1].

La capitation des sujets non taillables comprenait elle-même
plusieurs subdivisions : celle des nobles, s'élevant à 1 p. 100 du
revenu, charges déduites ; — celle des officiers de justice, fixée
d'après le tarif de 1685 avec la moitié en sus ; — celle des
employés des fermes et régies, à raison d'un tarif variable suivant leurs appointements ; — celle des privilégiés (même règle
que pour les nobles) ; — celle des villes franches, qui étaient
Rouen, ville, faubourgs et banlieue, Dieppe et le Pollet, Le Havre,
Honfleur, Yvetot. C'était la capitation dite roturière[2]. L'arrêt
du Conseil du 8 août édictait que le rôle serait préparé par le
Bureau intermédiaire de chaque département, arrêté au Conseil
et rendu exécutoire par l'intendant[3].

C'est la capitation roturière de la ville de Rouen qui attira
surtout l'attention de la Commission. S'apercevant que les rôles
étaient mal faits, elle chargea le Bureau intermédiaire de les
contrôler. Leur confection, confiée aux centeniers, donna lieu à
bien des retards et même à bien des plaintes. Le Bureau délivrait les mandements aux communautés qui répartissaient l'imposition entre leurs membres. En 1789, le roi fit savoir que les
4 deniers de taxations alloués aux collecteurs de la capitation
seraient déduits de l'imposition au lieu d'y être ajoutés[4].

Les privilèges des villes ayant été supprimés, la capitation
roturière cessa d'être perçue après 1789.

Les Vingtièmes. — Les Vingtièmes, c'est-à-dire les deux Vingtièmes augmentés de deux sous pour livre du premier, étaient
un impôt sur le revenu, portant sur les biens-fonds, et, dans
les villes seulement, sur l' « industrie ». Etabli à titre provisoire,
prorogé successivement, il était devenu définitif. « Chaque propriétaire était taxé sur la déclaration de son revenu ou sur les

1. *Procès-verbal de l'Ass. prov.*, p. 78-100.
2. *Reg. corr.*, 26 février 1790.
3. *Arrêt du Conseil, du 8 août 1788 II, 6.*
4. *Reg. corr.*, 4 février 1789.

preuves acquises de leur vraie valeur[1]. » L'impôt était perçu
par une régie comprenant un directeur et plusieurs contrôleurs
par Généralité.

Or l'administration, trompée par de fausses déclarations, avait
fait procéder à des vérifications partielles qui avaient naturellement relevé le taux des revenus. D'où l'irritation du Parlement
de Normandie qui s'exhalait dans d'incessantes remontrances.
En 1782, il arrêta « que les cotes des contribuables ne pourraient
être augmentées sous quelque prétexte que ce soit[2]. »

Supprimés un instant, à l'époque de l'Assemblée des Notables,
pour faire place à la « subvention territoriale », les vingtièmes
furent rétablis en septembre et enregistrés par le Parlement de
Paris. Dans leur session de novembre 1787, les Assemblées provinciales reçurent l'invitation impérieuse de conclure un abonnement, c'est-à-dire que, moyennant une augmentation une fois
votée, le chiffre à payer par chaque généralité deviendrait fixe[3].
L'Assemblée provinciale de Rouen se retrancha derrière l'arrêt
du Parlement, tout en protestant de ses bonnes intentions[4].
Moins scrupuleuses, les deux autres Assemblées de Normandie,
celles de Caen et d'Alençon acceptaient l'abonnement. Quant au
Parlement de Normandie plus intransigeant que celui de Paris,
il refusa longtemps d'enregistrer l'édit. Enfin il se résigna, avec
les réserves d'usage (11 avril 1788)[5].

Le coup d'Etat judiciaire du 8 mai suivit de près. Les Parle-
ments étant mis en vacances pour s'être rendus solidaires de
celui de Paris, le pouvoir avait le champ libre. Un arrêt du Conseil (31 mai 1788) rendit obligatoire l'abonnement aux vingtièmes[6]. La Commission chargée, contre son gré, de répartir
pour 1789 l'imposition au prorata des cotes existantes, se trouva
dans un cruel embarras, ne voulant déplaire ni au gouvernement,
ni aux contribuables. Sans cacher la répugnance que lui inspi-
rait cette besogne, elle se défendit de son mieux, invoqua des
moyens dilatoires[7]. Elle se soumit cependant, installa même
des bureaux dans ses propres locaux et commença son travail,
mais une nouvelle épreuve lui était réservée : Necker lui
imposait la collaboration du directeur des vingtièmes. De là de

1. *Procès-verbal de l'ass. prov.*, p. 89.

2. *Ibidem.*

3. *Procès-verbal de l'ass. prov.*, p. 120-122.

4. *Ibidem*, p. 399.

5. Registres secrets du Parlement.

6. *Arrêt du Conseil d'Etat du Roi concernant les abonnements des Vingtièmes et portant remise de toute augmentation sur ladite imposition pour
la présente année 1788*, 31 mai 1788. (Arch. nat., H 1595.)

7. *Reg. corr.* 24 juillet 1788.

nouveaux froissements et de nouveaux conflits[1]. Rien d'ailleurs ne fut changé aux règles antérieurement suivies. La Commission n'eut à faire en somme qu'un travail d'expédition.

L'imposition en rachat de corvée. — L'imposition en rachat de corvée différait des précédentes en ce que son produit, au lieu d'être versé dans les caisses du trésor royal, était appliqué, dans la province même, à des travaux d'utilité publique. L'édit de juin 1787 la fixait au 6ᵉ des deux brevets de la taille réunis, ou aux 3/5 de la capitation roturière pour les villes franches ou abonnées. Mais l'arrêt d'enregistrement du Parlement avait ainsi changé les bases : 1/4 du premier brevet de la taille, 1/4 de la capitation roturière[2].

Le recouvrement s'en faisait, en vertu d'un rôle séparé, par les collecteurs chargés du recouvrement des impositions ordinaires, moyennant 6 deniers pour livre de taxations, les fonds étaient versés dans les caisses des receveurs particuliers moyennant un demi-denier pour livre, les contestations relatives à cet impôt étaient portées devant l'intendant, sauf appel au Conseil, à l'exclusion des Cours et autres juges. Telles étaient les dispositions de l'arrêt du Conseil du 28 février 1788, rendu sur la demande de l'Assemblée provinciale[3]. Le Parlement prétendait au contraire que les deniers du recouvrement devaient être versés directement par les collecteurs aux adjudicataires des travaux ; — que les 6 deniers seraient retenus sur l'impôt et non ajoutés ; — enfin que l'imposition serait perçue sur le principal seul de la capitation, et non sur le principal et les accessoires réunis. Cette divergence de vues fut le point de départ d'une longue querelle, ou même d'une véritable guerre déclarée à la Commission par le Parlement et son alliée, la Cour des Aides.

Conflit avec le Parlement et la Cour des Aides. — Nous avons exposé ailleurs[4] les causes profondes de l'hostilité du Parlement contre l'Assemblée provinciale et sa Commission. Nous n'avons ici qu'à en signaler les effets. Quand le Parlement rentra en fonctions après une suspension de plusieurs mois, il avait à cœur de se venger, lui et la Cour des Aides, de l'humiliation que le ministère lui avait infligée : il rendit son arrêt du 27 novembre, et, de ce coup, les opérations de la Commission

1. *Procès-verbal des séances*, 11 sept., 19 nov. 1788 et *passim*.
2. *Rapp. C. I.*, p. 15.
3. Arch. nat., H 1589, *Rapp. C. I.*, p. 21.
4. Lebègue : *Thouret*, p. 36, 70.

intermédiaire furent paralysées [1]. Le produit escompté de l'impôt pour l'année courante était diminué, les contribuables préférant payer au taux réduit fixé par le Parlement, l'établissement de l'imposition pour 1789 était rendu impossible ; les adjudicataires n'étant pas payés ne pouvaient à leur tour distribuer aux cantonniers leurs salaires [2]. On s'imagina que des lettres patentes seraient mieux obéies qu'un arrêt du Conseil. Le remède, préconisé à plusieurs reprises par Thouret, arrivait cette fois trop tard. Pendant plusieurs mois, le Parlement, renforcé par la Cour des Aides, s'obstina à rendre des arrêts que le Conseil du Roi cassait régulièrement. Cette nouvelle Fronde parlementaire ne prit fin que le 8 juillet 1789 [3]. Le Rapport de la Commission intermédiaire [4] s'étend longuement sur les phases du conflit [5]. Il n'a que trop raison quand il parle de « ces luttes dégoûtantes entre l'autorité et les prétentions de quelques corporations alors redoutables [6] ».

Changements apportés par la Constituante au système fiscal. — Les décrets de l'Assemblée Constituante, en supprimant tout privilège en matière d'impôt rendaient nécessaire une refonte complète du système fiscal. Mais cette refonte ne pouvait s'opérer en quelques semaines et les besoins du Trésor ne permettaient pas d'attendre. L'Assemblée se trouva donc entraînée à supprimer certains impôts, à en conserver d'autres, mais dans ce cas, elle dut introduire des modifications assez graves. L'application de ces décrets successifs, où les bureaux et surtout les municipalités avaient peine à se reconnaître, et aussi la volonté bien arrêtée dans certains endroits de ne pas payer l'impôt, vinrent compliquer singulièrement la tâche de la Commission.

Le 26 septembre 1789 l'Assemblée Nationale avait décrété qu'il serait fait dans chaque communauté un rôle de supplément des impositions ordinaires et directes autres que les ving-

---

1. *Rapp. C. I.*, p. 23-28.

2. *Reg. corr.* 15 janvier, 26 février, 6 mars 1789.

3. Lettres patentes du 24 janvier 1789, arrêts du Parlement 10 mars, de la Cour des Aides 23 mars ; arrêt du Conseil cassant les deux précédents 7 mai ; nouveaux arrêts du Parlement 16 mai, et de la Cour des Aides 27 mai ; arrêt du Conseil d'Etat du Roi 8 juillet. (Arch. nat., C. 13, H 1589, *Rapp. C. I.*, p. 29-30.)

4. *Rapp. C. I.*, p. 40.

5. *Arrêt* (imprimé) *du Conseil d'Etat... qui casse et annulle les arrêts rendus par le Parlement et la Cour des Comptes de Rouen*, les 16 et 27 mai 1789. Arch. nat., H 1589.

6. *Rapp. C. I.*, p. *.

tièmes, pour les six derniers mois de l'année 1789, à compter
du 1er avril jusqu'au 30 septembre suivant, dans lesquels
seraient compris les noms et les biens de tous les privilégiés
qui possédaient des biens en franchise personnelle ou réelle [1].

La Commission se borna, suivant ses propres expressions, à
« éclairer » les municipalités qui en avaient besoin, à « stimuler » celles qui montraient trop de lenteur, et aussi, au
moyen de décisions obtenues du Contrôleur Général, à empêcher les nouveaux contribuables d'être « grevés mal à propos »,
c'est-à-dire de payer plus qu'ils ne devaient.

A l'égard de la contribution patriotique, décrétée le 6 octobre 1789, et confiée également aux municipalités [2] « ses fonctions se réduisaient à faire former les rôles, à les viser et à
adresser au premier ministre des finances des bordereaux
détaillés par arrondissement de recette particulière de
finances » et aussi à stimuler leur zèle par des félicitations ou
des reproches, mais sans toujours y réussir dans ce dernier cas.

Les Vingtièmes furent conservés en 1790. On y assujettit
seulement les biens du clergé et ceux des privilégiés qui,
jusqu'à cette année, les avaient payés par abonnement [3].

Difficultés au sujet de l'imposition principale. — De graves
difficultés surgirent au sujet de l'Imposition principale (c'était
le nom nouveau que portait la taille) [4].

La Déclaration du Roi du 16 octobre 1789 ordonnait de faire
la distinction de la cote personnelle et de la cote d'exploitation.
Or, dans les anciens rôles, cette distinction n'avait jamais été
faite.

Un décret du 28 novembre prescrivait que les biens des privilégiés seraient imposés dans le lieu de leur situation [5] et un
décret du 17 décembre étendait cette disposition à tous les
anciens contribuables dans les provinces de taille mixte et personnelle (comme la Normandie). Il résultait de là l'obligation
de distinguer dans chaque paroisse les terres imposables et
celles qui cessaient de l'être, et d'évaluer pour chacune le bénéfice provenant de l'imposition des privilégiés.

Pour éclairer les municipalités extrêmement embarrassées,
la Commission leur adressa une instruction qui assimilait la
cote personnelle à la capitation, ou au 20e de l'imposition prin-

1. *Coll. décrets*, I, p. 60.
2. *Coll. décrets*, p. 37. *Rapp. C. I.*, p. 82.
3. *Rapp. C. I.*, p. 83.
4. *Ibid.*, p. 72-76. Nous en donnons ici le résumé. Cf. le *procès-verbal des
séances*, de janvier à mars 1790.
5. *Coll. décrets*, p. 103.

cipale. Celle-ci étant le 10e du revenu, la cote personnelle en était le 200e.

Restait à poser les bases de l'imposition principale. On invita les municipalités à trouver un taux commun par la comparaison des valeurs imposables et de la somme à imposer. On leur indiqua des règles pour imposer les fermiers, les propriétaires exploitant ou n'exploitant pas. Quant à la répartition entre les élections, elle fut faite comme précédemment. Il n'y eut de changé que la répartition entre les communautés et entre les individus.

Ces nouvelles formes étaient tout à fait défavorables à l'Election et à la ville de Rouen [1], parce que les biens des privilégiés étant désormais imposables au lieu de leur situation, et non plus au lieu du domicile du propriétaire, elles perdaient la plus grande partie de leurs plus riches contribuables, jadis taxés à Rouen même pour l'ensemble de leurs biens. Or la surcharge infligée à l'Election n'était pas moindre de 80.000 L. Le Bureau, soutenu par la Commission, se refusait à faire le département. On adressait à Paris requête sur requête. Enfin Necker se laissa fléchir, et l'on réussit à combler la différence au moyen de prélèvements sur les fonds disponibles des exercices précédents.

L'imposition représentative de la corvée, elle aussi, avait changé de nom. Elle s'appelait la prestation pour les chemins. Il fallait lui trouver une nouvelle base, puisque la taille et la capitation des villes franches, dont elle représentait le quart, étaient supprimées [2]. La Commission « s'efforça de chercher une proportion entre la somme à recouvrer et la totalité des impositions ordinaires » afin que les contribuables ne payassent pas une somme plus forte que les années précédentes. Elle obtint par un arrêt du Conseil que le montant de la prestation serait porté dans une colonne additionnelle au rôle des impositions ordinaires. Elle proposa et fit adopter le taux de 2 sous 3 deniers 1/4 de toutes les impositions.

Moins-imposé. — « Le moins imposé est une remise que le Roi accordait annuellement sur les tailles, pour indemniser ceux des contribuables qui avaient éprouvé des pertes par incendies, grêle, inondations, épizooties ou autres fléaux [3] ». Vu les calamités qui s'abattront sur la Généralité, la somme était trop modique pour être d'un utile secours (27.000 livres en 1788 comme en 1789).

1. *Rapp. C. I.*, p. 76-81. Cf. le *procès-verbal*, de janvier à mars.
2. *Ibidem*, p. 84-87.
3. *Ibidem*, p. 87.

La répartition du moins imposé, arrêtée au Conseil, était faite entre les Elections par l'intendant. Ce régime fut encore suivi en 1788. En 1789, Necker entendit que la Commission se chargeât de ce travail. Elle s'y prêta d'assez mauvaise grâce, alléguant que l'intendant qui s'était occupé de la répartition de la taille, devait aussi s'occuper de la répartition du moins imposé[1]. En 1790, elle pria le Contrôleur-Général d'appliquer à l'Election de Rouen 20.000 L. sur les 27.000 qui formaient le moins imposé de 1789. Elle reçut satisfaction[2].

Décharges et modérations. — Les décharges ou modérations que pouvait prononcer la Commission consistaient « dans la radiation ou dans la réduction des taxes, au profit de ceux qui ne devaient pas être imposés ou qui l'étaient excessivement »[3]. Elles étaient accordées sur la capitation non-taillable et sur les vingtièmes. En ce qui concerne le taux habituel, le passage suivant d'une lettre adressée par la Commission au Bureau de Gisors est assez instructif. « Les modérations accordées précédemment par les intendants ne peuvent servir de règle qu'autant que la fortune des exposants peut l'exiger ; c'est à raison du centième du revenu, charges déduites, que les modérations peuvent avoir lieu[4]. » Les demandes adressées aux Bureaux intermédiaires, étaient transmises avec leur avis, à la Commission qui les accordait ou les rejetait.

Impositions locales. — Les impositions locales étaient motivées principalement par des demandes en construction ou réparations d'églises et de presbytères. Parfois il s'agit du logement du maître d'école ou de l'achat de réverbères. La demande, formée par le curé, ou par un groupe de paroissiens ou par l'Assemblée municipale elle-même, qui statuait en premier ressort, était transmise au Bureau intermédiaire. Si l'imposition devait être inférieure à 500 L., la Commission avait qualité pour donner son autorisation, accompagnée du visa de l'intendant[5]. Tous les six mois, elle adressait un projet d'arrêt au Conseil pour valider après coup, et en bloc, ces impositions déjà autorisées par elle. Si l'imposition excédait 500 L., un arrêt préalable du Conseil devenait nécessaire pour l'autoriser[6].

1. *Reg. corr.* 18 avril, 5 mai 1789.
2. *Procès-verbal des séances*, 3 avril, 12 mai 1790.
3. *Procès-verbal de l'Ass. prov.*, p. 81-82.
4. *Reg. corr.*, 17 août 1789.
5. *Arrêt du Conseil* du 5 août 1788, I, 8, 9.
6. Ces arrêts se trouvent aux Arch. nat. H 1587, 1588.

III

TRAVAUX PUBLICS ET ATELIERS DE CHARITÉ

Règlement de l'Assemblée provinciale sur les travaux publics. — Un des objets les plus importants confiés à la surveillance de la Commission et des Bureaux intermédiaires, un de ceux qui excitaient le plus leur zèle était la confection des routes. L'Assemblée provinciale et son Bureau des travaux publics s'étaient presque littéralement conformés au programme tracé dans les premières pages de son rapport par le procureur-syndic, Thouret[1]. Un règlement très détaillé avait été présenté à l'approbation du Conseil, sous ce titre. « Règlement proposé pour les travaux publics ». Il était divisé en quatre titres : 1° des opérations préparatoires aux adjudications, 2° des adjudications, 3° de l'exécution des marchés, 4° du paiement et du jugé parfait, 5° des ateliers de charité[2].

Ouvrages d'art et ouvrages de corvée. — On distinguait, après comme avant 1788, deux sortes de travaux : les ouvrages d'art, ou des ponts et chaussées, tels qu'aqueducs, ponts, chaussées pavées, exécutés par un personnel spécial, au moyen des fonds provenant du trésor royal, et les ouvrages dits de corvée, parce qu'ils avaient été exécutés jusqu'alors par des corvéables. Ils gardaient encore ce nom, même depuis que la déclaration du 27 juin 1787 avait substitué au travail en nature une contribution représentative de la corvée. Elle s'élevait pour 1788 à 720.000 livres, qui devaient être employées exclusivement aux travaux des routes.

La marche suivie fut celle-ci : chaque année les Bureaux intermédiaires faisaient passer à la Commission leurs observations sur l'état des routes. De son côté l'ingénieur en chef remettait à la Commission un état des ouvrages à faire ou à continuer intitulé. Avant-propos ou projet d'état du Roi. Il y était discuté les devis dressés, puis envoyé au Conseil d'où il revenait, approuvé ou modifié, à la Commission qui le visait, puis les Bureaux procédaient à l'adjudication des articles qui concernaient leur département[3]. Les travaux d'art faisaient l'objet d'une adjudication

---

1. *Procès-verbal de l'Ass. prov.*, p. 13-15.

2. *Ibidem*, p. 178, sq. Ce règlement fit l'objet d'un rapport de M. de la Millière (21 avril 1788). Il n'en conseillait l'exécution qu'à titre provisoire (Arch. nat., H 1589).

3. *Rapp. C. I.*, p. 56.

distincte. C'était l'intendant qui, jusqu'au mois de mars 1789, délivrait seul les ordonnances aux entrepreneurs. A partir de cette date, ce fut la Commission qui expédia les mandats d'acompte. L'intendant n'eut plus qu'à expédier au profit de chacun une « ordonnance finale », que la Commission visait et expédiait ensuite aux adjudicataires [1].

Adjudications. Leur heureux résultat en 1788. — Les adjudications, soit pour travaux neufs, soit pour entretien simple étaient placées sous la surveillance des procureurs-syndics de département. Des précautions minutieuses avaient été prises pour empêcher la fraude. Les entrepreneurs étaient tenus de se conformer aux règles prescrites par le règlement ; outre le syndic, chaque département désignait deux de ses membres pour inspecter les routes. Les paiements se faisaient en trois termes, sur le certificat des ingénieurs, et en vertu des mandements délivrés par la Commission, le dernier terme seulement après la réception des ouvrages [2].

Grâce à l'heureuse idée qu'eut la Commission (à l'exemple de l'Assemblée du Berry) de multiplier les lots d'adjudication, grâce à l'émulation de ses Bureaux, elle obtint en 1788 de très forts rabais, ce qui permit d'entreprendre plus de travaux que les devis primitifs n'en comportaient. On put faire jusqu'à trois séries d'adjudications. La plus grande partie des fonds fut cependant absorbée par les travaux d'entretien [3]. Pour les travaux à entreprendre, les routes avaient été réparties par l'Assemblée en trois classes : celles allant de Paris à un point quelconque de la Généralité ou la traversant ; celle allant d'une province à une autre province ; enfin les routes ne sortant pas de la Généralité [4].

Les Assemblées de département, dans leur session de 1788, se montrèrent en général satisfaites des résultats obtenus. Evreux toutefois se plaignait du peu d'initiative laissé aux Bureaux [5]. Pont-l'Evêque, au contraire, critiquant l'ancienne administration qui « avait pour principe de beaucoup entreprendre à la fois et de ne rien finir » déclarait : « Vous avez plus avancé dans cette année les travaux qu'on n'avait fait depuis dix ans [6]. »

Obstruction du Parlement. — Malheureusement ce ne furent que de brillants débuts. L'obstruction du Parlement, en retar-

1. *Ibidem*, p. 61.
2. *Procès-verbal de l'Ass. prov.*, p. 267-272.
3. *Rapp. C. I.*, p. 7-14.
4. *Procès-verbal de l'Ass. prov.*, p. 23-26.
5. *Procès-verbal de l'Ass. du dépᵗ d'Evreux*. Arch. dép., C. 2138.
6. *Procès-verbal de l'Ass. du dépᵗ de Pont-l'Evêque*. Arch. dép., C 2150.

dant indéfiniment l'imposition de 1788 arrêta net tous les travaux pendant la plus grande partie de 1789. Les routes, faute
d'entretien, se détériorèrent. Lorsque, enfin, l'obstacle fut levé,
les adjudicataires, devenus méfiants, s'étant présentés en moins
grand nombre, les rabais obtenus furent moindres [1]. Quant aux
baux pour l'entretien des chaussées en pavé, qui expiraient le
1er avril 1789, on fut trop heureux de passer des marchés aux
conditions anciennes, et pour une année seulement.

Le personnel des Ponts-et-Chaussées. — Placé sous les ordres
de la Commission et des Bureaux, le personnel des Pont-et-Chaus-
sées [2] comprenait un ingénieur en chef, à Rouen. M. Lamandé,
six inspecteurs et huit ingénieurs répartis dans les Elections ;
au-dessus, un nombre variable de piqueurs, de conducteurs et
de cantonniers, « commis et destituables » par l'Assemblée provinciale. La position des ingénieurs de tout ordre était délicate.
Dépendant à la fois de l'administration des Ponts-et-Chaussées
et des Bureaux intermédiaires, se sentant très supérieurs par
leurs connaissances techniques aux administrateurs novices
placés au-dessus d'eux, il leur arriva parfois de manifester quelque
mauvaise humeur. Sans doute la Commission, à la suite de
l'Assemblée, s'exprime dans les termes les plus élogieux sur
M. Lamandé [3], mais Evreux parle de « petits nuages », dissipés,
il est vrai. A Caudebec et surtout à Pont-l'Evêque, les rapports
furent très tendus entre le Bureau et l'ingénieur, si bien que la
Commission dut s'en mêler et réclamer de M. de la Millière une
sévère sanction [4]. C'est sans doute à la suite de ces incidents
(communs, croyons-nous, à d'autres Généralités) que parut en
septembre 1788 l' « Instruction du Conseil concernant le service
des ingénieurs des Ponts-et-Chaussées [5]». Néanmoins la Commission, arrivée à l'expiration de son mandat, crut devoir rendre

1. *Rapp. C. I.*, p. 33, sq.

2. *Règlement provisoire du Conseil concernant le service des Ponts et
Chaussées.* (Arch. nat., H 1519.)

3. *Rapp. C. I.*, p. 31.

4. *Procès-verbal des séances de la C. I.*, 3, 31 juillet 1788.

5. Le 22 juillet 1788 la Commission rédige une « Notice des objets à
comprendre dans l'instruction projetée pour régler le service des ingénieurs »,
indiquant en marge les faits qui ont motivé le règlement.. Elle comprend
12 articles. Il y est question surtout de la résidence obligatoire, de la
subordination aux Bureaux. On oblige les ingénieurs à signer cette for-
mule : « J'atteste que j'ai fait en personne la visite ou la vérification énoncée
au présent acte ». (*Reg. corr.* 22 juillet). Le 11 septembre, elle renvoie à
M. de la Millière, en y joignant ses observations, le projet d'Instruction
qu'il lui a communiqué. On en retrouve les mêmes dispositions appliquées
dans la Généralité d'Orléans. (Fromont : *Essai sur l'administration de l'Assemblée provinciale de la Généralité d'Orléans*, 1907.)

cet hommage aux ingénieurs des Ponts-et-Chaussées : « Pendant
deux ans et demi que nos relations ont duré avec eux, nous
avons vu avec satisfaction que leurs talents égalaient leur déli-
catesse, et nous dirons, avec toutes les administrations des
Assemblées provinciales, que ce corps utile à infiniment gagné
à se faire connaître[1]. »

Le service du personnel subalterne, conducteurs, piqueurs et
cantonniers donna lieu à des plaintes plus fréquentes. Gisors
regrette que les conducteurs se trouvent rarement sur les lieux,
occupés qu'ils sont à dresser des devis dans leurs bureaux[2].
Caudebec accuse la paresse des cantonniers, « due à la négli-
gence de l'ingénieur et de l'un des conducteurs qui ne les sur-
veillent pas assez[3]. La Commission dut faire paraître un « règlement pour la subordination des cantonniers » (28 avril 1788)[4].
Il y eut quelques peines prononcées ; amendes ou retenues de
traitement. Les destitutions furent plutôt rares.

La situation des cantonniers devint lamentable quand, par la
faute du Parlement, l'imposition en rachat de corvée ne put être
recouvrée. Les adjudicataires, ne recevant pas leurs acomptes ;
se trouvaient hors d'état de leur payer leur maigre salaire
(30 livres par mois en moyenne), Thouret dut intervenir à plusieurs reprises et de la façon la plus pressante auprès du contrôleur-général pour qu'il autorisât les receveurs particuliers à
consentir des avances en faveur de ces malheureux qui mouraient
de faim[5].

Rappelons que la connaissance du contentieux en matière de
travaux publics continuait d'appartenir aux intendants. Quant
aux trésoriers de France, composant le Bureau des finances,
jadis maîtres dans le service de la voirie, puis peu à peu évincés
par les intendants, ils avaient vu avec un dépit extrême l'Assemblée provinciale affecter d'ignorer leur existence et légiférer sans
eux sur tout ce qui concerne les routes[6]. Ils jugèrent à propos
de montrer qu'ils existaient encore en rendant une ordonnance

1. *Rapp. C. I.*, p. 39.
2. *Procès-verbal de l'Ass. du dépt de Gisors.*
3. *Procès-verbal de l'Ass. du dépt de Caudebec.*
4. *Reg. corr.* 28 avril 1788.
5. Lettres de la Commission du 15 janvier, 26 février, 6 mars 1789 (*Reg. corr.* et Arch. nat., H 1589). Thouret crut devoir y joindre ses instances per-sonnelles (voir sa lettre du 8 mars, Arch. nat., *ibidem.*)
6. Cf. deux mémoires des Trésoriers généraux, l'un du 7 nov. 1787, l'autre du 5 avril 1788, adressés au Contrôleur général (Arch. nat., H 1596). *Ordonnance de nos seigneurs les présidents, trésoriers généraux de France au Bureau des Finances de la Généralité de Rouen qui ordonne l'exécution du règlement au sujet de la police des chemins*, du mercredi 12 mars 1788 (impr., in-4°, Arch. nat., H 1596).

au sujet de la police des chemins. Supprimés en mai 1788, rétablis en septembre, ils vécurent obscurément jusqu'à leur suppression définitive (octobre 1790).

Ateliers de charité. — Les ateliers de charité avaient été ima-
ginés par le Contrôleur général Orry (1730-1745) et l'intendant
d'alors, M. de la Bourdonnaye (1733-1755), avait reçu avec un
un don de 150.000 livres des « instructions pour l'établissement
de la régie des ateliers de charité[1]. » Leur but était de procurer
des ressources aux pauvres, au moins pendant l'hiver, en utili-
sant leurs bras pour des travaux d'utilité publique. Le roi
accordait à la Généralité de Rouen, pour cet objet, une somme
déterminée (77.000 livres en 1787; 87.000 en 1788 et 1789.) Les
paroisses, les particuliers, qui sollicitaient des ateliers de charité
devaient contribuer à la moitié ou au tiers de la dépense.

Dans son rapport à l'Assemblée provinciale, Thouret, qui
voulait appliquer la méthode aux institutions de bienfaisance,
posa les règles suivantes : distribuer les ateliers partout où les
pauvres sont exposés à manquer de nécessaire, faute de travail,
par exemple dans le voisinage des villes et dans les campagnes
éprouvées par quelque fléau ; appliquer leur travail à des objets
d'utilité publique et non à la satisfaction d'intérêts particuliers
(par exemple à ouvrir une route pour la commodité d'un châ-
telain). Les départements seraient consultés sur les chemins
vicinaux à entreprendre. Le travail serait payé à la journée,
non à la tâche, pour être accessible aux femmes et aux enfants[2].
Le Bureau se rangea à ces vues, excepté en ce qui concerne le
travail à la journée et l'Assemblée rédigea un règlement en six
articles. Le prix de la tâche devait être fixé de manière à être un
peu au-dessous du taux ordinaire des salaires du canton, mais
les vieillards au-dessus de soixante ans, les femmes et les enfants
au-dessous de quatorze ans gagneraient pour une demi-tâche
le prix d'une tâche entière[3].

Le contrôleur-général approuva ce règlement, avec quelques
légères observations (8 mai 1788).

La procédure était la suivante : la demande, adressée à la
Commission avant juillet, était communiquée par celle-ci aux
Bureaux intermédiaires. L'état, dressé par l'ingénieur en chef,
était envoyé par la Commission au ministre pour être approuvé

---

1. Arch. dép., C 881. Cf. sur cette question Bloch : *L'assistance et l'Etat
en France à la veille de la Révolution*, 1908, p. 201 sq.

2. *Rapport* de Thouret. *Procès-verbal de l'Ass. prov.*, p. 45-52.

3. *Procès-verbal de l'Ass. prov.*, p. 277-280 (Titre V du Règlement sur
les Travaux publics).

par le Conseil. Les contributions volontaires devaient être versées à titre d'acompte.

Les demandes furent assez nombreuses, surtout de la part des membres des Assemblées de la Généralité ; de grands personnages, comme le baron de Breteuil et le duc d'Orléans, en sollicitèrent. On ne put même, faute de fonds, donner satisfaction à toutes.

Dans d'autres cas, par exemple pour venir au secours de paroisses dévastées par la grêle ou les inondations, le roi accordait des fonds extraordinaires pour être employés en ateliers de charité ; les mandats étaient expédiés sur les ordonnances de l'intendant ou de la Commission. Le cas se produisit pour quelques paroisses des départements de Gisors et d'Andely [1].

Les ateliers de charité établis aux abords de Rouen méritent une mention particulière, vu les embarras qu'ils causèrent à la Commission. La nombreuse population ouvrière de cette ville, très éprouvée par le traité de commerce avec l'Angleterre, eut en outre à souffrir de deux hivers rigoureux, ceux de 1787-1788 et de 1788-1789. Les ateliers municipaux, entretenus par souscription, étaient un lourd fardeau pour la ville. Elle demanda à la Commission de s'en charger, ce qui fut fait à dater du 24 mai 1788. En réalité ils furent administrés par le Bureau de Rouen avec le contrôle et le concours de la Commission. Prolongés jusqu'au 1er juillet 1788, ils rouvrirent l'hiver suivant et cessèrent le 25 avril 1789. Le procès-verbal parle plus d'une fois des désordres qui se produisirent dans les chantiers et des mesures d'intimidation ou de répression que la Commission crut devoir prendre [2].

Le 31 août 1789, en vertu d'une délibération du corps municipal, les ateliers de charité passèrent sous l'administration du bureau de bienfaisance.

Réparations de nefs d'églises et de presbytères. — On peut faire rentrer dans la classe des travaux publics les réparations de nefs d'églises et les constructions de presbytères, dont nous avons parlé au sujet des impositions locales. La Commission intermédiaire n'intervenait que pour accorder son autorisation, ou pour transmettre la demande au Conseil.

Cimetières pour les protestants. — Signalons enfin l'obligation nouvelle imposée par l'édit de novembre 1787 aux administrateurs des villes, bourgs et villages « de construire dans chacun desdits lieux un terrain convenable et décent pour

---

1. *Rapp. C. I.*, p. 52-56.
2. *Procès-verbal de la C. I.*, 4, 24, 28 décembre 1788, 22 janvier 1789.

l'inhumation de ceux à qui la sépulture ecclésiastique ne doit pas être accordée[1]. » La Commission fit procéder à une enquête qui permet de connaître approximativement le nombre des non-catholiques dans chaque département. Celui de Montivilliers (qui comprenait le Havre) accusait 70 familles, soit 203 individus, Rouen moitié moins environ ; Evreux n'en trouvait aucun[2].

IV

MANIEMENT DES FONDS

Les fonds dont la Commission intermédiaire avait le maniement étaient les suivants :
1° imposition pour la prestation des chemins ;
2° fonds libres de la capitation ;
3° fonds variables.
Les premiers étaient versés par les collecteurs entre les mains des receveurs particuliers des finances. Les fonds libres et les fonds variables étaient versés par le gouvernement dans les caisses des receveurs généraux.

I. *Prestation des chemins*[3]. — La Commission délivrait des mandats d'acompte aux adjudicataires, l'ordonnance finale étant délivrée par l'intendant, comme il a été dit plus haut. Les adjudications s'élevèrent :
En 1788 à 728.980 l. 16.
En 1789 à 680.386 l. 9.
En 1790 à 633.834 l. 6.
Pour cette dernière année aucun mandat ne fut délivré. La Commission laissa ce soin au Directoire de la Seine-Inférieure.

II. *Fonds libres de la Capitation*.[4] — Les fonds libres et variables de la Capitation étaient cette fraction de l'imposition qui, au lieu d'être versée au trésor royal, restait dans la province pour y être affectée à différentes dépenses. .
Les fonds dits libres étaient employés à couvrir les dépenses « annuelles et fixes » de l'administration, ou encore à accorder des secours à différentes catégories de personnes.

1. Isambert, *Recueil*... XXVIII, 472.
2. Arch. dép., C 2168, 2209.
3. *Rapp. C. I.*, p. 91-94, 102-105, 115-117.
4. *Rapp. C. I.*, p. 94-97, 106-108, 117-119.

Ces fonds qui montaient en 1788 à 70.315 l. 8,8
— en 1789 à 70.205 l. 7,11
— en 1790 à 35.102 l. 13.10
reçurent l'affectation suivante : frais de service de la Commission et des Bureaux intermédiaires (en partie), frais de bureau de l'ingénieur en chef (en partie), solde d'Acadiens résidant au Havre, subvention à l'Académie de Rouen ; secours à des incendiés, voyages de vétérinaires, gratifications pour loups tués, frais d'impression.

III. *Fonds variables*[1]. — Ils étaient employés, comme l'indique leur nom, à couvrir des dépenses variables. Ainsi pour l'année 1788, nous trouvons 60.000 L. pour les frais de service de la Commission et des Bureaux intermédiaires (en partie), 13.700 pour le logement du gouverneur, de l'intendant, du commissaire des guerres et de la maréchaussée, 21.000 pour la levée et l'équipement des milices, 40.000 pour les indemnités de terrains.
Leur montant s'élevait en 1788 à 174.700 L.
— en 1789 à 174.700 L.
— en 1790 à 87.350 L.
Les dépenses relatives à ces deux sortes de fonds étaient payées sur les mandats de la Commission intermédiaire ou sur les ordonnances de l'intendant.

V

BIEN PUBLIC

On entendait sous cette dénomination, « tout ce qui tend à soulager l'humanité, la guérison des épidémies, celle des épizooties, l'agriculture, le commerce, la fabrication, les découvertes qui y sont relatives [2] », en un mot ce qui concerne l'assistance publique, l'hygiène et le progrès économique.

L'Assemblée provinciale avait formé un comité d'agriculture, commerce et bien public qui rédigea d'intéressants rapports sur différents sujets. Les assemblées départementales dans leur session de 1788, firent de même. Malgré tout son bon vouloir, la Commission intermédiaire ne fit guère qu'adresser des circulaires et recueillir des mémoires. Pour atteindre le but qu'elle se proposait, il ne lui manqua, selon ses propres expressions,

1. *Rapp. C. I.*, p. 98, 109-114, 120-122.
2. *Rapp. C. I.*, p. 140.

que « plus de temps, plus d'autorité et surtout moins d'oppo-
sitions[1] ». Elle eût pu ajouter : plus de moyens pécuniaires.

Cours d'accouchement. — L'Assemblée provinciale avait
décidé de créer dans chaque département des cours gratuits
d'accouchement pour remédier au « fléau des sages-femmes. »
Déjà, quelques années auparavant, l'intendant, M. de Crosne,
avait fait venir une dame du Coudray[2], qui avait ouvert à
Moulins, puis à Soissons, Orléans, Châlons, des cours publics
« au moyen d'une machine ». Les cours avaient commencé à
Evreux le 15 avril 1777. De son côté le sieur Pillore, chirurgien
à Rouen, avait ouvert un cours par ordre du gouvernement[3].
Mais très peu de femmes le fréquentèrent ; quant aux cours
ouverts çà et là dans la Généralité, ils disparurent assez vite.
Tout était donc à recommencer.

La Commission s'adressa aux Bureaux pour les déterminer à
ouvrir des cours : 4 seulement fonctionnèrent en 1788, 2 en 1789[4].
« Nous sommes obligés de l'avouer, nos efforts réunis n'ont pu
vaincre l'aveuglement de la routine et de l'ignorance[5] ». Ce fut
un échec à peu près complet.

Epidémies. — Les épidémies[6] n'occasionnèrent que peu de
dépenses à la Commission intermédiaire. Deux paroisses seulement eurent besoin de ses secours ; dans une troisième la soi-
disant épidémie se réduisait à quelques cas isolés de fluxion de
poitrine ; il n'en coûta que douze livres pour le déplacement du
médecin.

Mendicité. — L'Assemblée provinciale avait écouté avec
faveur le plan que lui présentait Thouret pour l'extinction de
la mendicité[7]. On renfermerait dans des dépôts les mendiants
incorrigibles et les vagabonds. On fixerait les autres dans leurs

1. *Rapp. C. I.*, p. 140.
2. La dame Le Boursier du Coudray se faisait annoncer sous ce titre :
« Maîtresse sage-femme de Paris, brevetée du Roi pour expliquer l'art des
accouchements dans le royaume ». (Bloch, *op. citato*, p. 248-249.)
3. En 1778 (Arch. dép., C 98). En 1789, le cours était fait à Rouen par
M. Beaumont, professeur et démonstrateur royal des accouchements. (*Almanach de Normandie* 1789.)
4. En 1788, Gisors, Pont-Audemer, Caudebec, Neufchâtel. En 1789, Gisors
et Pont-Audemer seulement.
5. *Rapp. C. I.*, p. 141.
6. *Rapp. C. I.*, p. 143-144.
7. *Rapp.* de Thouret, dans le *Procès-verbal de l'Ass. prov.*, p. 77-112. Cf.
Mourlot : *La question de la mendicité en Normandie à la fin de l'ancien
régime*, 1903. Bibl. nat., Lk 2/4897.

paroisses. Chacune aurait son bureau des pauvres formé par la municipalité elle-même. Chaque département aurait sa caisse commune alimentée par des sources diverses : revenus, fondations, destinés aux soulagement des pauvres, revenus des confréries, aumônes volontaires, vente de cimetières supprimés, en cas de besoin, contribution forcée, mais volontaire quant à la quotité. Pour se conformer au désir de l'Assemblée, la Commission adressa un questionnaire aux municipalités. Elles devaient remplir des tableaux imprimés, en cinq colonnes indiquant ; 1° les noms des vieillards, infirmes et estropiés hors d'état de travailler ; 2° les noms des pères de famille et autres hors d'état de gagner entièrement leur subsistance ; 3° les noms des pauvres valides des deux sexes, en état de gagner leur vie, mais manquant de travail ; 4° l'évaluation des besoins annuels auxquels il faut subvenir dans la paroisse ; 5° l'évaluation des moyens d'assistance de la paroisse[1].

L'effet produit par cette circulaire fut désastreux ; les bureaux intermédiaires sont unanimes à le constater. Les contribuables craignaient des impositions nouvelles ; les paroisses consentaient bien à se charger de leurs pauvres, mais se montraient tout à fait hostiles à la création d'une caisse centrale. Certaines s'imaginaient qu'on allait enlever de force les pauvres à leurs familles. « Dans cet acte de bienfaisance les habitants des campagnes n'ont vu qu'un acte d'inhumanité. Ils se sont persuadé que ces recherches générales n'étaient qu'une horrible inquisition pour enlever les pères à leurs enfants, en les reléguant dans ses tristes dépôts qu'ils n'envisagent que comme la peine des méchants et le séjour du crime[2]. » Aussi la plupart des réponses furent-elles insuffisantes ou inexactes à dessein. On exagérait le nombre des pauvres en diminuant l'étendue des ressources « Quelques paroisses même nous ont indiqué les grosses dîmes comme une ressource assurée pour former un fonds de charité certain et se sont permis des réflexions pleines d'amertume et d'aigreur sur l'emploi des biens destinés, ont-ils dit, à former le patrimoine des pauvres[3] ».

La Commission, dans son compte rendu de 1790, était réduite à constater franchement son insuccès. « La mendicité subsiste toujours ; et nous pouvons même dire avec douleur que dans ces derniers temps elle s'est accrue d'une manière effrayante. »

Sourds-muets. — Une dame charitable avait fourni à l'abbé

1. Arch. dép., C 2210.
2. *Procès-verbal de l'Ass. du dép* d'Evreux. — Même langage à Gisors.
3. *Procès-verbal de l'Ass. du dép* de Rouen.

Huby les moyens de prendre des leçons de l'abbé de l'Epée. A son retour il se fit gratuitement l'instituteur des sourds-muets. La Commission, vers la fin de sa session, sollicita et obtint de Necker un traitement annuel en faveur de cet ecclésiastique[1].

Ecole d'Alfort. — L'école vétérinaire d'Alfort, fondée par les soins de M. Bertin, recevait déjà, sous l'administration de M. de Crosne, quatre élèves entretenus aux frais de la Généralité. Ils y restaient quatre ans et en sortaient brevetés. La Commission intermédiaire conserva ceux qui s'y trouvaient. A chaque vacance elle demandait aux départements.de lui indiquer un sujet ; l'entretien des élèves de la Généralité était à sa charge. Tous les trois mois elle se faisait renseigner par le directeur sur leur travail et leur conduite[2].

Epizooties. — La Commission s'occupa également à plusieurs reprises de combattre les épizooties. Elle envoyait dans les villages contaminés des « artistes » qu'elle payait à raison de 10 L. par jour, et qui rendirent de grands services. En ce qui concerne la morve, le remède consistait à abattre le cheval malade. « Malheureusement, écrit le rapporteur, les habitants de la campagne, mûs par un intérêt personnel mal entendu, mettent toute leur adresse à dérober la connaissance du mal dont les animaux sont atteints[3]. »

Bureau d'encouragement. — Une des créations les plus originales de l'Assemblée provinciale fut celle du Bureau d'Encouragement destiné « à s'occuper particulièrement de ce qui serait propre à ranimer l'industrie, à soutenir les fabriques et à maintenir l'autorité du commerce[4]. » Il serait établi à Rouen et comprendrait les membres de la Commission intermédiaire (sauf les procureurs-syndics) ; deux députés de la Chambre de Commerce et deux fabricants. Une somme de 300.000 L. à titre de subvention, serait sollicitée du gouvernement et mise à la disposition du Bureau. Le ministère ratifia ces demandes.

Le Bureau, qui avait ouvert ses séances le 8 avril 1888 déploya une grande activité. Il se procura des machines anglaises pour filer et carder le coton, distribua des prix pour la filature du lin, obtint du Conseil différentes mesures en faveur de l'industrie française, fit procéder à des recherches de mines de charbon, etc. Il comprenait qu'au lieu de proscrire les

1. *Rapp. C. I.*, p. 148.
2. *Ibidem*, p. 151.
3. *Ibidem*, p. 155-156.
4. *Ibidem*, p. 157-200.

machines, comme on le demandait de tous côtés, il fallait au contraire en répandre l'usage si l'on voulait soutenir la concurrence avec l'Angleterre. Tous ses efforts furent brusquement anéantis. La révolution politique servit de prétexte à une réaction économique : dans les insurrections de juillet et d'octobre 1789 le peuple de Rouen détruisit avec la machine à filer le coton, dite de Barneville, plus de sept cents « jennys » et dix machines à carder. La conclusion du Rapport mérite d'être citée : « Un temps viendra sans doute, et peut-être n'est-il pas éloigné, où le peuple, revenu de sa longue erreur, désirera et protégera ces instruments utiles, qui peuvent seuls soutenir nos manufactures et ramener l'abondance ; mais en attendant, le mal se fait, les moyens s'épuisent ; et, victime de sa propre fureur, ce peuple qu'on voudrait rendre heureux souffrira d'autant plus longtemps qu'il reculera l'instant où il peut cesser d'avoir à se plaindre. »

Subsistances. Désordres et émeutes. — On pourrait arrêter ici l'énumération des objets dont la Commission intermédiaire eut à s'occuper. Mais il est impossible de n'être pas frappé de l'importance de plus en plus grande que prend à ses yeux, surtout à partir de 1789, la question des subsistances. Elle fait entendre des plaintes au sujet de la cherté du blé ; elle mentionne fréquemment les désordres qui se propagent dans la Généralité, surtout dans le pays de Caux. Si elle ne juge pas à propos d'en parler dans son Rapport, c'est qu'elle n'avait pas de compte à en rendre, cet objet ne rentrant pas dans ses attributions. En effet, c'était à l'intendant que revenait le soin d'approvisionner la province, tandis que le Parlement rendait des arrêts pour le maintien de l'ordre et fixait le prix du pain d'après le cours des grains[1]. Mais, vu la gravité de la crise que traversait la Généralité, vu les secousses qui dérangeaient tous les ressorts administratifs, il était du devoir de la Commission de s'alarmer de la disette, de solliciter des secours et de signaler les désordres qui effrayaient les bureaux des départements.

C'est le 16 septembre 1788 que la Commission reçoit une circulaire du Directeur Général, Necker, sur les causes du renchérissement du blé. Peu de jours auparavant, ce ministre, peu favorable à la liberté du commerce, vient de suspendre l'exportation[2]. Des primes sont accordées aux importateurs de

1. *Lettre du Parlement de Normandie au Roi*, 15 juillet 1789.

2. Arch. nat., AD XI, 40. Le 23 novembre 1788 et le 23 avril 1789. Arrêtés du Conseil défendant de vendre ou d'acheter des grains en dehors des marchés et obligeant les marchands et cultivateurs à approvisionner les marchés (*ibid.*).

blé. Le gouvernement lui-même fait des approvisionnements ; les grains, débarqués au Havre pour le compte du roi, s'accumulent dans les magasins des villes de Normandie. Malgré ces achats, le prix du blé ne cesse d'augmenter, et la disette sert de cause ou de prétexte à de graves désordres. Dès le mois de janvier 1789, des bandes armées attaquent les convois de blé ou de farine, ou bien se livrent à des perquisitions domiciliaires chez les cultivateurs, même aux environs de Rouen. Au mois de juillet la situation devient critique. Pendant deux jours, le 12 et le 13 l'émeute est maîtresse de Rouen. Des compagnies de volontaires se forment, ce qui amène une scission complète entre la municipalité et le Parlement. Quinze jours plus tard l'hôtel de l'intendant est pillé, lui-même menacé de mort ; les chefs du mouvement, l'acteur Bordier et Jourdain, sont pris, jugés prévôtalement et exécutés [1].

La mauvaise récolte de 1789 ne permet plus de se faire d'illusions : c'est bien la famine qui se fait sentir dans la Généralité. Sans doute la Commission n'a pas qualité pour se charger des approvisionnements, puisque ce soin incombe aux agents du gouvernement. Mais elle ne s'en désintéresse pas. Elle signale à l'intendant que telle ou telle ville manque de pain. Elle est obligée d'avouer à Necker que l'on ne tient nul compte du décret de l'Assemblée qui prescrit la libre circulation des grains. Le pays de Caux, en particulier, est en pleine fermentation, et, à plusieurs reprises la Commission réclame à grands cris l'envoi de cavaliers de maréchaussée ou de dragons [2].

Fin de la Commission intermédiaire. — Au milieu de ces préoccupations et de ces tristesses la Commission s'acheminait vers le terme de son mandat. Elle savait, depuis le mois de novembre 1789, que ses jours étaient comptés [3]. La Généralité de Rouen allait être morcelée entre plusieurs départements [4] ; la nouvelle organisation administrative, due en grande partie à

1. Sur ces désordres, voir Gosselin : *Journal des principaux épisodes de l'époque révolutionnaire à Rouen et dans les environs, de 1789 à 1794* (Revue de Normandie 1865, p. 281 sq. 558 sq.). L'auteur a dépouillé les dossiers du bailliage criminel.

2. Voir le *Procès-verbal des séances de la Commission* et le *registre de correspondance*, à partir de juillet 1789, *passim*.

3. C'est en novembre 1789 que furent rendus, sur le rapport de Thouret, les décrets établissant un nouvel ordre administratif.

4. « La Normandie sera divisée en 5 départements » (décret du 14 janvier 1790). Ceux dont les noms suivent furent formés en totalité ou en partie de l'ancienne Généralité de Rouen : Amiens (Somme), 26 janvier ; Versailles (Seine-et-Oise), 27 janvier ; Evreux (Eure), février ; Rouen (Seine-Inférieure), 3 février ; Caen (Calvados), 5 février ; Beauvaisis (Oise), 7 février.

Thouret, comportait comme l'ancienne trois ordres d'assemblées, mais celles-ci étaient issues de l'élection, et la Commission intermédiaire n'était désormais qu'une survivance de l'ancien régime. Elle vit se former, dès le mois de janvier 1790, les municipalités ; au mois de juillet, les électeurs procédèrent à la nomination des membres de l'assemblée de département[1] ; les administrations de district furent formées immédiatement après. Le 19 juillet, la Commission tint sa dernière séance. En vertu des Instructions adressées par le ministre, elle devait cesser aussitôt toutes fonctions d'administration et s'occuper seulement de la remise des papiers à ses successeurs. Elle pria les bureaux intermédiaires de faire la même remise aux mains des procureurs-syndics des districts. Ce fut la dernière manifestation de son existence. Le 3 novembre 1790, « M. Herbouville », président de l'assemblée administrative de la Seine-Inférieure, lut le rapport sur les travaux de la Commission intermédiaire de l'Assemblée provinciale de Haute-Normandie, dont il avait été le procureur-général syndic. Celle-ci arrêta qu'il serait imprimé, et, à sa dernière séance (14 décembre 1790) exprima unanimement « toute la satisfaction et l'intérêt que la clarté de ce compte lui avaient inspirés »[2]. C'était le testament de la Commission.

Conclusion. — Les assemblées provinciales et les commissions intermédiaires étaient l'application d'une idée chère aux Economistes, celle d'assemblées de propriétaires chargés de répartir l'impôt et d'administrer sous le contrôle du pouvoir central. Nous avons montré ailleurs[3] comment le plan de Turgot et de Le Trosne avait été modifié en 1779 par Necker, puis en 1787 par les notables. L'expérience tentée *in extremis* par l'ancien régime, ou plutôt par des ministres éclairés de l'ancien régime ne manquait pas de hardiesse. Elle se poursuivit dans des conditions trop défavorables, à la veille et au lendemain d'une grande Révolution politique et sociale, elle fut interrompue trop vite pour donner des résultats probants. C'était un rouage neuf introduit dans un mécanisme vieilli. On ne saurait donc porter un jugement d'ensemble sur l'institution,

1. Arch. nat., F¹ c ɪɪɪ (Seine-Inférieure). Sur le rapport de Thouret, l'Assemblée décréta que les Assemblées de département, aussitôt réunies. se borneraient à nommer leur directoire ; il invoquait le précédent de 1787. (*Procès-verbal* du 28 juin 1790.)

2. *Procès-verbal des séances de l'Assemblée administrative du département de la Seine-Inférieure tenue à Rouen aux mois de novembre et de décembre 1790.* Rouen 1791, in-8°, p. 347.

3. Lebègue : *Thouret*, p. 34-38.

d'autant moins que presque aucun procès-verbal de Commission intermédiaire n'a été publié.

En ce qui concerne la Généralité de Rouen, la Commission, on l'a vu, ne put réaliser, à beaucoup près, tous les vœux de l'Assemblée provinciale. Mais il y aurait injustice à la rendre responsable de son échec. Ses membres, administrateurs improvisés, ne manquaient ni d'intelligence, ni d'activité, ni de dévouement à la chose publique, ni ceux qui, comme Thouret, allèrent siéger à la Constituante, ni ceux qui, comme d'Herbouville, restèrent en fonctions pour resserrer, comme ils l'écrivaient, la chaîne de l'administration, au moment où elle se rompait de toutes parts.

Ces assemblées et leurs commissions, par les services qu'elles avaient rendus, méritaient d'être sauvées d'une destruction complète. Aussi ne disparurent-elles pas tout à fait, Que l'on examine la nouvelle loi administrative, due en grande partie à Thouret, on y retrouvera, avec une base électorale plus large, les trois degrés qui existaient en 1787. Si le département de 1790 ne peut se comparer, comme étendue territoriale, avec la Généralité, le district se rapproche de l'ancien département; les municipalités ont subsisté [1]. La ressemblance est plus frappante encore si l'on considère le mécanisme des assemblées. L'assemblée de département est divisée en deux sections. L'une, le Conseil, tient une session d'un mois. C'est l'ancienne Assemblée provinciale. L'autre est un Directoire de huit membres, toujours en activité ; c'est la Commission intermédiaire [2]. Au degré inférieur, les administrations de district correspondent aux anciennes administrations de département [3]. Leur

---

1. Les Assemblées de département (de 1787) devaient s'appeler d'abord Assemblées de district (Edit de juin, art. 1, 2, 3). Celles-ci étaient au nombre de cinq dans ce qui fut depuis la Seine-Inférieure : Rouen, Caudebec, Montivilliers, Arques, Neufchâtel. En 1790 il y en eut sept : aux anciennes s'étaient ajoutées celles de Cany et de Gournay; Arques était remplacé par Dieppe. Le nombre des municipalités fut un peu réduit dans la suite par la réunion de plusieurs paroisses ou l'annexion des faubourgs par les villes.

2. « Chaque administration provinciale pourrait être divisée en deux sections, dont la première en serait comme le *Conseil* et, en quelque sorte, la Législature, et la seconde, chargée de toute la partie exécutive, en serait le vrai corps agissant, sous le titre de *Directoire provincial* ou de *Commission intermédiaire*. » (*Rapport du Comité de Constitution*, 29 septembre 1789.)

3. « C'est l'Edit de création des Assemblées provinciales qui a produit le système des administrations inférieures dont le Comité n'a fait que changer le nom. » (*Opinion de M. Pison du Galland*, 10 novembre 1789, Bibl. nat., Le 29/313.) Thouret, d'ailleurs, l'avait reconnu la veille. « C'est avec les lumières et l'autorité de l'expérience la plus précieuse que je réclame ces corps intermédiaires ; mes commettants, qui en ont éprouvé l'utile service,

subordination est aussi fortement marquée qu'auparavant. Les procureurs-syndics sont conservés. Enfin la compétence des assemblées nouvelles est simplement élargie en matière fiscale et en matière administrative[1]. A cet égard il n'y a pas de solution de continuité. L'administration départementale est donc une édition revue et augmentée de l'administration provinciale de 1787. Ce n'est pas une circonstance indifférente que l'ancien procureur-général syndic de l'Assemblée de Haute-Normandie soit devenu le membre le plus influent du Comité de Constitution.

m'ont expressément chargé de vous en demander la conservation. » (*Deuxième discours*, 9 novembre 1789, Bibl. nat., Le 29/312.)

1. Décret du 22 décembre 1789, section III : *Des fonctions des Assemblées administratives*.

PROCÈS-VERBAL

DES

SÉANCES DE LA COMMISSION INTERMÉDIAIRE

DE

LA HAUTE-NORMANDIE

---

24 août 1787.

Présents : Monseigneur le Cardinal, MM. de Goyon, de Canteleu, Gueudry, d'Herbouville et Thouret. M. de Coulons absent pour affaires.

« L'an mil sept cent quatre-vingt-sept, le vendredi vingt-quatrième jour d'août, à midi, dans la salle du palais archiépiscopal [1], qui a été provisoirement offerte par Monseigneur le Cardinal président, la Commission intermédiaire de l'Assemblée provinciale, présidée par Monseigneur le Cardinal archevêque de Rouen, a tenu sa première séance.

On a mis en délibération et arrêté les articles suivants :

1° Que la Commission s'assemblera le jeudi de chaque semaine, à 4 heures de relevée, dans le lieu désigné ci-après ;

2° Que pour expédier et simplifier la correspondance Monseigneur le Cardinal président voudra bien envoyer à la Commission intermédiaire les lettres qu'il recevra [2], avec

---

1. La phrase n'indique pas clairement s'il s'agit de la grande salle de ce palais dite salle des Etats, parce qu'elle servait aux séances des Etats de Normandie. Le procès-verbal de l'Assemblée provinciale, qui avait tenu sa session préliminaire au milieu d'août, dans le même endroit, porte « une des salles du palais archiépiscopal de Rouen ».

2. Le cardinal reçut peu de lettres, et encore ce fut pendant la session de l'Assemblée provinciale. Le reste du temps, le Contrôleur Général s'adresse directement à la Commission intermédiaire (voir le *Calepin pour le départ des lettres*, Arch. nat., H 1603). Les lettres adressées aux procureurs-syndics proviennent presque toutes des assemblées de département ou de leurs bureaux intermédiaires.

les observations dont elles lui paraîtront susceptibles, afin que ladite Commission y fasse les réponses convenables ;

3° Que les lettres adressées à MM. les syndics seront par eux rapportées à la Commission intermédiaire pour être la réponse à ces lettres soumise à la dite Commission et arrêtée par elle, à l'exception des lettres de simple expédition qui pourront être écrites par MM. les syndics ;

4° Que toutes les réponses faites par la Commission intermédiaire seront portées sur un registre destiné à en conserver les copies[1] ;

5° Qu'il sera envoyé un exemplaire des procès-verbaux imprimés de l'Assemblée provinciale ainsi que de tout ce qu'elle publiera par la voie de l'impression à MM. les présidents des Assemblées provinciales de Caen, Alençon, Paris et Amiens[2] ;

6° Qu'il sera fait un mémoire d'instructions pour être envoyé aux Assemblées de département pour les instruire sur leur régime et leur formation, en interprétation du règlement du 15 juillet 1787, lequel mémoire sera imprimé[3] ;

7° Que MM. les syndics se concerteront avec M. l'Intendant de la Généralité pour écrire ensuite à M. le Contrôleur Général relativement au logement de MM. les députés lors de la tenue des assemblées provinciales[4], ainsi que relativement aux frais à faire pour disposer dans la maison des

---

1. Elles remplissent en réalité deux registres (Arch. dép., C 2117 et 2118).

2. Les raisons de ce choix se devinent ; les assemblées provinciales de Caen, d'Alençon, de Paris et d'Amiens correspondaient à des Généralités limitrophes de celles de Rouen. Les deux premières appartenaient en outre à la Normandie.

3. Ce mémoire fut envoyé peu après « à MM. les présidents et à tous les députés nommés dans les départements. Il a eu le succès qu'elle (la Commission) s'était promis, puisque toutes les assemblées préliminaires du 24 septembre ont rempli avec autant de facilité que d'exactitude tout ce qui leur était confié ». (*Procès-verbal Ass. prov.*, p. 112.)

4. Le ministère avait prétendu imposer à la ville de Rouen le logement gratuit des membres de l'Assemblée. Sur les représentations des officiers municipaux il renonça à son projet.

Cordeliers de cette ville[1] le local nécessaire aux séances de l'assemblée provinciale, à celles de la commission intermédiaire, à l'établissement des bureaux, et, d'après le choix en la présente séance de la susdite maison des Cordeliers, suivant que sa commission intermédiaire en avait reçu le pouvoir dans la dernière séance de l'assemblée provinciale. »

Fait et arrêté à Rouen, ce 24 août 1787. (Signatures.)

30 août 1787.

Présents : MM. de Goyon, de Canteleu, Gueudry, Thouret. MM. de Coulons et d'Herbouville absents pour affaires.

« Lecture faite des observations destinées à l'instruction des départements[2], il a été arrêté qu'elles seraient imprimées et envoyées auxdits départements. »

Fait et arrêté, etc.

13 septembre 1787.

Présents : MM. de Goyon et Canteleu, de Coulons, d'Herbouville et Thouret. M. Gueudry absent pour maladie.

« M. Thouret a remis sur le bureau les procès-verbaux des assemblées provinciales[3] de Caen et d'Amiens, qui lui ont été adressés, le premier par Mgr le cardinal, archevêque de Rouen, président, l'autre par la commission intermédiaire d'Amiens.

Il a fait part aussi de différentes lettres qu'il a reçues et dont il a demandé qu'on déterminât les réponses :

La première, de M. Regnault, de Gisors, qui, ayant vu

1. Le local choisi pour les séances de l'Assemblée, et ultérieurement celles de sa Commission, fut en effet un bâtiment de la maison des Cordeliers. Le prix du loyer était de 2.400 L.

2. Ce sont les instructions dont il a été question dans la séance du 24 août.

3. Il ne peut s'agir, à cette date, que du procès-verbal de l'assemblée préliminaire tenue au mois d'août.

que M. de la Catonnerie, doyen du chapitre de Gournay, avait été nommé pour le département de Lyons, Gisors et Magny réunis, a demandé si cette nomination indiquait que Gournay fût enclavé dans ce département [1] ; arrêté que l'on répondrait que la nomination ne pouvait rien changer à la situation de Gournay, qui continuerait d'appartenir au département d'Andely, quoique sa position locale, qui seule a déterminé, semblât le mettre dans le département pour lequel M. de la Catonnerie a été choisi.

La deuxième, de M. Marguet du Mesnil, de Neufchâtel, qui demande si ses fermiers pourront être élus à l'assemblée municipale ; arrêté qu'il lui sera répondu affirmativement, l'article XI du règlement du 15 juillet dernier, au titre *des assemblées municipales*, ne permettant pas de faire des distinctions à ce sujet [2] ; la troisième, de M. Dambourney [3], par laquelle il demande :

1° Si les propriétaires non résidents sont éligibles à l'assemblée municipale [4].

2° Si un membre de l'assemblée provinciale peut être membre de l'assemblée municipale.

Arrêté qu'il lui sera répondu sur le premier point, que sa non-résidence s'oppose à l'élection, et sur le deuxième, que si le membre de l'assemblée provinciale réside dans sa

1. Gournay, élection d'Andely ; aujourd'hui chef-lieu de canton de l'arrondissement de Neufchâtel. Sa position géographique le rattachait évidemment à Gisors, ce qui motive l'observation de la Commission. Le doyen du chapitre n'en continua pas moins à siéger à l'assemblée de Gisors, tandis que le maire de la ville siégeait à celle d'Andely !

2. L'article est ainsi conçu : « Toute personne noble ou non noble, ayant 25 ans accomplis, étant domiciliée dans la paroisse au moins depuis un an, et payant au moins 30 L. d'impositions foncières ou personnelles, pourra être élue membre de l'Assemblée municipale ». Rien, comme on le voit, n'exclut les fermiers.

3. Sur Dambourney, voir la *Notice*.

4. Les citadins qui possédaient des propriétés foncières dans la Généralité — et il y a lieu de croire qu'ils étaient nombreux — n'avaient pas le droit de faire partie des assemblées municipales. En fait, un certain nombre d'entre eux furent élus, et le Gouvernement admit, à titre provisoire, la validité de leurs élections. (Cf. *Procès-verbal Ass. du dépt de Rouen* ; *compte sur les municipalités*. Arch. dép., C. 2185.)

paroisse, il pourra être élu par l'assemblée municipale, mais que dans le cas contraire il ne le pourra.

M. Thouret a mis ensuite sur le bureau tous les tableaux, états et renseignements recueillis par lui, relativement aux routes, aux ateliers de charité, et, après examen et discussion des principaux objets, il a été autorisé d'en faire son rapport à la prochaine assemblée générale, suivant le plan qu'il lui a proposé et que la Commission a adopté[1]. »

27 septembre 1787.

Présents : MM. de Goyon, de Canteleu, Gueudry, d Herbouville et Thouret. M. de Coulons absent pour affaires.

« M. Thouret a présenté des tableaux relatifs à la taille et autres impositions[2], l'un contenant leur quotité, celle des frais de perception et les contributions de chaque élection, l'autre présentant l'imposition du 2e brevet définitivement fixée en 1780, avec l'indication des différents objets dont ce 2e brevet est composé.

M. Thouret a fait part ensuite de son aperçu du travail à faire pour établir l'égalité proportionnelles de la taille entre les élections ou les départements, les paroisses et les individus, pour anéantir la confusion de l'industrie contribuable avec la taille due pour la culture, retrouver la contribution de cette industrie, en la déterminant sur le taux de la capitation réglée par classes, et à regagner ainsi au profit de l'agriculture la perte de la contribution de l'industrie à la taille, par l'augmentation de sa taxe à la

1. Voir pour cette partie le rapport de Thouret, dans le *procès-verbal Ass. prov.*, p. 13 à 52.
2. Ces tableaux sont annexés au procès-verbal de l'Assemblée. Le total de la Taille, Capitation et Vingtièmes s'élevait en 1787, pour la Généralité, à 9.414.414 l. 8.4. Le second brevet de la Taille comprenait les additions successives faites à cet impôt. Leur détail ne remplit pas moins de 23 colonnes. On sait que la Taille, dont le Roi déterminait arbitrairement le chiffre, était devenue fixe depuis la déclaration du 13 février 1780.

capitation. M. Thouret a été autorisé à faire son travail et à disposer son rapport sur ce plan [1].

Il a présenté ensuite le projet d'une lettre à envoyer aux 10 départements pour en obtenir les renseignements propres à servir de matériaux et d'autorités au travail ci-dessus, et il a été arrêté que cette lettre serait envoyée à la commission intermédiaire de chacun des départements [2].

M. Le Couteulx [3] a fait lecture d'un mémoire instructif sur le commerce. »

4 octobre 1787.

Présents : MM. de Goyon, d'Herbouville et Thouret. MM. de Coulons et de Canteleu absents pour affaires et M. Gueudry pour maladie.

« M. Thouret a remis sur le bureau un exemplaire de l'édit du 15 juillet [4] dernier avec l'enregistrement fait par la Cour des Aides de cette province [5], qui lui a été adressé par M. le procureur général de cette cour [6]. L'envoi était accompagné d'une lettre de ce magistrat, par laquelle, expliquant ce que l'enregistrement eût pu ne pas présen-

1. Pour remédier à l'inégalité dans la répartition de la Taille, Thouret proposait un taux d'imposition qui serait le même pour toutes les paroisses. La Capitation serait séparée de la Taille : on dresserait des rôles divisés en colonnes correspondant aux différentes classes de fortune et d'aisance. La cote « industrielle » de la Taille serait supprimée ; l'industrie ne paierait qu'une addition à la Capitation. La Taille ne pèserait que sur les seuls produits de l'exploitation des terres. Pour les développements, voir le *Procès-verbal Ass. prov.*, p. 77 à 111.

2. Lettre du 30 septembre. (Arch. dép., C. 2117.)

3. Sur ce personnage, voir la *Notice*. Son mémoire a, pensons-nous, fourni les éléments du rapport de Thouret sur le commerce. (*Procès-verbal*. p. 52 à 67.)

4. C'est le *Règlement* fait par le Roi pour la Généralité de Rouen. (Arch. nat., H 1595)

5. La Cour des Comptes, Aides et Finances de Normandie, s'était formée en 1705 par la réunion de la Chambre des Comptes et de la Cour des Aides en une seule compagnie. Elle avait fait bon accueil à l'Assemblée provinciale, tout en insérant des réserves dans un arrêt d'enregistrement du 29 septembre. Elle avait même affirmé son désir de collaborer avec elle. Suspendue en mai 1788, rétablie en septembre, elle se montra aussi acharnée contre la Commission intermédiaire que le Parlemement lui-même.

6. Il s'appelait M. Marescot.

ter assez clairement, il annonce que sa compagnie n'a d'autre but que de seconder les travaux de l'assemblée provinciale, et d'établir avec elle un concours de lumières et d'autorités, se prêtant un mutuel appui, à l'effet d'opérer ensemble le bien de la province. Il a été arrêté que MM. les procureurs-généraux-syndics répondraient à M. le procureur-général de la Cour des Aides pour accepter la correspondance offerte, en la réglant sur l'esprit de la lettre de ce magistrat.

M. Thouret a communiqué ensuite un mémoire envoyé par M. de Montigni, de Lille en Flandres, concernant un projet d'abolition de la gabelle. Il a été arrêté que ce mémoire serait déposé aux Archives, et que MM. les procureurs-généraux-syndics écriraient à M. de Montigni une lettre de remerciement.

M. Thouret a remis aussi sur le bureau une lettre de la commission intermédiaire du dép[t] d'Arques, relativement aux défenses que font les commis aux gabelles d'employer l'eau de mer pour lessiver les blés. Il a été arrêté d'écrire au Ministre pour appuyer la réclamation du dép[t] sur cet objet[1].

M. Thouret a encore fait part des envois faits par plusieurs des départements de leurs tableaux d'arrondissements [2] et de la formation de leur complet[3]. »

1. *L'Ordonnance sur le fait des gabelles*, de mars 1689 (titre XIV, art. 57) défendait rigoureusement de se servir de l'eau de mer. Les commis n'admettaient pas d'exception, même pour le « chaulage » des blés. Dans sa lettre au ministre pour appuyer la requête du Bureau d'Arques, la Commission écrivait (5 octobre 1788) : « Les laboureurs offrent de ne prendre de l'eau de la mer qu'en présence des employés et d'y mêler sur-le-champ et sous leurs yeux de la chaux. » L'Assemblée provinciale prit un arrêté en leur faveur. La Commission renouvela ses instances (28 février 1788) : ce fut en pure perte. (*Reg corr.*)

2. Ce terme désignait, depuis l'édit de juin 1787, une subdivision nouvelle, servant à élire les députés à l'assemblée du département (Règlement du 15 juillet : des assemblées de département, art. 7).

3. La première moitié des membres des assemblées de département avait été nommée par l'Assemblée provinciale. La seconde le fut par ces assemblées elles-mêmes dès leur première séance (24 septembre 1787).

11 octobre 1787.

Présents : MM. de Goyon, Gueudry, Thouret. MM. Le Couteulx de Canteleu, de Coulons, d'Herbouville absents pour affaires.

« M. Bayeux a donné communication des lettres qui lui ont été adressées par MM. les ducs de Coigny, du Châtelet, d'Avré [1], et par M. l'évêque de Lisieux [2], présidents des administrations provinciales de Caen, Ile-de-France, Amiens et Alençon en réponse à celles qui leur avaient été écrites pour les inviter à lier correspondance avec l'administration provinciale de Haute-Normandie [3]. Ils ont accepté cette invitation avec reconnaissance et ont annoncé qu'ils sentaient la nécessité que toutes les assemblées provinciales et particulièrement celles qui ont des rapports entre elles se conduisissent par le même esprit.

M. Bayeux a remis sur le bureau le procès-verbal de l'assemblée préliminaire de l'administration de l'Ile-de-France et les observations de la C. I. de celle d'Alençon qui lui avaient été adressées.

M. Thouret a fait lecture du projet de la lettre écrite par MM. les procureurs-généraux-syndics à M. le procureur-général de la Cour des Aides de Rouen [4], en réponse à celle qu'il leur avait adressée relativement à l'enregistrement en cette cour de l'édit du 15 juillet dernier. »

Communication des instructions envoyées par le Ministre [5] pour être reportées aux départements ; dépôt d'un exemplaire aux archives de l'administration provinciale.

---

1. L'orthographe exacte est : d'Havré.

2. Mgr de la Ferronnays.

3. Nous ne voyons pas que cette invitation ait été suivie d'effet, excepté en ce qui concerne l'envoi réciproque des procès-verbaux : la lenteur des communications et la cherté du port des paquets entravaient toute correspondance régulière.

4. Cette lettre, du 12 octobre, est un simple accusé de réception, accompagné de formules de politesse. (Arch. dép., C. 2117.)

5. Ces instructions avaient pour objet la convocation des assemblées de département avant le 28 octobre. (*Procès-verbal Ass. prov.*, p. 114.)

Lecture par M. Thouret d'un projet de réponse à cet envoi : difficulté d'exécuter l'article qui concerne l'envoi des procès-verbaux des assemblées municipales à celles de département, attendu qu'aucun règlement ne forme de lien de correspondance et d'union entre les municipalités et les départements ; les seigneurs et le curé ne peuvent être nommés dans les procès-verbaux des paroisses[1], puisqu'ils sont nommément exclus de leurs assemblées. Embarras et frais que vont entraîner les nouveaux détails demandés, inconvénient de fatiguer dès le commencement par des opérations trop multipliées et des recherches trop fréquentes ceux qui concourent à l'administration.

Lecture d'une lettre adressée par le garde des sceaux[2] à l'intendant et renvoyée par celui-ci à l'administration. « M. le garde des sceaux exige[3] que les procès-verbaux et mémoires de l'administration ne soient imprimés que sous l'autorisation de M. l'intendant, et que quant aux ouvrages qui ne seraient pas sortis du sein de l'assemblée provinciale, mais dont elle approuverait seulement la publication, ils seraient renvoyés à M. le garde des sceaux. Il a été arrêté que, pour obtenir la révocation du premier article de cette lettre, il serait écrit à toutes les administrations provinciales pour les engager à faire, comme celle de Haute-Normandie, des représentations à M. l'archevêque

1. Il s'agit des assemblées paroissiales convoquées une fois par an pour élire la municipalité. Ni le seigneur ni le curé n'avaient le droit d'y paraître (*Règlement* du 15 juillet. Titre : Des assemblées municipales. Art. 8).

2. M. de Lamoignon.

3. Cette exigence du garde des Sceaux était en contradiction avec le *Règlement* du 5 août (Section III ; parag. 9), qui disait : « Les procès-verbaux des séances de l'Assemblée provinciale seront livrés à l'impression pendant la durée des séances, de manière qu'ils puissent être rendus publics après la clôture de l'Assemblée. Les *Observations sur la tenue des premières Assemblées provinciales* ajoutent même cette précision : « quelques jours après » (Arch. nat. H 1595.) Pourquoi ce revirement ? Le ministre craignait que les Assemblées provinciales n'eussent la tentation, soit de critiquer l'administration de l'intendant, soit de laisser paraître des mémoires hostiles au gouvernement.

de Toulouse[1] et à M. le C. G., aux fins de maintenir le règlement du 5 août dernier en ce qui concerne l'impression des procès-verbaux des assemblées provinciales[2]. »

Lettre de M. l'abbé Le Coq[3] qui propose à l'Assemblée le manuscrit d'un *Dictionnaire des villes, bourgs et villages de la Généralité de Rouen*. Remerciements.

Lecture d'un mémoire succinct de M. de Limesy[4] sur les grandes routes, envoyé par la C. I. du dép[t] de Rouen. Remerciements, mise au dépôt[5].

Remise sur le bureau de quarante exemplaires d'un précis imprimé des expériences faites par ordre du roi à Trianon[6] sur la cause de la corruption des blés.

18 octobre 1787.

Présents : MM. de Goyon, Gueudry, d'Herbouville, Thouret. MM. de Coulons et de Canteleu absents pour affaires.

« M. Thouret a fait lecture d'un ouvrage envoyé par le dép[t] de Pont-l'Évêque et relatif aux renseignements demandés pour la taille aux différents départements.

Le même dép[t] a envoyé aussi 3 exemplaires imprimés

---

1. Etienne-Charles-Loménie de Brienne, archevêque de Toulouse, puis de Sens, chef du Conseil royal des finances depuis le 1er mai 1778.

2. Le registre de correspondance est muet à ce sujet, la circulaire de la Commission n'ayant sans doute pas de caractère officiel. Elle fut certainement envoyée puisqu'on y répondit.

3. Le manuscrit de l'ouvrage de l'abbé Le Coq, intitulé : « *Dictionnaire topographique des villes, bourgs et paroisses de la Généralité de Rouen, contenant l'indication de leur situation et de leur population* », fut présenté le 1er décembre à l'Assemblée provinciale par Thouret, qui loua l'auteur de son « acte de patriotisme ». Mention des remerciements fut faite au Procès-verbal (p. 142-143).

4. Toustain, marquis de Limesy, président de l'Assemblée du département de Rouen.

5. Un grand nombre de mémoires, instructions, observations, adressés à l'administration provinciale par de simples particuliers, sont conservés aux Arch. dép., C 2120, 2121.

6. Le *Procès-verbal* mentionne les « savantes et heureuses expériences » de M. Tillet, ordonnées par Louis XV en 1755. Elles furent reprises à Trianon sous les yeux de Louis XVI en 1785 (cf. le Rapport de la Commission d'agriculture, commerce et bien public, dans le *Procès-verbal*, p. 253-254).

du procès-verbal de complet et d'arrondissement avec
l'aperçu des faits d'administration. »

Mémoires analogues envoyés par les départements de
Pont-Audemer, d'Évreux, d'Andeli et Pont-de-l'Arche réunis. Renseignements demandés par l'assemblée provinciale
de Lisieux sur la direction d'une route projetée de Lisieux
à Alençon[1].

« Le dép* de Rouen a consulté aussi la C°ⁿ provinciale
pour savoir, entre autres choses, si, deux des membres
nommés pour former son complet n'ayant pas accepté,
la totalité des membres composant l'assemblée de département pouvait nommer à leur place, ou si cette nomination n'appartenait qu'aux premiers membres choisis
par l'administration provinciale ? Arrêté que l'on répondrait sur ce point à la lettre de département que les premiers membres choisis par l'assemblée provinciale pourraient seulement nommer, parce que les deux membres
refusant n'ayant point encore eu d'existence légale dans
l'assemblée, leur nomination est censée non avenue, et
conséquemment le droit qu'avaient les premiers membres
du département de nommer leur complet n'est pas épuisé. »

25 octobre 1787.

Présents : MM. de Goyon, Le Couteulx, Gueudry, d'Herbouville et
Thouret. M. de Coulons absent pour affaires.

« M. d'Herbouville a fait part d'un mémoire qui lui a
été adressé sur les moyens d'empêcher la mendicité[2] :
arrêté que ce mémoire sera mis au dépôt.

1. Cette route, qui unissait deux villes de la Généralité d'Alençon, traversait en effet une paroisse appartenant à la Généralité de Rouen.

2. L'idée de supprimer la mendicité était une de celles qui, sous le règne
de Louis XVI, préoccupaient le plus les administrateurs et les philan-
thropes. Thouret présenta à l'Assemblée provinciale un plan qui ne put
être exécuté, mais que discutèrent les différentes assemblées de département en 1788 (cf. *Procès-verbal*, p. 67-76. Consulter également sur ce
sujet l'ouvrage récent de Camille Bloch, *L'assistance et l'État en France
à la veille de la Révolution, 1764-1790*, Paris 1909).

M. Bayeux a communiqué la lettre qu'il a reçue de M. le duc d'Avré, président de l'administration d'Amiens, et la réponse à celle qui lui avait été écrite relativement à la lettre de M. le garde des sceaux touchant l'impression des mémoires et procès-verbaux des administrations provinciales.

M. Thouret a donné lecture de copie d'une nouvelle lettre adressée par M. le garde des sceaux à MM. les intendants relativement à cette même impression ; le roi rend aux administrations la liberté de faire imprimer leurs mémoires et procès-verbaux sans attendre une permission étrangère. La copie de cette lettre avait été adressée par M. le garde des sceaux à M. le cardinal président. »

Envoi par la chambre de commerce de Normandie de ses *observations sur le traité de commerce entre la France et l'Angleterre* [1] : mise au dépôt, remerciements.

Lecture d'un mémoire des fabricants de faïence de la ville de Rouen [2] relativement aux torts que leurs manufac-

---

1. Le traité de navigation et de commerce entre la France et la Grande-Bretagne, conclu le 20 septembre 1785 (Isambert, XXVIII, p. 248), mais qui n'entra en vigueur qu'en 1786, causait un préjudice énorme à l'industrie de Rouen, de sa banlieue, et en général des villes manufacturières de la Haute-Normandie. La Chambre de Commerce de Rouen rédigea, pour le combattre, les *Observations* dont il est ici question (Bibl. nat., Zi¹ 2284). Elle rencontra un antagoniste résolu dans un anonyme D. P. (Du Pont de Nemours), qui publia une *Réfutation des observations de la chambre de commerce de Rouen* (Bibl. nat., Zᵈ 2234). Lors de la session de l'Assemblée provinciale, la question fut de nouveau traitée par Thouret, procureur-syndic, dans son Rapport sur l'état du commerce, ainsi que par le Bureau de l'agriculture et du commerce (*Procès-verbal*, p. 62-67 et 314-344). Dans la Haute-Normandie les cahiers du Tiers État protestèrent unanimement contre ce traité. Pour la bibliographie du sujet, trop longue pour être citée ici, nous renvoyons à Bridrey, *Cahiers de Doléances du bailliage du Cotentin en 1789*, t. I, p. 125, en note.

2. Les faïences de Rouen étaient justement célèbres. Elles occupaient un grand nombre d'ouvriers. Mais le traité de commerce leur avait porté un coup terrible. « Le bas prix du charbon en Angleterre permet aux Anglais de vendre cette marchandise en France à 20 et 25 p. 100 au-dessous de la nôtre ; ils en envoient des cargaisons considérables qui sont enlevées rapidement. La faïence de Rouen ne peut pas soutenir cette concurrence dans le royaume, et il est fort douteux qu'elle conserve le débouché des colonies. » (Thouret, dans le *Procès verbal*, p. 63). Le Bureau du commerce renchérit encore : il parle « d'un état d'anéantissement qui exige les secours les plus prompts et qui menace l'État de l'émigration ou du déses-

tures éprouvent de la préférence donnée aux marchandises anglaises.

Remise des procès-verbaux des assemblées tenues par les départements de Neufchatel et Eu, de Pont-Audemer, d'Andely et Pont-de-l'Arche.

Remise d'une requête « adressée par les membres du département de Montivilliers au ministre des finances pour obtenir que le chef-lieu du département soit Montivilliers, contre la prétention du corps municipal du Havre [1]. Cette requête a été envoyée à la C. I. par les membres du département de Montivilliers. Arrêté qu'on en certifierait seulement la réception. »

Envoi par M. Cousin-Despréaux [2] d'observations sur l'impôt. Remerciements, mise au dépôt.

8 novembre 1787.

Présents : MM. de Goyon, de Couteulx, Gueudry, d'Herbouville et Thouret. M. de Coulons absent pour affaires.

Lecture d'une lettre du Contrôleur G[al] : il demande l'opinion de la C[on] sur la prétention des villes de Montivilliers et du Havre [3]. « Arrêté qu'il lui sera répondu que la Com-

---

poir d'un grand nombre d'ouvriers qui seraient précieux, ne fussent-ils envisagés que comme de simples citoyens. » (*Procès-verbal*, p. 324.)

1. Sur cette contestation, voir plus bas le *Procès-verbal* du 8 novembre et la note.

2. Négociant, échevin de la ville de Dieppe.

3. Le chef-lieu du département de Montivilliers n'avait pas été définitivement fixé. Le Havre faisait valoir qu'il payait plus d'impositions que toutes les autres villes de l'Election ensemble, sans compter les commodités qu'il offrait pour le logement des membres de l'Assemblée. L'assemblée préliminaire, de septembre, et la première assemblée d'octobre s'étaient tenues au Havre. Montivilliers fit une requête pour invoquer ses titres : chef-lieu de l'Election, siège du tribunal des Elus et du bureau du receveur particulier des finances, marché situé au centre du territoire. L'obstacle provenant du manque de logement venait d'être levé : l'abbesse d'un couvent offrait ses appartements extérieurs, ce qui procurait une sérieuse économie. (Arch. nat., H 1519.) La Commission, d'abord neutre, se rangea du parti de Montivilliers. Il est bon de remarquer qu'elle ne comptait aucun Havrais, alors que Rouen y était largement représenté. La même querelle se renouvellera en 1790, au sujet du chef-lieu de district

mission avait déjà pensé que la ville de Montivilliers devait réussir dans sa réclamation. »

Envoi, par le dép¹ de Rouen, d'un mémoire de M. d'Estouteville ¹ sur la taille, par le dép¹ d'Arques, d'un mémoire sur le même sujet.

Lecture de lettres des administrations de l'Ile-de-France, de Caen, de Poitiers, relativement à l'impression des procès-verbaux des assemblées.

15 novembre 1787.

Présents : MM. de Goyon, Le Couteulx de Canteleu, Gueudry et Thouret. M. de Coulons absent pour affaires.

Lettre du garde des sceaux à MM. d'Herbouville et Thouret, relative à la liberté sollicitée par les laboureurs du département d'Arques de lessiver avec l'eau de mer les blés cariés : refus.

Remise d'un mémoire composé par M. Licquet, secrétaire-greffier du département de Caudebec, sur les franchises d'Yvetot ². Dépôt aux archives.

27 décembre 1787 ³.

Présents : M. de Goyon, de Coulons, Le Couteulx de Canteleu, Gueudry et Thouret. M. d'Herbouville absent par maladie.

« La Cᵒⁿ a visé le projet d'état du roi pour les ouvrages publics ⁴ arrêtés par l'assemblée pour l'année 1788 et

laissé d'abord en suspens. Le Havre sera encore sacrifié à Montivilliers, malgré les actives démarches de ses délégués auprès du Comité de Constitution. L'un d'eux imputera cet échec à Thouret qu'il appelle « notre cruel antagoniste ». (Arch. mun., du Havre, D III, 9.)

1. Député de la noblesse à l'Assemblée du Département de Rouen.

2. Bourg de l'Election de Caudebec ; aujourd'hui chef-lieu d'arrondissement de la Seine-Inférieure. On a beaucoup écrit sur l'origine des franchises d'Yvetot. Ce qu'il importait à la Commission de savoir, c'était que ses habitants étaient francs de la taille.

3. La Commission avait suspendu ses séances pendant la session de l'Assemblée provinciale, du 19 novembre au 19 décembre 1787.

4. Il s'agit du projet des travaux à exécuter sur les routes en 1788 ; il

elle a signé la lettre qui doit accompagner l'envoi à M. de la Millière de ces états et détails y relatifs.

On a ensuite signé deux lettres à M. le C. G., l'une pour certifier ce ministre de la réception de sa lettre du 22 de ce mois décidant que les présidents de département ne peuvent point être membres des C. i. p., l'autre pour consulter sur la voie à prendre pour le remplacement des présidents de département dont les places sont vacantes.

La C^{on} a aussi arrêté et signé un extrait des instructions [1] de S. M. remises à l'assemblée provinciale par M. le commissaire du roi, en ce qui concerne les départements, pour être envoyé au b. i. de chacun d'eux. »

Lettre à M. de la Millière pour lui demander d'engager les receveurs généraux à avancer les salaires des cantonniers [2].

Remise, par M. Thouret, des procès verbaux de l'assemblée de Tours. Le port, qui aurait dû être gratuit, a coûté 22 livres 8 sous. On écrira à M. d'Oigny [3] pour lui en demander la restitution.

3 janvier 1788.

Présents : MM. de Coulons, de Goyon, Le Couteulx de Canteleu, Gueudry, Thouret. M. d'Herbouville absent par maladie.

M. de la Millière fait savoir qu'il a écrit à M. Blondel pour obtenir les fonds destinés au salaire des cantonniers. On écrira également à M. Blondel sur le même sujet.

était transmis à M. de la Millière avant de recevoir l'approbation du Conseil. L'Assemblée provinciale avait décidé, vu la dégradation des routes, de ne pas y faire d'ouvrages neufs : on se contenterait de les mettre en état d'entretien. (Voir la *Notice*.)

1. Ce sont les Instructions remises dans la séance du 19 novembre. La 2ᵉ section de la 2ᵉ partie concerne en effet les « Assemblées d'Election ».

2. Les adjudications ne devant être faites qu'au printemps, il était nécessaire d'avancer aux cantonniers leurs salaires pendant les trois premiers mois de 1788. Or, la Commission n'avait pas encore de fonds à sa disposition pour les payer.

3. M. Rigoley, baron d'Ogny, intendant général des postes.

10 janvier 1788.

Lecture de la réponse de M. Blondel : il a écrit aux receveurs généraux pour en obtenir les fonds demandés pour
payer les cantonniers.

Lettre au C. G. : accusé réception de sa lettre indiquant
le protocole pour la correspondance [1].

Lettre du C. G. « portant les corrections à faire au procès-
verbal et annonçant que ce ministre a trouvé le procès-
verbal rédigé avec autant de sagesse que d'ordre et de
clarté, et que les matières y sont traitées de la manière la
plus intéressante, et que quelques expressions seulement
avaient paru susceptibles de changement » [2].

17 janvier 1788.

Présents : MM. de Coulons, de Goyon, Gueudry, Thouret. De Canteleu et d'Herbouville absents.

« Lettre de M. Blondel : le receveur général des finances
en exercice [3] de Rouen a donné des ordres pour le paiement de la somme de 15.000 livres, montant approximatif
du salaire des cantonniers de la Généralité pendant le premier trimestre de 1788.

1. La circulaire du C. G., datée du 5 janvier 1788, énumérait les principaux objets qui étaient de nature à être traités par correspondance. Un
formulaire y était joint. Les intendants, de leur côté, reçurent une circulaire sur le même sujet. Ils devaient écrire à l'Assemblée provinciale : « je
suis, avec respect, votre très humble, etc. », à la Commission intermédiaire : « j'ai l'honneur d'être avec respect... », aux procureurs-syndic : « j'ai
l'honneur d'être avec un très sincère et respectueux attachement... »
(Arch. nat., H 1595.)

2. Les éloges du ministre sont à retenir. Ils s'adressaient sans doute à
l'Assemblée en général, mais plus spécialement à son secrétaire. M. Bayeux,
et surtout à l'un des procureurs-syndics, Thouret, l'auteur du Rapport.
— Aux Archives nationales (C 13) se trouve une assez curieuse lettre d'envoi
du Procès-verbal adressée par Thouret au comte de Brienne, secrétaire
d'Etat à la guerre, et parent du premier ministre. La lettre du C. G. aux
Procureurs-Syndics est du 9 janvier.

3. Chaque Généralité comptait deux receveurs généraux qui alternaient
par année. Celui qui était en exercice pour les années paires était M. Marquet de Monbreton, demeurant à Paris.

Lettre du corps municipal de Honfleur[1] offrant de contribuer aux frais d'une chaussée sur la route de Honfleur à Pont-l'Évêque[2]. Avis demandé au bureau de Pont-l'Évêque.

Projet d'arrêt du conseil envoyé par M. le C. G. le 9 de ce mois relativement aux travaux de corvée[3].

Réponse à cet envoi : nécessité d'avoir des lettres-patentes relativement au versement des fonds aux mains des receveurs particuliers, ainsi que l'état demandé[4] que doit fournir particulièrement chacune des villes, paroisses et communautés de la Généralité. On a arrêté de joindre à cette réponse un projet de lettres-patentes et d'arrêt du conseil, et des observations particulières relatives à la répartition de la contribution en rachat de corvée.

On a donné lecture d'une lettre de M. le C. G. du 14 de ce mois, en réponse à celle du 27 décembre dernier relativement au remplacement des présidents de département. Cette réponse porte qu'en résultance de l'art. 15 de la 2ᵉ section du règlement de formation, ce n'est que pour 1792 que les assemblées pourront, pendant leur séance de 1791, indiquer au roi 4 sujets entre lesquels S. M fera choix du

---

1. Honfleur, él. de Pont-l'Évêque ; — ch. de c., arr. de Pont-l'Évêque.

2. Il s'agit ici d'une route à exécuter au moyen d'un atelier de charité. Les formalités à remplir avaient été prescrites par l'Assemblée provinciale dans un Règlement sur les travaux publics, titre V, art. II et VI, p. 277 et 278 du Procès-verbal). Cf. la *Notice*.

3. On remarquera cette communication d'un projet d'arrêt du Conseil, faite par le C. G. à la Commission, afin qu'elle pût y joindre ses observations. Le ministre avait lui-même ordonné cette formalité dans sa circulaire du 5 janvier (Arch. nat , II 1593). Usant de cette faculté, la Cᵒⁿ fit savoir que le Parlement s'opposerait à l'exécution d'un simple Arrêt du Conseil, de crainte que « ces fonds confondus avec les deniers royaux ne fussent un jour distraits de leur emploi ». Mieux valait se servir de lettres patentes enregistrées (*Reg. corr.* 19 janvier 1788). On ne tint aucun compte de l'avertissement.

4. La Cᵒⁿ priait le Ministre de la dispenser de la confection de cet état. Elle faisait observer que la contribution en rachat de corvée s'élevait, d'après la modification du Parlement, au quart du principal de la Taille et au quart de la capitation roturière des villes et communautés franches. Elle demandait un Arrêt du Conseil pour être autorisée à lever cette contribution au taux précité (*ibid.*).

nouveau président ; mais que jusqu'à cette époque les présidents doivent être nommés par S. M. et qu'en conséquence elle se propose de pourvoir au remplacement de MM. de Limesy et de Poutraincourt [1]. »

Lettre de M. de la Millière communiquant à la C^on une lettre écrite au Ministre de la Marine et par lui envoyée à M. le C. G., ainsi qu'une autre écrite à ce dernier Ministre toutes deux par les intéressés aux fonderies de Romilly [2], relativement au chemin demandé de Pont-de-l'Arche à Fleury [3]. M. de la Millière demande que la C^on se prononce sur cette demande.

Réponse : la C^on ne peut s'écarter de ce qui a été arrêté à cet égard par l'assemblée provinciale.

Renvoi à la Chambre de Commerce de Normandie du mémoire sur le droit local [4].

Requête présentée relativement à des nullités dans la nomination des membres de la municipalité de Grandcourt [5]. Prise en considération.

1. Le marquis de Limesy était, on l'a vu, président de l'Assemblée du département de Rouen. Le marquis de Pontraincourt était président de l'Assemblée de Neufchâtel et Eu.

2. Romilly-sur-Andelle, él. de Rouen ; aujourd'hui c. de Fleury, arr. des Andelys. Elle possédait une fonderie de cuivre laminé à laquelle étaient intéressés plusieurs membres de l'Assemblée provinciale, entre autres le marquis de Conflans. Ceux-ci avaient offert à l'Assemblée d'établir à leurs frais un chemin conduisant de leur usine à la route de Pont-de-l'Arche à Fleury, à la condition d'être remboursés en trois ans. Leur requête, malgré l'appui du ministère de la Marine, n'en avait pas moins été ajournée par l'Assemblée, pour ce motif que le chemin demandé n'était classé qu'en troisième catégorie. Elle invoquait « la sévérité des principes qui ne doivent fléchir sous aucune exception ». (*Procès-verbal* Ass. prov., p. 310-311.)

3. Fleury-sur-Andelle, él. de Rouen, ch.-l. de c., arr. des Andelys.

4. Les principales corporations d'arts et métiers de Normandie avaient présenté à l'Assemblée provinciale un mémoire contenant des observations sur un droit local perçu à l'entrée de la Normandie seulement sur les bois de teinture, soudes et potasses (séance du 17 décembre 1787). L'Assemblée, n'ayant pas le temps de l'examiner, l'avait renvoyé à sa Commission intermédiaire (*Procès-verbal, Ass. prov.*, p. 349). Le 1er février 1789 seulement parut un Arrêt du Conseil modérant le droit sur les soudes et potasses (voir le *Journal de Normandie*, 4 mars 1789).

5. Grandcourt, él. de Neufchâtel ; c. de Londinières, arr. de Neufchâtel.

24 janvier 1788.

Présents : MM. de Coulons, de Goyon, Gueudry, Thouret.

« La Commission, considérant que le service de l'assemblée provinciale remplace celui de M. l'intendant, elle a pensé qu'il était juste que les imprimeurs du roi en possession d'imprimer tout ce qui concernait ce service ne fussent pas dépouillés de cette partie de leur travail ; et elle a arrêté qu'ils continueraient d'en être chargés.

Lettre de la C^{on} à M. le C. G. pour obtenir la franchise des ports de lettres et paquets.

Au même Ministre, pour obtenir la sanction de S. M. pour l'exécution du règlement sur les travaux publics [1].

Au même, en lui envoyant l'état des dépenses et demandant la délivrance des fonds suffisants pour les remplir [2].

Lettres au B. i. des départements pour leur enjoindre de prendre toutes les connaissances nécessaires relativement aux routes et nommer des commissaires [3]. »

Réponse à une lettre de C. G., du 17 de ce mois. « La C^{on} observe qu'il est indispensable de répondre les requêtes (*sic*) présentées sur ce sujet, de procéder à des nominations dans les paroisses où l'on n'en a pas fait et réformer celles qui sont nulles [4]. »

---

1. C'est le règlement inséré au *Procès-verbal Ass. prov.*, p. 265-281. Il ne pouvait être imprimé qu'après avoir reçu la sanction du Roi. La lettre d'envoi est aux Arch. nat., H 1589.

2. Il s'agit des dépenses faites pour les séances de l'Assemblée provinciale.

3. Chaque assemblée de département nommait deux de ses membres commissaires des routes, pour être chargés, conjointement avec les procureurs-syndics, d'inspecter les ouvrages du département (Règlement sur les travaux publics, III, 6).

4. Beaucoup d'élections municipales laissaient à désirer. La C^{on} le disait nettement au ministre : « Il serait dangereux de laisser subsister pendant l'année les nominations scandaleuses ou essentiellement nulles qui ont été faites dans quelques endroits. Les uns sont absolument sans municipalité ; les autres ont leurs municipalités si vicieusement composées qu'on doit les considérer comme n'existant pas (*Reg. corr.*).

31 janvier 1788.

Présents : les mêmes.

La C[on] autorise les P. S. à envoyer aux départements les affiches annonçant les prochaines adjudications [1] des travaux des routes.

Lecture du rapport fait par le B. i. de Pont-Audemer [2] sur la requête présentée par le corps municipal de Honfleur (voir séance du 17 janvier).

Lettre à M. de la Millière sur le mauvais état des routes ; nécessité d'y faire travailler. Il est indispensable d'obtenir des lettres-patentes pour autoriser le versement des fonds aux caisses des receveurs particuliers [3]. Inutilité d'un état de répartition par paroisses, l'impôt étant égal au quart du principal de la taille.

Envoi aux dép[ts] d'un tableau relatif à l'arrêté de l'assemblée provinciale (p. 360 et 361 du procès-verbal) relativement à l'abolition du privilège des maîtres de poste [4].

Envoi d'un procès-verbal par le dép[t] de Gisors (vérification d'une requête).

---

1. « Les adjudications des travaux qui ci-devant se faisaient avec les fonds de corvée seront annoncées au moins quinze jours à l'avance et affichées dans les paroisses de l'arrondissement et dans tous les marchés du département, afin qu'elles aient la plus grande publicité (Règlement pour les travaux publics, II, 2 ».

2. Pont-Audemer doit être mis ici par inadvertance, au lieu de Pont-l'Évêque.

3. La Déclaration du 23 juin 1787 sur l'abolition de la corvée prescrivait (art. 4) que les fonds seraient versés directement par les collecteurs entre les mains des entrepreneurs.

4. L'Assemblée provinciale aurait voulu remplacer par des émoluments pécuniaires l'exemption de taille dont jouissaient les maîtres de poste (pour une étendue de cent arpents). Dans sa séance du 18 décembre 1787, elle avait chargé la C[on] de demander aux départements « l'état des maîtres de poste, l'étendue des exploitations qu'ils font valoir tant en propre qu'à ferme, et l'utilité et le produit de leur service. » (Procès-verbal, Ass. prov., p. 360-361.)

3 février 1788.

Présents : MM. de Coulons, de Goyon, Gueudry, de Fontenay et Thouret.

« Réponse à la lettre du C. G. du 30 janvier, où l'on rappelle avec de nouvelles instances de faire composer les municipalités qui ne sont pas formées, ainsi que de réformer celles qui sont essentiellement nulles [1]. »

Circulaire aux dép[ts] (envoi de la lettre du C. G. avec renseignements pour la formation des municipalités non formées).

Lettre du C. G. du 31 janvier « énonçant que le projet envoyé d'un arrêt du Conseil était insuffisant, qu'il fallait en envoyer un autre, que, s'il se présentait des obstacles, S. M. les ferait disparaître ». Autorisation de procéder provisoirement aux adjudications, en attendant que l'état des contributions des villes, paroisses et communautés ait pu être terminé.

« Envoi d'un autre projet d'un arrêt du Conseil sur le même objet, rédigé dans les vues prescrites, et lettre d'envoi expositive du vœu renouvelé de lettres-patentes [2], et de l'inconvénient tant pour la chose que pour la constitution même de l'assemblée d'un obstacle et d'un conflit en ce moment. »

---

1. La C[on] priait le ministre de prendre en considération sa lettre du 24 janvier. Elle demandait aussi à être mise en état de donner des instructions aux départements (*Reg. corr.*).

2. La C[on], qui avait réclamé vainement des lettres-patentes au lieu d'un Arrêt du Conseil, ne partageait pas la belle assurance du ministre. Elle redoutait « l'altération de la confiance publique qui est encore incertaine, hésitante et détournée par des efforts envieux et intéressés. Elle va s'anéantir dès qu'une division éclatante montrera le Parlement déclaré contre les Assemblées provinciales et des arrêts de défense empêchant l'exécution des arrêtés approuvés par S. M. L'intervention même efficace de l'autorité ne guérira pas la plaie faite dans l'opinion. » Il fallait, concluait-elle, tranquilliser les esprits de tous les ordres sur l'inquiétude que les deniers ne puissent être divertis de leur emploi ; cette inquiétude est le seul motif de la résistance et du blâme que l'arrêt pourrait éprouver (*Reg. corr.*).

7 février 1788.

Présents : MM. de Coulons, de Goyon, Gueudry, de Fontenay et Thouret.

« Envoi au C. G. du rapport du bureau du commerce et du bien public, contenu au procès-verbal [1] (p. 314-344).

Envoi aux dép[ts] d'un état des conducteurs et des cantonniers, avec demande d'indication, après information, sur ceux qui seraient indignes d'être conservés [2].

« Lettre du B. i. du dép[t] de Rouen, demandant que l'on sollicite du Ministre la permission d'élire 4 membres suppléants pour ce bureau » ; demande de convoquer à cet effet une assemblée générale [3].

« Arrêté que l'assemblée sera convoquée pour élire un procureur-syndic et voter pour le doublement, si on le juge nécessaire. »

Lettre du B. de Gisors. Où doit se faire le choix du commissaire des routes ? — Il doit être pris parmi les membres du Bureau. Que le procureur-syndic assiste aux opérations : il pourra se faire remplacer.

Lettre au B. d'Arques : on demande une plus grande activité dans la correspondance et l'envoi de l'état des municipalités [4].

---

1. La C[on], pour remédier à la détresse du commerce, insistait sur l'utilité d'un Bureau d'Encouragement, déjà demandé par l'Assemblée provinciale, pour introduire des changements de méthode dans la fabrication (c'est-à-dire des machines), récompenser les inventions nouvelles. Les 300.000 francs demandés lui semblaient même insuffisants. « On peut s'en convaincre en considérant que la Généralité de Rouen est couverte de manufactures, et que c'est sur ces espèces de manufactures les plus nombreuses et qui emploient le plus de bras que la désastreuse influence du traité de commerce tombe spécialement (*Reg. corr.*, 8 février 1788).

2. Sur leur dépendance vis-à-vis de la C[on], voir la *Notice*.

3. L'Assemblée de Département eut lieu le 22 février, mais en avril le ministre s'aperçut que la C[on] avait outrepassé ses droits en l'autorisant : le doublement fut annulé, ainsi que l'élection du président. (Cf. *Procès-verbal de l'Ass. du départ. de Rouen*, Arch. dép., C 2185.)

4. « C'est avec sensibilité, lui écrit la Commission, que nous nous voyons obligés de vous remarquer qu'il y a dans les opérations de votre département un retard qui n'existe dans aucun autre » (*Reg. corr.*, 7 février.)

14 février 1788.

Présents : MM. de Goyon, de St-Gervais, Gueudry, de Fontenay et Thouret.

Envoi par le B. d'Arques de l'état de ses municipalités ; compte rendu de ses opérations.

Lettre au C. G. « relative aux procédés nécessaires pour se procurer de belles laines [1], avec la copie du rapport extrait du procès-verbal ».

Lettre du B. de Rouen : convocation d'une assemblée [2] pour le 22. Objet : élection d'un procureur-syndic, d'un membre de la noblesse ; doublement du bureau.

Envoi à chaque dép[t] d'un modèle d'état propre à constater le nombre des pauvres [3], la nature des fondations, et les différentes classes de ceux qui par chaque municipalité ont besoin de secours.

21 février 1788.

Présents : MM. de Coulons, de Goyon, Gueudry, de Fontenay et Thouret.

Lecture de deux lettres du C. G[t].

1° Sur la qualification des procureurs-syndics et du secrétaire de l'assemblée provinciale (ils s'appelleront procureurs-syndics provinciaux [5] et secrétaire provincial).

2° Sur une question de préséance [6].

---

1. L'Assemblée provinciale, désireuse d'améliorer les laines indigènes, avait préconisé l'importation de cent béliers et brebis d'origine anglaise (cf. son *Procès-verbal*, p. 144-153).

2. Voir la note au bas de la séance du 7 février.

3. Voir la *Notice*.

4. La minute de la première lettre, écrite le 15 février, est aux Arch. nat., H 1595.

5. L'adjonction de cette épithète avait pour objet de les distinguer des procureurs-syndics et du secrétaire de l'assemblée de département. Ce changement avait déjà été proposé à l'Assemblée provinciale par le Bureau du Règlement, à la séance du 18 décembre 1787 (*Procès-verbal*, p. 369).

6. Le représentant d'un corps ecclésiastique, seigneur de paroisse, présidait de droit l'Assemblée municipale au lieu du syndic.

Lettre du dép¹ de Neufchâtel sur l'état des municipalités et les travaux publics. — Réponse : il s'agit non de réformer les irrégularités des municipalités, mais d'en former là où il n'en existe pas.

Approbation de dispositions prises pour les prochaines adjudications. Envoi de commissions de conducteurs et de cantonniers [1].

Lettres relatives aux ateliers de charité de plusieurs paroisses : Mainneville [2], Boury [3], Ecos [4]. Sommery [5], Noyers [6], Montagny [7], etc.

28 février 1788.

Présents : MM. de Coulons, de Goyon, de S¹-Gervais, Gueudry, de Fontenay et Thouret.

Lettre du C. G. : renseignements à fournir sur l'état des dépenses provisoires [8]. Réponse à faire. Autre lettre à l'intendant sur le même sujet.

Envoi au C. G. d'un cahier de questions relatives aux différents cas de nullité dans les élections municipales [9].

Copie de la lettre adressée par le C. G. à l'intendant relativement aux intentions du Conseil sur la reconstruction des églises et presbytères [10].

1. « Les conducteurs des ouvrages et les piqueurs seront commis par l'Assemblée provinciale et destituables par elle, après avoir entendu les ingénieurs. » (*Procès-verbal*, p. 272.)

2. Mainneville, él. de Gisors ; — canton de Gisors, arr. des Andelys.

3. Boury, él. de Chaumont ; — c. de de Chaumont, arr. de Beauvais.

4. Ecos, él. de Gisors ; — ch.-l. de canton de l'arr. des Andelys.

5. Sommery, él. de Neufchâtel ; — c. de Saint-Saens, arr. de Neufchâtel.

6. Noyers, él. de Gisors ; — c. de Gisors, arr. des Andelys.

7. Montagny-sur-Andelle, él. de Lyons ; — réuni à la commune de Nolleval, c. d'Argueil, arr. de Neufchâtel.

8. Les frais d'établissement de l'Assemblée provinciale montaient à cette date à 19.817 livres (*Reg. corr.*).

9. Ce cahier était intitulé : « Tableau des questions que présente l'état d'un grand nombre de municipalités paroissiales de la Généralité de Rouen » On y distinguait les nullités radicales, les simples défectuosités à rectifier ; les nullités et défectuosités relativement aux syndics (*Reg. corr.*),

10. C'était désormais aux Bureaux intermédiaires qu'étaient attribuées

Envoi de l'arrêté pris par l'assemblée dans son procès-verbal, p. 263 (permission d'user de l'eau salée [1]).

« Envoi de la délibération du dép[t] de Rouen annonçant la nomination du comte de Germiny pour président, du comte de Toustain, pour député noble, celles de M. Massé et Milcent, l'un comme procureur-syndic, l'autre comme secrétaire, et celles de MM. l'abbé Le Baillif-Ménager, d'Estouteville, Élie Lefebvre, Le Bourgeois de Belleville pour former le doublement du bureau intermédiaire. »

Observations faites par le B. d'Évreux sur le règlement de l'assemblée pour les travaux publics : de Fontenay nommé commissaire-rapporteur.

6 mars 1788.

Présents : MM. de Coulons, de Goyon, de St-Gervais, Gueudry, de Fontenay, Dambourney et Thouret.

Lettres de différents bureaux : emploi de la contribution en rachat de corvée, demande d'ateliers de charité, nomination de syndic, paiement des cantonniers par les adjudicataires [2] au prix fixé par les devis, remplacement de cantonniers, mode d'adjudication des chemins, reconstruction d'auditoires et de prisons. Sens des réponses que le procureur-syndic est autorisé à faire.

les affaires relatives à la reconstruction des églises et des presbytères (Arch. nat., H 1610) ; auparavant, elles ne relevaient que de l'intendant.

1. Voir plus haut, séance du 4 octobre 1787. De son côté l'Assemblée provinciale, le 11 décembre, avait pris un arrêté suppliant S. M. d'accorder aux cultivateurs riverains de la mer l'usage de l'eau salée, prise en présence des commis de la Ferme, à la condition d'y mêler des ingrédiens, et de payer à ces commis un salaire, si la Ferme l'exigeait (*Procès-verbal, Ass. prov.*, p. 263).

2. Les salaires des cantonniers avaient été avancés pendant les trois premiers mois de 1778 par les receveurs particuliers, qui se remboursaient sur les adjudicataires. Ces cantonniers étaient au nombre de 203, dont 190 à la charge des adjudicataires, les autres à la charge de l'administration. Leur salaire annuel variait de 324 livres (Andelys, Évreux) à 400 (Arques, Caudebec, Montivilliers). Encore les entrepreneurs leur retenaient-ils 6 livres pour le chapeau et 1 livre pour la fleur de lis.

Lettre au C. G. en réponse à l'envoi de différents ouvrages et placards.

« Lettre du dép[t] de Rouen demandant les bons offices de la C[on] pour les nominations annoncées dans la délibération du 27.

Réponse de la C[on] exposant la nullité de la nomination de M. le c[te] de Toustain.

Lettre de M. le C. G. portant entre autres choses que la nécessité a fixé pour la Généralité de Rouen à la somme de 27.000 L. la diminution en moins-imposé[1] effectif et à celle de 9.400 L. relativement à l'année dernière. Cette augmentation a pour effet de venir au secours des ouvriers des manufactures que la situation actuelle laisse sans occupation. »

10 mars 1788.

Présents : les mêmes.

Lettre du C. G. « L'intention de S. M. est que la C. I. statue sur toutes les demandes en décharge et modération de capitation[2] qui seront formées dans la présente année 1788. »

Lettre de l'intendant, contenant une lettre du C. G, « pour faire connaître les intentions du roi sur la manière dont doivent être traitées toutes les questions relatives à la formation et rectification des assemblées municipales ».

Autre lettre du C. G. « relativement aux intentions de S. M. sur les formes à observer pour les membres des assemblées municipales qui seraient dans l'intention de donner leur démission et sur celle des remplacements ».

1. Le moins-imposé était « une remise que le Roi accordait annuellement sur les Tailles. pour indemniser ceux des contribuables qui avaient éprouvé des pertes par incendies, grêles, inondations, épizooties ou autres fléaux. (Rapport de la C. I. de H[te]-Normandie, p. 87.)

2. C'était jusque-là l'intendant qui était chargé de ce soin. Sur les différentes sortes de capitation, voir la Notice.

13 mars 1788.

Présents : le cardinal, MM. de Coulons, de Goyon, de St-Gervais, Gueudry, de Fontenay, Dambourney, Thouret.

Lettres du C. G : 1° (du 10) « envoi d'une instruction approuvée par le roi sur l'emploi des fonds libres de la capitation [1], et celui des dépenses variables de la Généralité ; 2° (du 11) autorisation à l'intendant de délivrer une ordonnance de 19.817. L pour acquitter les dépenses tant de l'assemblée provinciale que de celles des dép[ts] ».

Circulaires aux dép[ts] accompagnant ces deux lettres.

Visé et signé l'avant-projet d'état du roi pour les ouvrages des ponts et chaussées à exécuter en l'année 1788, afin de l'envoyer au Ministre.

Lettres du B. d'Arques et réponses : adjudications, cantonniers, réparation de presbytères.

Lettre du B. d'Andely annonçant un rabais obtenu sur son adjudication : 51.891 l., 15 s., 5 d. « Les P. S. P. marqueront à ce bureau toute la satisfaction que la C[on] ressent d'un si grand succès ».

Lettres du B. de Pont-l'Évêque ; réponses : adjudications, ateliers de charité, entretien du pavage et des ponts de Pont-l'Évêque ; débordement de la Calonne [2], — Renseignements à fournir.

Avis demandé au B. de Pont-Audemer sur un projet de déviation [3] de la route de Brionne [4], sollicitée par le prince de Vaudémont.

Lecture d'une requête sur les opérations électorales de St-Martin-le-Vieil [5].

---

1. Sur le sens de ces expressions : « fonds libres, fonds variables de la Capitation », voir la *Notice*.
2. Affluent de droite de la Touques, qui la reçoit à Pont-l'Évêque même.
3. Ce cas d'un grand propriétaire réclamant un changement dans la direction d'une route ou sollicitant un atelier de charité pour ouvrir un chemin n'est pas unique dans l'histoire de la Commission intermédiaire.
4. Brionne, élection de Pont-Audemer ; — ch. l. de c., arr, de Bernay.
5. St-Martin-le-Vieil, él, de Pont-Audemer ; c. de Saint-Georges-du-Vièvre, arr. de Pont-Audemer.

Lecture de lettres et de mémoires du B. de Rouen, justifiant des demandes d'ateliers de charité, à Darnétal [1], et dans les nouveaux quartiers de Rouen, hors Cauchoise. [2].

Lettres au B. de Caudebec : adjudications, cantonniers.

Au B. d'Évreux : état des maîtres de poste à fournir [3].

Au B. de Gisors : sur la construction de deux ponts.

19 mars 1788.

Présents : les mêmes.

Circulaire aux dép[ts] pour leur demander « l'état certifié des dépenses provisoires d'établissement, aux fins qu'ils en soient payés ».

Lettre à M. de la Millière : avant-projet d'état du roi, exercice 1787 pour les travaux d'art; « regret de ne pouvoir accorder à Mr Lamandé [4] la gratification extraordinaire que ses services ont méritée ».

Lettre au C. G. en réponse à la sienne (sur l'emploi des fonds libres de la capitation) : augmentation de frais prévue.

Autre lettre, au même, « portant envoi du procès-verbal des nominations faites par le dép[t] de Rouen le 28 février 1788 et exposant la nullité de la nomination de M. de Toustain [5] ».

Réponse du B. de Neufchâtel relativement à un atelier de charité (Morvilliers) [6].

1. Darnétal, qu'on écrivait alors Dernetal, était un bourg industriel, situé dans la banlieue de Rouen ; — ch. l. de c., arr. de Rouen.

2. Il s'agit des nouveaux quartiers, percés de rues droites, tracés sur les plans de M. de Cresne dans les prairies qui s'étendaient au delà du boulevard Cauchoise. Une rue portait le nom de l'intendant.

3. Voir séance du 31 janvier.

4. Ingénieur en chef de la Généralité.

5. La C[on], en adressant le procès-verbal de l'assemblée du département de Rouen, invoquait, pour justifier le doublement de son Bureau, le surcroît de travail qui lui incombait : surveillance des routes, contrôle de la capitation de la ville de Rouen, mais désapprouvait, comme vicieuse, l'élection de Toustain, qui n'était pas membre d'une assemblée municipale. (Cf. Procès-verbal de l'assemblée du département de Rouen. Arch. dép., C. 2185.)

6. Morvilliers, él. de Neufchâtel ; — c. de Songeons, arr. de Beauvais.

27 mars 1788.

Présents : les mêmes.

Circulaire aux dép[ts] annonçant mandats pour paiement des salaires des cantonniers.

Lettres aux B. d'Arques et d'Évreux : adjudications.

Lettre au C. G., relativement à l'impôt de la gabelle[1].

Au même : envoi de l'état des dépenses tant fixes que variables, ce montant à 99.639 l., 19 s., 19 d.[2].

Lecture du cahier de réponses du C. G.[3] (sur les vices de formation des assemblées municipales).

« Il a été rédigé sur ces réponses un corps d'Instructions[4] à envoyer à chacun des dép[ts]. »

Instructions de la commission intermédiaire provinciale aux bureaux intermédiaires pour la réformation des assemblées paroissiales.

Titre I. De la forme de procéder à cette réformation (12 articles).

Titre II. Des cas dans lesquels S. M. a décidé que les municipalités doivent être réformées ou peuvent subsister dans leur état actuel (18 articles).

3 avril 1788.

Présents : MM de Goyon, de St-Gervais, Gueudry, de Fontenay, d'Herbouville et Thouret.

Envoi aux dép[ts] des commissions de leurs cantonniers et conducteurs de routes.

---

1. Il s'agit ici d'une demande de renseignements. La Généralité de Rouen était comprise dans les pays de grande gabelle.

2. Frais d'administration de la Généralité.

3. Ces réponses étaient faites à un Tableau de questions... sur le même sujet (voir séance du 28 février 1788.)

4. Ces instructions, qui furent imprimées, portent en marge la mention des lettres et décisions ministérielles servant d'autorités. (*Reg. corr.* et Arch. dép., C. 2122.)

Nomination d'un teneur de livres de la commission intermédiaire[1]

Lecture de l'arrêt du Conseil du 28 février, « confir-
mant les délibérations de l'assemblée provinciale sur les
travaux des routes et autorisant le versement des fonds
aux mains des receveurs particuliers avec la taxe fixée
par l'assemblée »[2].

Lettre du C. G. (31 mars) : S. M. approuve l'établissement du Bureau d'Encouragement demandé par l'assemblée[3]. Elle a accordé la somme de 300.000 L. sollicitée
des bontés du roi et nommé pour membres[4] Mgr le cardinal de la Rochefoucauld et MM. le m[is] de Conflans, l'abbé de
Goyon, l'abbé de St-Gervais, le président de Coulons,
Dambourney, Le Couteulx de Canteleu, Hellot, J.-B. de
Cretot, de Bornainville, de Fontenay, Gueudry, Périer.

Copie de la lettre adressée à ce sujet par le C. G[al] à
Mgr le cardinal de la Rochefoucauld.

Lettres de remerciements : au C. G à l'archevêque de
Sens.

Accusé de réception de la lettre du C. G. adressé à
l'intendant.

1. Laurent Hérouard. « Ledit sieur Hérouard fera toutes les ordonnances
des recettes des ordonnances de service delivrées au nom de M. Bayeux,
secrétaire. »

2. Sur cet arrêt du Conseil, qui déchaîna un violent conflit entre le Parlement et la Commission, voir la *Notice*. Le texte, aux Arch. Nat., H 1589,
est reproduit en partie dans le *Rapport de la C. I.*, p. 21.

3. Sur le Bureau d'Encouragement, voir la *Notice*. Dans une circulaire
du 26 avril la Commission spécifiait l'affectation de la somme accordée
pour le Bureau d'Encouragement : établissement de machines anglaises
(pour filer le coton), acquisition et propagation de nouvelles races de mou-
tons, encouragements à la culture et à la filature du lin, substituée à celle
du coton, rétablissement de la manufacture de toiles dites *fleurets-blan-
cards*. Les Bureaux étaient invités à adresser leurs mémoires aux procureurs-syndics provinciaux (Arch. dép. C. 2117). La Commission en reçut un
certain nombre (Arch. dép., C. 2120). De leur côté les Assemblées de département, dans leur session d'août 1788, s'occupèrent de ces différentes
questions.

4. Tous les membres du Bureau d'Encouragement, sauf quatre, appartenaient à la Commission intermédiaire. MM. Bornainville et Hellot faisaient
partie de la Chambre de Commerce. Périer et de Cretot étaient fabricants.
Ce dernier sera député du Tiers État du bailliage de Rouen en 1789.

Mémoire d'un sieur de Crombeck, demandant création d'une place de contrôleur de la capitation à Rouen, et s'offrant pour la remplir.

Avis demandé au dép^t de Gisors : dégradation des chemins.

10 avril 1788.

Présents : MM. de Conflans, de Goyon, Le Couteulx de Canteleu, de St-Gervais, Gueudry, Dambourney et Thouret.

Lettre du C. G. concernant l'exécution de l'Édit du mois de novembre dernier en ce qui touche l'établissement des lieux destinés à l'inhumation des non-catholiques [1], et demandant à ce sujet divers renseignements.

On a arrêté une circulaire aux dép^{ts} pour qu'ils demandent ces renseignements aux municipalités...

On a reçu 12 exemplaires d'une ordonnance du Bureau des Finances de Rouen sur le fait de la police des chemins [2]. Lettre de réponse à cet envoi. Circulaire aux départements accompagnant l'ordonnance.

Rejet de la demande du sieur de Crombeck sur avis de la municipalité et du bureau intermédiaire.

Lettre au dép^t de Rouen relative aux rôles de la capitation bourgeoise [3] de la ville de Rouen pour l'année 1788

---

1. L'Edit de novembre 1787 « concernant ceux qui ne font pas profession de la religion catholique », obligeait les administrateurs des villes, bourgs et villages, « à destiner dans chacun desdits lieux un terrain convenable et décent pour l'inhumation ». (Isambert, XXVIII, p. 272, art. 27.) Voir la *Notice*.

2. Le Bureau des Finances, dont les membres portaient le titre de Trésoriers de France, avait dans ses attributions la police de la voirie. Son « *ordonnance qui ordonne l'exécution des règlements au sujet de la police des chemins* » est du 12 mars 1788. En voici les principaux articles : défense à toute personne de dégrader les grandes routes, d'enlever aucuns pavés, à peine, contre les contrevenants d'être, pour la première fois, attachés au carcan avec des écriteaux sur lesquels il sera écrit : « Voleur de pavé », et d'être, en cas de récidive, condamnés aux galères. Supprimé en mai 1788, rétabli en octobre, il rendit sa dernière sentence le 22 octobre 1790. (Arch. dép., C. 2296.)

3. Les habitants de Rouen appartenant au Tiers État étaient exempts de la taille et ne payaient que la capitation. Or, les rôles étaient dressés

« particulièrement à celui des bourgeois qui ne sont attachés à aucune corporation, et on y indique les précautions à prendre pour prévenir provisoirement l'abus qui existe dans la confection de ce rôle ».

Circulaire aux bureaux, leur annonçant l'installation du bureau d'Encouragement.

12 avril 1788.

Présents : MM. de Conflans, de Goyon, de St-Gervais, Le Couteulx de Canteleu, Gueudry, Dambourney, de Fontenay et Thouret.

« On a signé une lettre à M. le C. G. pour lui demander de faire adopter l'arrêté de l'assemblée provinciale (p. 241 et 242 du procès-verbal) relatif à la contribution du clergé et de la noblesse à l'impôt en rachat de corvée [1]. »

d'une façon défectueuse par les centeniers, surtout ceux des bourgeois « non corporés ». « Nous sommes informés, écrivait la Commission, que ce rôle n'est pas signé depuis nombre d'années, qu'il contient des omissions considérables, des doubles emplois, et beaucoup d'individus morts, inconnus ou insolvables, des non-valeurs... Le produit de ces rôles qui s'élève annuellement à 32.000 L., ne produit pas 14.000. » (*Reg. corresp.*, 12 avril 1788.) Sur l'invitation de la Commission, le Bureau de Rouen offrit de surveiller le travail. L'Hôtel de Ville accepta, mais les centeniers arrêtèrent que pour 1788 le rôle sera fait comme l'année précédente. (*Procès-verbal de l'ass. du dépt de Rouen*, Arch. dép., C. 2185.)

1. La Déclaration royale du 27 juin 1787 exemptait formellement les nobles et les ecclésiastiques de la contribution en rachat de corvée. Or, l'Assemblée provinciale avait émis ce vœu que les gentilshommes faisant valoir par leurs mains quelques-unes de leurs propriétés participent à la contribution en rachat de corvée sur le même pied que ces propriétés pourraient être légitimement imposées dans les mains d'un fermier ». (*Procès-verbal*, p. 241.) Même demande était faite pour les ecclésiastiques. Toutefois, les uns et les autres ne seraient taxés qu'au-dessus de 1 200 L. de revenu.

Les arguments invoqués par la Commission dans sa lettre au Contrôleur Général sont intéressants. Ils peuvent se ramener aux deux points suivants : 1° le droit local de la Normandie a mis de tout temps l'entretien des chemins à la charge des propriétaires riverains, sans exception pour la noblesse ni le clergé. La corvée ne retombait sans doute que sur les taillables des campagnes, mais un nouvel ordre de choses s'est établi. La Déclaration du 27 juin assujettit à l'impôt tous les bourgeois des villes, exempts de la corvée. Donc, conclut la Commission (c'est-à-dire Thouret), il est juste d'y assujettir aussi la noblesse et le clergé ; « ils paient par leurs fermiers, quand leurs biens sont affermés ; ils doivent payer directement et personnellement à raison de ceux qu'ils font valoir par leurs mains ». (*Reg. corr.*).

Circulaire aux dép[ts] : envoi des mandements pour l'imposition du montant de la contribution en rachat de corvée.

Lettres diverses aux dép[ts] (accusés de réception, réponses à des questions posées).

16 avril 1788.

Présents : MM. de Conflans, de Goyon, Gueudry, Dambourney, de Fontenay et Thouret.

Signature de mandements pour les 10 départements (imposition en rachat de corvée).

17 avril 1788

Présents : les mêmes.

Signature de 14 commissions « pour chacun des receveurs-particuliers des finances aux fins de faire le recouvrement des deniers en rachat de corvée imposés et à imposer en vertu de l'édit du 27 juin 1787. »

Réponse à la Commission de Moyenne-Normandie (au sujet de la route passant par Manneville [1]).

Lettre au C. G. pour lui annoncer la souscription ouverte par le corps municipal de Rouen pour des ateliers de terrassement et en filature et lui demander quelle quotité de fonds destinés aux ateliers de charité il autorise la C[on] d'appliquer à ceux de la ville de Rouen [2] ».

Lettre au corps municipal de Rouen sur le même sujet, avec indication des principaux points à observer dans l'application des fonds destinés aux ateliers de charité et dans la distribution des travaux de cette nature.

---

1. Manneville, él. de Pont l'Évêque ; — c. de Blangy, arr[t] de Pont l'Évêque. Cette localité se trouvait sur la route en construction de Pont-l'Évêque à Lisieux en Moyenne-Normandie.

2. Les ateliers de terrassement étaient destinés à occuper les ouvriers sans travail, les ateliers de filature étaient réservés aux femmes. Jusqu'alors la ville de Rouen s'était seule mêlée de ses ateliers de charité ; ils vont maintenant passer sous le contrôle du Bureau intermédiaire du département.

Lettre au B. I de Rouen « pour le charger de se concerter avec l'Hôtel de Ville pour perfectionner la police des ateliers, veiller sur l'admission des sujets qui se présenteront et en régler le nombre en proportion des fonds qui y sont applicables. »

24 avril 1788.

Présents : MM. Dambourney, Gueudry, de Fontenay, et Thouret.

Lettre au C. G. « pour lui envoyer l'arrêté de l'Assemblée provinciale sur l'abonnement et lui demander qu'il obtienne de S. M. que, si elle se porte à réunir tous les députés pour consommer l'abonnement [1], elle veuille bien ordonner au directeur et aux préposés à la régie des Vingtièmes [2] en cette ville d'ouvrir à la C[on] leurs bureaux et de leur communiquer tous les renseignements nécessaires en leur donnant un délai de trois semaines du jour où cette voie d'instruction lui aura été ouverte avant l'ouverture des séances de l'Assemblée ».

Lettre du procureur général du Parlement de Rouen [3], adressée aux procureurs-syndics du dép[t] pour obtenir un éclaircissement sur le but des renseignements demandés aux paroisses relativement aux cimetières des non-catholiques. On lui répond que « la C[on] n'a fait qu'exécuter les intentions et les désirs de S. M. sur cet objet ; on y a rassuré aussi M. le Procureur Général sur ses craintes pour l'autorité de la police générale. »

1. Voir la *Notice*. Le Parlement venait seulement, après une longue résistance, d'enregistrer l'édit de prorogation des Vingtièmes. Le ministère insistait pour la conclusion d'un abonnement. La Commission, tout en protestant de son bon vouloir, prétendait que seule l'Assemblée provinciale était compétente pour le conclure. De là sa demande d'une session extraordinaire. Le procès-verbal reproduit ici à peu près les termes mêmes de la lettre de la Commission. (*Reg. corr.*)

2. Il existait une administration particulière pour les Vingtièmes. Elle comprenait un directeur pour la Généralité, M. Moreau, et treize contrôleurs.

3. M. de Belbeuf. On voit que le Parlement prenait ombrage de ce qu'il considérait comme un empiétement sur ses droits de haute police.

Lettre du C. G. relative à la délibération de la séance extraordinaire du dép‿ de Rouen du 28 février dernier [1]. Les assemblées de dép‿ ne peuvent se réunir qu'une fois par an; l'assemblée du 28 février est donc nulle; le doublement du bureau est interdit; la place de M. de Limesy doit rester vacante jusqu'à la prochaine assemblée de département).

Lettre au dép‿ de Rouen sur cet objet.

Lettres des municipalités de Honfleur et de Harfleur [2]; du dép‿ de Montivilliers sur une démission.

28 avril 1788.

Présents : MM. de Goyon, Dambourney, de Fontenay, Gueudry, Thouret.

Signature d'un mandat de 24.000 livres à l'ordre du sieur Hérouard sur M. Marquet de Montbreton.

« On a lu et approuvé un projet de règlement provisoire pour la subordination des cantonniers, des règles générales pour leur conduite, des détails de leur service et de leurs fonctions. »

30 avril 1788.

Présents : MM. de Goyon, de St-Gervais, Dambourney, de Fontenay, Thouret.

Circulaire aux dép‿ sur le service des cantonniers, — sur le règlement des indemnités antérieures à 1788 [3].

1. Voir plus haut : le ministère ne voulait pas d'élections nouvelles dans l'intervalle des sessions ; il ne voulait pas non plus que le nombre des membres d'un Bureau de département fût supérieur à quatre. Sa décision causa une impression pénible (cf. *Procès-verbal de l'Ass. du dépt de Rouen*).

2. Harfleur, él. de Montivilliers ; — c. de Montivilliers, arr. du Havre. L'Assemblée provinciale avait décidé de construire un pont dans cette ville, sur la grande route de Rouen au Havre.

3. Ce règlement comprenait trois parties : 1° subordination des cantonniers ; 2° règles générales de conduite pour les cantonniers ; 3° détail des services et des fonctions des cantonniers. La circulaire jointe au règlement disait : « Les cantonniers sont les préposés directs de l'administration, sans dépendance de l'adjudicataire pour leur salaire ni pour leur

Lettre au dép^t de Gisors : réédification de l'église de Boissy-le-Bois[1].

Lettre du C. G. pour appuyer la demande des officiers municipaux de la ville d'Honfleur[2] qui sollicitent la décharge des 8 d. pour livre sur les octrois de leur ville. — Réponse auxdits officiers municipaux.

8 mai 1788.

Présents : Mgr le Cardinal, MM. de Goyon de St-Gervais, Gueudry, de Fontenay, Dambourney, d'Herbouville, Thouret.

Lettre du C. G. « sur le règlement de l'assemblée pour l'emploi des fonds de charité ; approbation de ce règlement, seulement en observant qu'il devait y être fait mention de celle à donner par le roi aux ateliers de charité[3]. Réponse à cette lettre. »

Lettre des officiers municipaux de Rouen, relativement aux ateliers de charité. Ils y ont déjà appliqué plus de 3.500 l. des fonds de la souscription ; ils demandent « que la C^{on} se charge dans le plus bref délai, de la direction, conduite et dépense des ateliers qui subsistent[4]. » — On attendra la décision du Contrôleur G^{al}.

Rapport relatif à l'enlèvement de caillou fait par le sieur Rebut.

Lettre du dép^t de Pont-Audemer se plaignant « de la

état. » Elle recommandait « de faire quelques exemples quand l'occasion se présenterait (*Reg. corr.*, 30 avril, et Arch. dép., C 2133).

1. Boissy-le-Bois, él. de Chaumont ; — c. de Chaumont, arr. de Beauvais.

2. L'imposition mise sur cette ville datait de l'édit de juin 1771.

3. Ce règlement fournit le titre V du *règlement de l'Assemblée provinciale sur les travaux publics*. Il comprend 10 articles (*procès-verbal*, p. 577-280). M. de la Millière le trouvait « fort sage », mais y reconnaissait « une trop grande multiplicité de formes et de ressorts ». (Cf. son Rapport, Arch. nat., H. 1589.)

4. On voit par là que c'est la municipalité de Rouen qui se déchargea sur la Commission de l'administration de ses ateliers de charité. A vrai dire, ce fut le Bureau de Rouen qui en prit la responsabilité, sous le contrôle de la Commission. Ils devaient causer à l'un et à l'autre de graves embarras.

dissimulation de l'ingénieur du dép[t] à ce sujet [1] et de la manière dont il élude la correspondance avec le bureau. »

Lettres des dép[ts] : chemins, ateliers de charité. Renvoi aux dép[ts] des requêtes des municipalités.

Lecture d'instructions, destinées à être imprimées, sur la constitution, le régime et les fonctions des assemblées municipales [2].

15 mai 1788.

Présents : MM. de Goyon, de St-Gervais, Gueudry, de Fontenay, Dambourney, d'Herbouville, Thouret.

Circulaire aux dép[ts], accompagnant les instructions ci-dessus.

Autre circulaire « pour les engager à redoubler de zèle et de surveillance pour les travaux des routes et leur indiquer les moyens de conduire les travaux à une perfection qui désarme l'envie et démente la malignité. »

Nouvelle lettre au corps municipal de Rouen : la C[on] a écrit au C. G. qu'à partir du 24 courant elle se chargerait des ateliers de la ville de Rouen.

Lettres à divers bureaux.

Requête de la ville de Fécamp [3], demandant qu'on l'exempte de l'impôt en rachat de corvée. — Refus.

21 mai 1788.

Présents : les mêmes.

Circulaires aux dép[ts] : primes pour la destruction des des loups, mandats de paiement des cantonniers. « On y

1. Dans plusieurs départements les ingénieurs supportaient mal la dépendance où les Instructions de novembre 1787 les avaient placés par rapport aux Bureaux intermédiaires. Des conflits se produisirent. La Commission écrira : « Il faut ployer les sous-ingénieurs à la subordination et au respect qu'ils doivent aux assemblées de département et aux bureaux intermédiaires ».

2. Arch. dép., C. 2122.

3. Fécamp, él. de Montivilliers ; — ch. l. de c. arr[t] du Havre. Cette ville invoquait un usage particulier. C'est ce que la Commission se refusait à admettre.

annonce un nouveau mode de paiement par les adjudicataires directement, à commencer du mois d'avril, sur les mandats qui leur seront envoyés par la C. I. ».

Ordonnances autorisant des impositions locales : 70 L. sur les habitants de Foucarmont[1] pour une année de la condition du vicaire, 300 L. sur les possédants-fonds de St-Philbert[2] pour la réparation du presbytère. Renvoi au B. de Neufchâtel d'une requête des habitants de Barques[3], tendant à s'imposer de 306 L. 10 s. pour le même objet.

Envoi au C. G. et à l'intendant du sommier général de l'imposition en rachat des corvées.

Requête des habitants de Vernon[4] à M. de Villedeuil pour obtenir l'exemption de l'imposition en rachat de corvée. — Réponse défavorable de la C. I.

Questions posées par le B. de Rouen. — Réponses.

Remise par M. de la Millière de l'avant-projet de l'état du roi des Ponts et chaussées, avec observations « approuvé cependant par M. le C. G ».

29 mai 1788.

Présents : MM. de Conflans, de Goyon, de St-Gervais, Gueudry, Dambourney, de Fontenay, d'Herbouville, Thouret.

Renvoi au C. G. d'un état d'appointements rectifié.

Lettre du même : il a été informé par l'intendant d'un incendie au hameau de Neuvilette[5], et d'une épidémie de

---

1. Foucarmont, él. d'Eu ; — c. de Blangy, arrᵗ de Neufchâtel.

2. St-Philbert-sur-Risle, él. de Pont-Audemer ; — c. de Montfort, arrᵗ de Pont-Audemer.

3. Barques, él. de Neufchâtel ; — aujourd'hui réuni à la commune de Marques, c. d'Aumale, arr. de Neufchâtel.

4. Vernon, el. d'Andely ; — ch. l. de c. arr. d'Evreux.
Le refus de la Commission est ainsi motivé : « Ce qui s'est passé pour l'imposition de la corvée sous l'administration de MM. les intendants ne peut faire titre ni être cité comme exemple applicable à la position actuelle des choses » (*Reg. corr.*).

5. Neuvilette, hameau du Mesnil-Esnard, él. de Roueu ; — c. de Boos. arr. de Rouen.

morve [1] dans le dép[t] de Gisors. — Lettre au dép[t] de Rouen pour obtenir des renseignements sur l'incendie, et au C.G. pour lui annoncer que l'on va s'occuper du double objet de sa lettre.

Au C. G. : la C[on] demande que les syndics des municipalités soient exempts de la collecte [2].

Au dép[t] de Caudebec en ce qui concerne son ingénieur [3].

Au dép[t] d'Andely : réponse à différentes questions relatives aux syndics des municipalités.

Ordonnance de 367 l., 4 s., 6 d. pour la réparation du presbytère de St-Laurent-du-Mont [4]. Mandat de 2.000 L., au dép[t] de Rouen pour les ateliers de cette ville. « Le régime à établir à ce sujet est que le dép[t] paie et distribue le travail des ateliers sur les billets d'admission délivrés par le corps municipal. »

Circulaire aux dép[ts] à l'occasion de l'incendie de Neuvilette et de la maladie de la morve.

30 mai 1788.

Présents : MM. de Conflans, de Goyon, Gueudry, Dambourney, de Fontenay, d'Herbouville, Thouret.

Examen d'un mémoire de M. Pioche, ingénieur au dép[t] de Rouen, sur les ateliers de charité de cet ville [5]. Lecture

1. C'étaient les intendants qui jusqu'alors avaient pris les mesures nécessaires pour combattre la morve. Ce soin rentrait désormais dans les attributions de la Commission intermédiaire. Voir la *Notice*.

2. La collecte entraînait, outre la responsabilité pécuniaire, une grosse perte de temps. Il fut fait droit un peu plus tard à la demande de la Commission.

3. L'ingénieur avait refusé d'établir un devis pour la réparation d'un presbystère.

4. St-Laurent-du-Mont, él. de Pont-l'Evêque ; — c. de Mézidon, arrond[t] de Lisieux.

5. Trois ateliers étaient ouverts. On n'y admettait que 500 ouvriers au maximum par semaine, en se réservant d'augmenter ce nombre. M. Pioche écrivait : « Les ouvriers employés jusqu'à présent ne font pas réellement la moitié ou même le quart de la valeur en travail de leur journée. Ils ne commencent leur travail qu'entre six et sept heures du matin et le finissent à cinq heures du soir. Ce relâchement est intolérable. » La Commission

du travail de M. d'Herbouville sur le même objet. La Commission décide d'écrire en conséquence une lettre sur le régime de ces ateliers.

5 juin 1788.

Présents : les mêmes.

Lettre au dép^t de Rouen : réception d'un procès-verbal des commissaires des routes et du rapport de M. La mandé.

Ordonnance de 3.769 l., 6 s., pour le paiement des frais de la levée des soldats provinciaux [1] en 1788.

Lettre à la C. I. d'Alençon (chemin de Pont-l'Évêque à Manneville).

6 juin 1788.

Présents : les mêmes.

Demande d'exemption d'impôt en rachat de corvée, formée par la paroisse de l'Heure [2]. Motif : elle s'est imposée pour la construction d'une digue.

Question posée par Montivilliers : le fermier entrant doit-il payer l'impôt de corvée, ou bien celui qui sort ? — On répond que c'est le second.

12 juin 1788.

Présents : les mêmes.

Mandat de 3.000 L. au dép^t de Rouen, pour le paiement des ateliers de charité aux abords de la ville.

---

posa cette alternative : ou que les ouvriers travaillent au prix fixé de cinq heures du matin à sept heures du soir, ou qu'ils soient mis à la tâche. Elle préférait les voies de persuasion, mais annonçait des cavaliers de maréchaussée « pour prévenir par leur seule présence les projets de mutinerie ou les déconcerter par la force en enlevant des ateliers les chefs d'un soulèvement. » (*Reg. corresp.* 2 juin 1798.)

1. Les frais de la levée des soldats provinciaux étaient acquittés sur les fonds de dépenses variables, sur un état dressé par l'intendant. Ce mandat était adressé au subdélégué de Pont-Audemer « et autres personnes ». *Rapport de la C. I.* a. 98.)

2. L'Heure, él. de Montivilliers ; — réunie à la commune de Graville-Ste-Honorine, c. et arrr. du Havre.

Lettre au C. G. : consultation au sujet des assemblées municipales. Au même, « pour lui exposer les motifs [1] qui font désirer à la C^on que les ateliers de charité aux abords de la ville de Rouen ne soient pas entretenus au delà de la fin du mois actuel, époque à laquelle les campagnes appelant des bras pourront employer plus utilement les ouvriers qui ne voudront ou ne pourront pas retourner aux fabriques ».

Au même, relative aux dépenses de l'administration.

Au dép^t d'Andely, au sujet de Vernon : « Tous ceux qui sont soumis à la capitation roturière, même les veuves, les filles et les domestiques, doivent payer, outre leur imposition de la capitation, le quart de leur cote pour le rachat de la corvée. »

Au B. de Montivilliers et de Caudebec : affaires locales.

Au B. d'Andely, sur une demande d'imposition faite par la paroisse de Caudebec-sur-Seine [2] : projet d'arrêt du Conseil à envoyer à M. le C. G.

Au B. de Gisors : autorisation de réparation d'églises à Guiseniers [3] et à Bernouville [4].

Lettre du corps municipal de Neufchâtel réclamant l'exemption en rachat de corvée jusqu'à concurrence de la somme de 3.000 francs pour les travaux de sa place ou marché, conformément à une ordonnance de M. de Crosne [5]. — Réponse négative : que le corps municipal s'adresse au C. G. pour le remboursement des dépenses dont il s'agit.

1. Le premier de ces motifs est facile à deviner. « La dépense de ces ateliers devient infiniment à charge, puisqu'elle monte à environ 12.000 L. par mois. » Le second est celui-ci : « Nous avons des raisons de craindre qu'ils ne favorisent l'insubordination et qu'ils n'alimentent la paresse qui trouve à vivre au moyen d'un travail apparent, presque nul en réalité. » (*Reg. corr.*)

2. Caudebec-sur-Seine, él. de Pont-de-l'Arche, aujourd'hui Caudebec-lès-Elbeuf, c. d'Elbeuf, arr. de Rouen.

3. Guiseniers, él. d'Andely ; — c. et arr. des Andelys.

4. Bernouville, él. de Gisors ; c. de Gisors, arr. des Andelys.

5. Thiroux de Crosne, ancien intendant de la Généralité (1768-1785).

Circulaire aux départements sur les cours d'accouchement [1].

19 juin 1788.

Présents : les mêmes.

Lettre du C. G. : l'intention du Conseil est d'exempter
de la collecte non seulement les syndics, mais même les
autres membres des municipalités [2].

Lettre du dép[t] de Montivilliers sur quelques inexacti-
tudes des rôles pour l'imposition en rachat de corvée.
— Réponse « approuvant le ménagement d'humanité qui
exempte les malheureux de l'imposition »

Lettre aux P.-S. du dép[t] de Gisors « indiquant que dans
la circonstance actuelle où il n'y a plus de tribunaux d'élection en activité[3], les bureaux intermédiaires peuvent se
charger provisoirement du tableau de nomination des collecteurs ».

Réponses diverses.

26 juin 1788.

Présents : de Goyon, de Fontenay, d'Herbouville, Thouret.

Lettres sur affaires diverses.

Au B. de Neufchâtel : sur un incendie arrivé dans la
paroisse de Beaucamps-le-Jeune[4]. Deux procès-verbaux

1. L'Assemblée provinciale avait décidé de créer un cours par département (voir la *Notice*). La Commission délivrait un brevet de nomination
au chirurgien démonstrateur. Le cours devait être suivi par douze élèves
femmes, à choisir parmi les candidates présentées par les municipalités.
Il durait trois ans et les élèves recevaient vingt sous par jour. Le professeur se passait de traitement, mais recevait 120 L. de gratification « s'il le
désirait ». (*Reg. corr.*) Le succès fut médiocre.

2. Voir la séance du 29 mai. Le Contrôleur G[al] accordait donc à la Commission plus qu'elle n'avait demandé, puisqu'il exemptait de la collecte
même les membres des municipalités, ce qui provoqua les réclamations
de plusieurs assemblées de département.

3. Les Tribunaux d'Élection conservaient dans leurs greffes les tableaux
de nomination des collecteurs. Or, ils venaient d'être supprimés par les
édits de mai 1788.

4. Beaucamps-le-Jeune, él. de Neufchâtel ; — c. d'Hornoy arr[t] d'Amiens.

dressés : l'un de la part du bureau, l'autre par le subdélégué de Neufchâtel.

« La C^on a mis son visa sur tous les rôles de la capitation[1] tant des nobles que des employés, privilégiés et officiers pour la Généralité de Rouen, divisée par élections, année 1788. »

3 juillet 1788.

Présents : MM. de Conflans, de Goyon, de St-Gervais. Dambourney, de Fontenay, d'Herbouville, Thouret.

« Circulaire pour accompagner l'envoi aux receveurs des tailles des rôles de capitation des nobles et privilégiés, portant en marge la répartition de l'imposition en rachat de corvée[2] ». Envoi de commissions pour la perception de cette imposition.

Mandat de 600 L. pour les ateliers de charité aux abords de Rouen.

Lettre au C. G, relativement au tarif de la ville de Louviers[3].

Au dép^t de Pont-l'Evêque : félicitations sur rabais obtenu.

Au dép^t de Neufchâtel : envoi de la requête de la paroisse de Monchy[4] : vérifier les vices des élections municipales.

1. Ces rôles étaient dressés par l'intendant et envoyés au Conseil pour être rendus exécutoires. La Commission se bornait à apposer son visa.

2. La Commission, se conformant au vœu de l'Assemblée provinciale, allait donc soumettre les nobles et privilégiés à l'imposition en rachat de corvée, à raison de leur capitation. Six mois plus tard, Necker lui donnera tort.

3. Louviers. él. de Pont-de-l'Arche ; — ch. l. d'arr. de l'Eure. Ses fabriques de drap étaient renommées depuis Colbert. La C^on était embarrassée pour fixer le taux de l'imposition en rachat de corvée sur cette ville. En effet, ses habitants, propriétaires ou fermiers, étaient exempts de la taille. L'État, en compensation, percevait un tarif d'octroi sur quatre objets de consommation. Dans sa lettre, la C^on faisait ressortir les inconvénients du privilège, et recommandait le projet de l'intendant qui consistait à imposer la ville, faubourgs et banlieue de Louviers, au tiers de l'imposition totale. (*Reg. corr.*)

4. Monchy, él. d'Eu ; — c. d'Eu, arr. Dieppe.

Au dép[t] de Montivilliers, sur la municipalité de Goderville[1] qui ne paraît pas exiger de rectification : « les non-catholiques ne doivent pas être exclus, à raison de cette qualité, d'aucun des ordres d'Assemblée qui composent le corps de l'administration provinciale ».

Au dép[t] de Rouen « pour l'engager à renouveler la demande aux officiers municipaux des rôles de la capitation bourgeoise de 1788 pour qu'ils soient remis incessamment à M. l'intendant ».

A l'intendant : « pour qu'il fasse remplir sur l'état des communautés de la ville de Rouen leur contribution à la taille[2], afin de pouvoir régler ensuite celle dont elles sont tenues pour l'imposition en rachat de corvée ».

Lettre de M. de la Millière, relativement à la subordination et au service des ingénieurs de dép[t]. Réponse. « On s'y plaint en général de la répugnance que marquent les sous-ingénieurs à correspondre avec les bureaux des dép[ts], et de ce qu'occupés tout entiers aux travaux du cabinet, ils négligent de diriger et d'inspecter par eux-mêmes les travaux des routes. On s'y plaint en particulier de ce que MM. Paris et Discailles, ingénieurs des dép[ts] d'Andely et et de Gisors ne font aucune résidence dans leurs dép[ts], et de ce que M. Isnard, ingénieur de celui d'Evreux, ne fait absolument aucun service. On y dénonce surtout l'insulte grave faite par M. Cachin, ingénieur du dép[t] de Pont-l'Evêque, à MM. Dangerville et Quesnel, et l'on demande que M. Cachin soit incessamment retiré du dép[t], parce que tout autre parti semble incapable de remédier au mal qu'il a fait[3] ».

---

1. Goderville, él. de Montivilliers ; — ch. l. de c., arr. du Havre.

2. Les habitants de Rouen étaient cependant exempts de la taille ; ils ne payaient que la capitation roturière. Les communautés répartissaient elles-mêmes l'imposition entre leurs membres.

3. La C[on] ajoutait dans sa lettre, écrite sur un ton d'irritation très sensible : « On croit que cet éloignement des ingénieurs tient à un esprit d'indépendance et d'indisposition contre les assemblées qui rend leur service très suspect. » Mais on verra que par la suite elle se radoucit.

Arrêté : il sera procédé à la reconstruction du clocher du Boulay[1] aux périls et risques du sieur curé.

10 juillet 1788.

Présents : De Conflans, de Goyon, Gueudry, Dambourney, de Fontenay, d'Herbouville, Thouret.

Lettre au C. G : Envoi d'un mémoire en faveur de la paroisse de St-Aubin[2], « contre la perception de droits sur les terres de cette paroisse propres aux fabriques ».

Au baron de Breteuil[3] : on espère pouvoir continuer son atelier de charité pour lequel il offre 4.000 L.

A l'archevêque de Sens[4] : en faveur du curé de St-Maclou[5].

A la C. I de l'Ile-de-France relative aux précautions prises pour remédier à la mendicité, à l'impossibilité de consommer sur le champ cette grande et difficile entreprise[6], et au désir qu'aura toujours la C. I. de Haute-Normandie de concerter le plan de ses sollicitations et de ses démarches : à ce sujet avec la Cⁿ de l'Ile-de-France ».

Circulaire aux bureaux d'Arques, de Montivilliers, de

1. Le Boulay, él., c. et arr. d'Évreux.

2. St-Aubin-Épinay, c. de Boos, arr. de Rouen, appelé alors St-Aubin-la-Campagne, él. de Rouen. Une partie de ses terres était employée à blanchir le sucre; une autre était exportée au dehors pour servir à la fabrication des pipes.
Les réclamations du Bureau d'Encouragement, appuyées par la Commission, eurent un heureux résultat : un arrêt du Conseil, du 2 août 1788, réduisit les droits perçus à l'extraction de ces terres. (*Rapp. C. I.*, p. 196.)

3. Le baron de Breteuil était secrétaire d'Etat à la maison du Roi. Il avait la Normandie dans son département.

4. L'archevêque de Sens n'était autre que Loménie de Brienne.

5. Le curé de St-Maclou, M. Blanquet, avait installé dans sa paroisse un atelier de filature. Le *Rapport de la C. I.*, p. 199, fait son éloge.

6. Sur le mauvais vouloir des municipalités à fournir des renseignements, voir la *Notice*. La Commission en fait l'aveu dans sa lettre. « On nous prévient que la plupart des municipalités, encore peu instruites de l'objet de leur établissement, et d'ailleurs excitées à la défiance par la crainte d'un impôt, n'ont pas mis de zèle ni de bonne foi dans leurs opérations. Nous n'en sommes ni surpris ni découragés. (*Reg. corr.*).

Pont-l'Evêque et de Neufchâtel au sujet de la pêche [1], les invitant à s'occuper du rapport fait sur cette matière à l'assemblée provinciale (p. 180 et suiv. du procès-verbal).

Au dép[t] d'Evreux : « la C[on] va s'occuper des moyens de faire imposer l'année prochaine le rachat de corvée en même temps que la taille et dans les mêmes rôles, ce qui produira le double avantage d'accélérer la rentrée des fonds et d'épargner aux collecteurs les frais d'une deuxième confection des rôles ».

A divers dép[ts] sur des affaires locales.

11 juillet 1788.

Présents : les mêmes.

A divers dép[ts] : sur agrandissements ou reconstructions de presbytères et d'églises, etc., à Frichemesnil [2], Douains [3], Brosville [4], la Soigne [5], Caule [6].

Au C. G : sur le double procès-verbal d'incendie [7].

Mandement pour la perception de l'imposition en rachat de corvée au quart de la capitation sur les officiers de justice, privilégiés et employés de la Généralité.

17 juillet 1788.

Présents : MM. de Conflans, de Goyon, de St-Gervais, Le Couteulx de Canteleu, Gueudry, Dambourney, de Fontenay, Thouret.

Lettre au C. G. « relativement à une lettre écrite par

1. Ces bureaux firent en effet des rapports plus ou moins étendus sur la pêche (cf. Arch. dép., C 2150, 2154. 2158, 2170). Il n'en sortit aucun résultat, l'Assemblée provinciale n'ayant pas tenu de session en 1788.

2. Frichemesnil, él. de Rouen ; — c. de Clères, arr. de Rouen.

3. Douains. él. d'Evreux ; — c. de Vernon. arr. d'Evreux.

4. Brosville. él. d'Evreux ; — c. et arr. d'Evreux.

5. La Soigne, él. d'Evreux ; réunie à la commune de Thomer, c. de Damville. arr. d'Evreux.

6. Caule, él. de Neufchâtel ; — c. de Blangy, arr. de Neufchâtel.

7. Un procès-verbal de l'incendie arrivé à Beaucamps-le-Jeune avait été dressé par le subdélégué, un autre par un membre de l'Assemblée du département de Neufchâtel. La C[on] marquait au Contrôleur-G[al] « le déplaisir ressenti par le Bureau intermédiaire et son commissaire ».

M. le duc d'Harcourt à M. le baron de Breteuil, et renvoyée par le C. G., sur les invitations envoyées aux dép^{ts} de distribuer les gratifications pour la destruction des loups [1] et de les annoncer aux municipalités. Si M. le duc d'Harcourt eût été bien instruit, il n'eût pas pris l'alarme sur cette annonce, qui n'autorise en aucune manière le port d'armes ».

Au C. G : sur une question de droit municipal.

Au même : nouvelle demande de délivrer des mandats pour frais de service.

A l'intendant, pour l'engager à envoyer au corps municipal de Rouen le mandement pour la capitation bourgeoise, et à faire remettre à la C^{on} la notice du montant des rôles des communautés d'arts et métiers.

Au B. d'Arques, indiquant le moyen d'obliger les collecteurs en retard de faire l'assiette et le recouvrement de l'imposition en rachat de corvée.

Renvoi aux dép^{ts} de requêtes de paroisses (pertes de récoltes) [2]; procédure à suivre.

18 juillet 1788.

Présents : les mêmes.

Lettres des dép^{ts} : routes, requêtes diverses. Le corps municipal de Pont-Audemer demande la distraction des fonds de la corvée pour la réparation des 12 ponts de la ville. Refus.

---

1. C'est la première et unique fois que nous voyons le gouverneur de la province se mêler des actes de la Commission. Le père du duc d'Harcourt, son prédécesseur, avait rendu une ordonnance, le 14 septembre 1766, défendant à tous autres qu'aux gentilshommes de porter ni garder chez eux des fusils et autres armes, et ce sous peine de trois mois de prison, et de plus grande peine si le cas échet (Arch. dép., C 82). Or, son fils avait pris l'alarme au sujet de gratifications proposées par certains Bureaux pour la destruction des loups. Pour éviter tout malentendu, la Commission chargea le Bureau de Montivilliers d'écrire aux syndics de paroisses qu'ils n'étaient pas autorisés « à remettre aux habitants de leurs paroisses les armes enlevées par la maréchaussée pour contravention à l'ordonnance sur le port d'armes » (Reg. corr.). — Cf. Bridrey (Cahiers des bailliages du Cotentin, I, 137, II, 383, 434, en note.)

2. Des averses de grêle, dans la première quinzaine de juillet, avaient causé d'énormes dégâts dans la région, ainsi que dans d'autres provinces.

« Lettre des dép^ts de Caudebec portant plainte contre des particuliers qui enlèvent le sable des routes et demandant que, vu la suppression du Bureau des Finances [1], la C^on subvienne pour réparer ce délit. — Arrêté de répondre qu'il faut constater le délit et assigner devant M. l'intendant. »

Lettre de M. de la Millière accompagnant l'envoi d'un mémoire justificatif de M. Cachin.

24 juillet 1788.

Présents : MM. de Conflans, de Goyon, de St-Gervais, Le Couteulx de Canteleu, Dambourney, de Fontenay, d'Herbouville, Thouret.

« Lettre au C. G. sur une consultation faite par plusieurs bureaux, relativement à l'étendue du pouvoir des assemblées municipales, lorsqu'il s'agit de délibérer et de proposer des dépenses dont l'acquit né pourra se faire que par voie d'imposition sur tous les habitants et propriétaires de fonds dans la paroisse ».

Observations sur l'arrêt de Conseil du 31 mai dernier relativement aux Vingtièmes [2]. « Elles portent en substance

---

1. Les Bureaux des Finances avaient été supprimés au mois de mai. Or, l'intendant connaissait de ces sortes de délits concurremment avec le Bureau des Finances.

2. Les Assemblées provinciales de Caen et d'Alençon avaient accepté l'abonnement aux Vingtièmes. Celle de Rouen avait différé son acceptation jusqu'à sa prochaine session. Le gouvernement, qui avait besoin de ressources, rendit l'Arrêt du Conseil du 31 mai 1798 dont certains articles concernaient les provinces non abonnées : les rôles des six derniers mois de 1788 seraient semblables à ceux des six premiers ; les minutes des rôles précédents leur seraient communiquées afin de faire pour 1789 une répartition proportionnelle du montant actuel des Vingtièmes. Chaque Commission s'occuperait sans délai de la confection des rôles pour 1789 et la remettrait avant le 1er novembre. Enfin, l'art. 19 disait textuellement : « Aussitôt que les assemblées provinciales auront pu présenter leurs offres, l'augmentation qui aura été approuvée par S. M. sera, par leur Commission intermédiaire, répartie au marc la livre de toutes les cotes portées par les rôles déjà dressés pour l'année. » (Arch. nat., H 1595.)

Dans une très longue lettre la Commission développe les objections que suscite l'exécution de l'Arrêt. Le Parlement a enregistré les Vingtièmes, à la condition qu'il ne pourrait être fait d'augmentation aux cotes actuelles avant que les Vingtièmes aient été abonnés invariablement, enregistrés et publiés en la Cour. Si elle remettait à l'intendant des rôles effectifs, visés

que la C^on peut bien préparer pour elle-même, pour l'instruction de la prochaine assemblée provinciale et pour l'intérêt de Sa Majesté, dans la vue d'avancer le recouvrement, les projets des nouveaux rôles qu'elles tiendrait tout prêts à être mis en perception au 1er janvier, après que l'abonnement de la Généralité aura été conclu et enregistrée ; mais elle s'alarme à l'idée de remettre à M. l'intendant avant le 1er novembre prochain des rôles effectifs visés par elle, contenant une répartition proportionnelle avec l'énonciation des revenus. »

A M. de la Millière : demande de déplacement de M. Cachin [1]

Aux dép^ts : affaires diverses.

25 juillet 1788.

Présents : MM. de Conflans, de Goyon, Dambourney, de Fontenay, d'Herbouville, Thouret.

La C^on statue sur diverses demandes de dép^ts et de particuliers. ----

31 juillet 1788.

Présents : MM. de Conflans, de Goyon, Le Couteulx de Canteleu, Gueudry, Dambourney, de Fontenay, Thouret.

Affaire Cachin : Lettre de M. de la Millière annonçant son déplacement. « Arrêté qu'il sera écrit particulièrement pour engager le bureau et les personnes intéressées à se contenter d'une satisfaction moins rigoureuse. »

Signé mandats d'acompte au profit d'adjudicataires de travaux des routes, et mandats pour l'imposition en rachat

par elle, elle serait « l'instrument qui briserait, au préjudice de la province, la sauvegarde que le Parlement lui a donnée .. L'effet des rôles proposés étant nécessairement de donner le revenu effectif de chaque propriétaire et les forces réelles de chaque communauté, comment les membres de la Commission éviteraient-ils de paraître aux yeux de la province comme des inquisiteurs gagnés ou des délateurs connivants pour trahir les intérêts qu'ils doivent défendre dans la négociation de l'abonnement ? »

1. Voir plus haut (3 juillet) la plainte adressée au sujet de cet ingénieur.

de corvées des communautés d'arts et métiers de la ville, des faubourgs et de la banlieue de Rouen.

Lettre au C. G. relativement à la distraction faite sur le brevet général des impositions de 1789 des sommes de 26.148 L. 7 s. 9 d. et 33.970 L. 18 s. 5 d. pour les taxations des collecteurs tant de la taille et accessoires que de la capitation. » Demande d'éclaircissements.

Au même : sur questions posées par le dépᵗ de Gisors.

« Lettre aux P. S. P. de la Généralité d'Auch, et réponse aux questions sur lesquelles ils avaient consulté la C. I. [1], que S. M. a donné le droit d'autoriser les impositions locales sur les communautés, lorsqu'elles n'excèdent pas la somme de 500 L., et les intendants n'ont pas le droit de réformer leurs délibérations ni en arrêter l'exécution en refusant leur visa. C'est au Conseil seul qu'il appartient de rectifier les erreurs des commissions intermédiaires en ce genre. »

1ᵉʳ août 1788.

Présents : les mêmes.

Rapport de M. de Germiny [2] sur différents objets concernant les routes.

Requêtes de paroisses (inondations, orages). Gadencourt [3] demande à s'imposer pour la construction d'une digue.

7 août 1788.

Présents : MM. de Conflans, de Goyon, Gueudry, Dambourney, de Fontenay, d'Herbouville, Thouret.

Envoi aux dépᵗˢ de copie de lettre du C. G. sur le droit

1. La lettre de Rouen contenait cette phrase caractéristique : « Les Intendants ne sont point les supérieurs ni des assemblées provinciales ni des commissions intermédiaires ». (*Reg. corr.*)

2. Le comte de Germiny avait été nommé par le Roi président de l'Assemblée du département de Rouen (11 février 1788).

3. Gadencourt, él. d'Evreux ; — c. de Pacy, arr. d'Evreux.

de présider aux assemblées municipales attribué aux fils et aux gendres de veuves dames de paroisse [1].

Autre lettre annonçant la décision du Conseil sur l'admission alternative des curés aux séances des assemblées municipales [2].

Envoi aux dép[ts] d'un modèle d'état pour préparer les opérations de département de la taille de 1789.

Circulaire : « par arrêt du Conseil du 25 juillet, S. M. accorde 12 millions de livres de son trésor pour le soulagement des paroisses ravagées par les orages [3]. » Demande de renseignements sur les pertes éprouvées dans la Généralité [4],

Au dép[t] de Rouen : imposition de 504 L. 10 s. autorisée sur les propriétaires et habitants de St-Gervais [5] pour frais de procédure.

Au dép[t] de Neufchâtel, impositions de 1.904 L. pour la construction du presbytère de Criquiers [6].

Aux bureaux « sur une lettre de M. le contrôleur général portant que l'on fasse provisoirement les rôles [7] et annonçant que S. M. fera connaître ses intentions sur les observations de la C[on] avant que les états soient remis à M. l'intendant. Arrêté de mettre le travail en activité.

1. Le règlement du 15 juillet 1787 donnait bien au seigneur de la paroisse le droit de présider l'assemblée municipale, mais il ne parlait pas de sa veuve. La lettre du Contrôleur général annonçant la décision du Conseil est du 30 juillet.

2. Le Conseil décida que, au cas où il y aurait plusieurs curés dans une communauté, ils devraient siéger une année alternativement.

3. *Arrêt du Conseil portant création d'une loterie de 12 millions en faveur des provinces ravagées par la grêle* (Bibl. nat., F 23.666, n° 1085).

4. Ces pertes étaient considérables. Le département de Gisors, pour ne prendre que lui, évaluait les siennes à 288.131 L.

5. Saint-Gervais, faubourg de Rouen, réuni à cette ville en 1790.

6. Criquiers, él. Neufchâtel ; c. Aumale, arr. Neufchâtel.

7. Il s'agit des rôles des Vingtièmes. Cette lettre, qui répondait aux observations de la Commission, était un ordre auquel elle devait se soumettre. C'est ce qu'elle fit.

13 août 1788.

Présents : MM. de Goyon, Gueudry, De Fontenay, Dambourney, d'Herbouville, Thouret.

Envoi au cardinal « de copie d'une lettre de M. le Contrôleur G^{al} concernant le terme de la convocation des prochaines assemblées de dép^t fixé du 10 au 20 octobre inclusivement[1]. On prie S. E. d'engager MM. les Présidents qui ne sont engagés au service de fixer leurs convocations au 10 octobre ».

A M. Blondel « pour l'engager à faire expédier très promptement l'arrêt du conseil pour autoriser l'imposition de différentes sommes demandées pour réparation et reconstruction d'églises et de presbytères ». Projet d'arrêt joint[2].

Au C. G. : renvoi du projet d'arrêt ci-joint.

A M. de la Millière, sur M. Cachin : l'exemple est suffisant. Il est inutile que le déplacement s'effectue.

« Circulaire aux dép^{ts} accompagnant l'envoi de trois arrêts du Conseil[3], avec observations sur l'art. 18 de celui

---

1. Ce fut la seconde et dernière session des assemblées de département.

2. Voir la *Notice*.

3. Les trois Arrêts du Conseil sont : celui du 31 mai, relatif aux Vingtièmes, dont il a été question plus haut ; celui du 5 juillet concernant la convocation des Etats-Généraux (Isambert, XXVIII, 601), et sans doute celui du 8 août fixant au 1er mai suivant la tenue des Etats Généraux (*ibid* XXVIII, 611).

L'Arrêt du 5 juillet ordonnait aux officiers municipaux des villes et communautés du royaume de rechercher tous les procès-verbaux et pièces concernant la convocation des Etats et de les envoyer sans délai aux syndics des assemblées subordonnées (assemblées de département). « Celles-ci exprimeront leur vœu et le remettront à l'Assemblée supérieure (assemblée provinciale) qui remettra pareillement son vœu au Garde des Sceaux. »

C'est donc pour guider les assemblées de département que la Commission, ou plutôt Thouret, selon toute vraisemblance, adressa aux Bureaux intermédiaires un long questionnaire auquel plusieurs des assemblées de département répondirent dans leur session d'octobre, celle de Rouen entre autres (cf. Lebègue : *Thouret*, p. 84-86). L'assemblée provinciale n'eut pas à envoyer son vœu, n'ayant pas été réunie. Necker préféra consulter les Notables.

qui concerne les Vingtièmes. » On a adressé à S. M. de très respectueuses représentations. On indique différents points capitaux relatifs à l'organisation des États Généraux sur lesquels on invite les dép^ts à faire des recherches ».

« Arrêté pour l'établissement des bureaux des Vingtièmes ; on charge M. de Fontenay de s'entendre avec le P. Dury pour l'établissement de ces bureaux [1]. »

23 août 1788.

Présents : MM. de St-Gervais, Gueudry, de Fontenay, d'Herbouville, Thouret.

Lettre à M. Blondel, accompagnant un projet d'arrêt du Conseil pour homologuer les délibérations de 7 paroisses. (Boscroger [2], Douains, St-Ouen-sous-Brachy [3], St-Pierre-des-Cercueils [4], Boissy-le-Bois, St-Georges-de-Gravenchon [5], Ambourville [6]).

A M. Cachin : le Ministre a bien voulu révoquer l'ordre de son déplacement.

Au B. de Rouen « copie de la lettre écrite par le Contrôleur Général à la C^on I. le 13 de ce mois, au sujet des droits exigés à la sortie des terres extraites de quelques villages près Rouen, et qui servent à raffiner le sucre, à faire des pipes et à fabriquer des poteries grossières [7] ».

---

1. La Commission, étant chargée de dresser les rôles des Vingtièmes, fut obligée d'installer de véritables bureaux dans le couvent des Cordeliers, dont le prieur était le P. Dury.

2. Bosc-Roger, él. Pont-de-l'Arche ; — c. Bourgtheroulde, arr. de Pont-Audemer.

3. Saint-Ouen-sous-Brachy, él. Arques ; — réuni à Brachy, c. Bacqueville, arr. Dieppe.

4. Saint-Pierre-des-Cercueils, él. Pont-de-l'Arche ; — c. d'Amfreville, arr. Louviers.

5. Saint-Georges-de-Gravenchon, él. Montivilliers ; réuni à N.-D.-de-Gravenchon ; — c. de Lillebonne, arr. du Havre.

6. Ambourville, él. de Rouen ; — c. de Duclair, arr. de Rouen.

7. Voir séance du 10 juillet.

Lettre du C. G. annonçant l'envoi de 100 exemplaires des arrêts du Conseil du 8 et du 10 de ce mois[1].

Aux dép[ts] de Gisors et Neufchâtel : affaires diverses.

26 août 1788.

Présents : MM. de St-Gervais, Gueudry, Dambourney, Thouret.

Expédition de mandats de premier et deuxième paiements pour adjudicataires.

Circulaire aux hôtels de ville « accompagnant l'envoi d'exemplaires des arrêts du Conseil des 8 et 10 de ce mois et les assurant du plaisir que la C[on] ressentira de correspondre avec elles (sic) et d'agir de concert pour la répartition des impositions[2] ».

Au B. de Neufchâtel : inutile d'ouvrir en ce moment le cours d'accouchement.

Au C. G., accompagnant le projet de répartition à faire entre les différents départements des sommes marquées au brevet général des impositions. Prière d'accélérer l'expédition des commissions particulières à chaque département.

Au B. de Caudebec : requête des habitants d'une paroisse (Ectot) au sujet de leur assemblée municipale. Renvoi au bureau[3].

Au B. d'Arques : pour faire assigner devant l'intendant le sieur Godebit, et le faire condamner à payer les salaires dus aux cantonniers.

1. *Arrêt du Conseil portant règlement pour les assemblées provinciales, de département et municipales sur les formes de la répartition et assiette de la taille, capitation et celles de la nomination à la collecte. 8 août. Arrêt du Conseil concernant les contestations relatives à la collecte et les règles générales de la perception ; 10 août 1788.* (Isambert, XXVIII, p. 604 et 612.)

2. L'art. 3 de la IIe section de l'Arrêt du 8 août portait que les municipalités des villes continueraient comme par le passé à procéder à la répartition des impositions desdites villes et qu'elles se conformeraient aux instructions qui leur seraient données par les assemblées provinciales ou de département.

3. Ectot-lès-Baons, él. de Caudebec, c. d'Yerville, arr. d'Yvetot. Les démêlés de cette municipalité durèrent de longs mois. Le Conseil même eut à s'en occuper, malgré la Commission qui aurait préféré que tout fût réglé par elle de concert avec le Bureau.

28 août 1788.

Présents : MM. de Goyon, Gueudry, Dambourney, d'Herbouville, Thouret.

Lettre du B. de Rouen, sur la demande de plusieurs communautés d'être exemptées de l'imposition en rachat de corvées. Rejet « les réclamations n'étant fondées sur aucun principe ni sur aucune règle. »

Circulaire aux dép^ts, accompagnant une lettre du Contrôleur G^al, sur les moyens de se procurer la communication des rôles et autres pièces du département [1], ci-devant déposées dans les greffes des élections et dont l'arrêt du Conseil du 28 juin dernier a ordonné le transport dans les greffes des grands bailliages et des présidiaux d'où ressortit la recette particulière des finances. »

Lettre à M. Necker pour le féliciter de sa nomination au Ministère des finances [2].

Lettre d'envoi des rôles de la capitation des nobles, année 1788.

Lettre au receveur particulier du Havre : autorisation de suspendre le recouvrement de l'imposition en rachat de corvée de cette ville.

Lettre du syndic de Forges [3] qui refuse de continuer sa gestion.

Arrêté de faire convoquer une assemblée paroissiale par les P.-S. du dép^t pour procéder à la nomination d'un

---

1. Le mot : département est pris ici dans le sens de répartition. Les Tribunaux d'Élection avaient été supprimés lors de la réforme judiciaire de Lamoignon. L'Ordonnance sur l'administration de la justice (Isambert, XXVIII, p. 538) avait érigé les bailliages existant soit en grands bailliages, soit en présidiaux.

2. Necker venait d'être rappelé au pouvoir avec le titre de Directeur Général des finances. « Nous vous offrons, lui écrivait la Commission, notre attachement filial pour votre personne et notre zèle pour le bien public. » (Reg. corr., 28 août.)

3. Forges-les-Eaux, él. de Neufchâtel : — ch.-l. de c., de l'arr. de Neufchâtel.

syndic. Celui qui est en charge continuera jusqu'à la nomination de son successeur.

4 septembre 1788.

Présents : MM. de Goyon, Gueudry, Dambourney, de Fontenay,
d'Herbouville, Thouret.

Lettre à Necker : les biens des hôpitaux [1] sont-ils imposables absolument et librement ? sont-ils totalement
exempts ? ou imposables sous certaines restrictions ? Observations au sujet de l'arrêt du Conseil du 31 mai pour la
confection des rôles des Vingtièmes. « La C^{on} observe que
pour faire une répartition juste il faut qu'elle connaisse
les biens des particuliers comme les domaines des princes
du sang [2], dont l'état ne lui est pas remis par le Directeur
des Vingtièmes, et qu'en outre l'abonnement n'étant pas
conclu, les mouvements qu'elle ferait pour avoir les connaissances requises pour bien répartir seraient considérés
comme précipités, téméraires, dangereux et illégaux,
à cause de la modification du Parlement qui défend tout
changement de cote avant l'enregistrement.

En conséquence, la C^{on} propose le plan suivant : 1° laisser toutes les cotes actuelles telles qu'elles existent dans
les rôles de 1788 parce qu'elle ne peut faire aucun travail
dont les résultats puissent l'autoriser à les changer avec
une connaissance de cause suffisante, et par là elle aurait
encore l'avantage de se conformer à la modification du
Parlement ; 2° de faire une répartition subséquente du

1. Le 5 juillet avait été rendu à Versailles, à la requête du clergé de
France, un Arrêt du Conseil qui maintenait le clergé et les hôpitaux dans
leurs droits, franchises et immunités. (Isambert, XXVIII, 599.)

2. L'édit de septembre 1787 portant rétablissement des Vingtièmes
(Isambert, XXVIII, 432) déclarait que les apanages y étaient soumis ; les
domaines des princes du sang l'étaient donc à plus forte raison. Parmi
ceux-ci on peut citer le duc d'Orléans, qui possédait le domaine d'Auge,
et surtout le duc de Bourbon-Penthièvre qui possédait le duché de Gisors
et le comté d'Eu. La C^{on} reproduit ici les arguments qu'elle a déjà fait
valoir pour ne pas augmenter les cotes des Vingtièmes avant la réunion
de l'Assemblée provinciale.

montant de l'abonnement, soit pour un rôle séparé, soit dans la colonne même laissée en blanc dans les rôles conformément à l'arrêt ; mais cette répartition ne serait pas au marc la livre ; on taxerait chacun des nouveaux biens imposables modérément, au taux commun des Vingtièmes dans la municipalité où ils seraient situés, et l'excédent de l'abonnement qui resterait, on le répartirait par la règle de proportion la plus probable sur les paroisses qui n'ont aucune augmentation depuis 1736. Tout ce travail ne serait que provisoire, et la C°ⁿ en instruirait les bureaux intermédiaires et toutes les municipalités ».

Au même, relativement à la réduction des frais d'administration de l'assemblée provinciale de Haute-Normandie, annoncée par une lettre de M. Lambert. Observations à ce sujet [1].

Au même, accompagnant une requête des habitants de Trie-la-Ville [2], dépⁱ de Gisors, qui demandent à être séparés de Trie-le-Château [3]. Avis favorable du bureau.

Au même, « rappelant l'arrêté pris à la séance de l'assemblée provinciale du 11 décembre dernier, de supplier S. M. d'accorder aux cultivateurs riverains de la mer l'usage de l'eau de mer pour le chaulage et la préparation de leurs blés de semence [4]. La C°ⁿ réclame la justice et le patriotisme de ce ministre pour que la demande de l'assemblée provinciale soit accordée. »

Rejet de la demande d'exemption de l'imposition en

---

1. Ces frais s'élevaient à 99.639 L. 19.9. Or, le ministre les avait réduits à 92.050 L. La C°ⁿ ne cachait pas sa peine de voir le traitement du procureur-syndic de Rouen réduit de 2.000 à 1.000, et les autres de 1.200 à 1.000. Elle répondit avec fermeté : « Nous ne pouvons, M., ni donner notre adhésion à cette réduction, ni concourir à son exécution : nous n'avons même pas cru pouvoir l'annoncer aux Bureaux, certains du dégoût général qu'elle y produirait ». (*Reg. corr.*, 4 septembre.) Devant cette attitude énergique, le gouvernement céda.

2. Trie-la-Ville, él. de Gisors ; — c. de Chaumont, arr. de Beauvais.

3. Trie-Château, *id.*   *id.*   *id.*

4. La C°ⁿ avait essuyé un refus de contrôleur général Lambert. Elle espérait mieux réussir auprès de son successeur.

rachat de corvée formée par plusieurs Communautés de la ville de Rouen.

11 septembre 1788.

Présents : MM. de Goyon, Gueudry, Dambourney, de Fontenay, d'Herbouville, Thouret.

Lettre à Necker : « Pour que la C^on puisse être autorisée à procéder à la répartition de l'imposition en rachat de corvée, en même temps que celle de la taille et de la capitation roturière pour 1789 [1]. »

Lettre de Necker : « Le D. G. des finances demande à la C^on son avis pour savoir s'il ne serait pas nécessaire de suspendre pendant quelque temps l'exportation des blés pour calmer les inquiétudes qui pourraient naître d'une augmentation occasionnée par la mauvaise récolte de différentes provinces [2]. »

Réponse : « La C^on observe à ce ministre que le blé n'a été pendant cette année dans la Haute-Normandie que ce qu'il devait être pour mettre les fermiers en état de payer leurs fermages sans gêner les consommateurs et que le renchérissement qu'il a éprouvé depuis la fin de juillet ne provient que de l'effet ordinaire des travaux de la moisson qui diminuent les transports aux marchés, effet augmenté cette année par les bruits répandus des mauvaises récoltes. »

Au même, pour le prier « de mettre à l'abri de toute contradiction par les cours les opérations commencées par la C^on, d'après les arrêts du 31 mai dernier pour la confec-

1. Les mandements pour la répartition en rachat de corvée n'avaient pu être expédiés qu'au commencement d'avril. Les entrepreneurs ne recevaient pas en temps voulu leur acompte et ne pouvaient à leur tour payer leurs cantonniers. Enfin, les collecteurs étaient astreints à de nouveaux frais pour faire de nouveaux rôles. (Arch. nat., H 1589.)

2. Le commerce des céréales était libre depuis Turgot (arrêt du Conseil du 13 septembre 1774). Or, dès son arrivée au ministère, Necker, prétextant l'insuffisance de la récolte, interdit l'exportation des grains. L'arrêt du Conseil est du 7 septembre (Arch. nat., AD XI 140) ; c'est donc après coup qu'il consulta la Commission sur une mesure déjà décidée !

fection des nouveaux rôles des Vingtièmes de 1789 et ceux des 8 et 10 août pour le prochain département, sans quoi le recouvrement manquera et sera considérablement retardé l'année prochaine. On observe qu'il est absolument nécessaire que lesdites opérations soient revêtues d'une légalité qui les garantisse de toutes reprises [1] ».

Au même : pour se plaindre du sieur Moreau, directeur des Vingtièmes, qui ne veut pas se dessaisir des assiettes et des rôles qu'on lui a demandés.

A M. de la Millière, accompagnant le renvoi du projet d'instruction relatif au service des ingénieurs ; observations de la C^{on} sur 2 articles du projet.

A la C. I. de Moyenne-Normandie, en réponse à une lettre de sa part relative à la formation des États Généraux.

Aux officiers municipaux du Havre, en réponse à un mémoire sur l'augmentation des contributions de cette ville. « La C^{on} marque son étonnement d'apprendre que la ville paraisse convaincue que l'augmentation des 2.000 L. pour la capitation procède de l'assemblée, tandis que ce travail a été fait cette année comme ci-devant par l'intendance et le Conseil. »

Aux bureaux : affaires diverses. Regrets d'un désaccord avec le B. de Caudebec, au sujet de l'affaire d'Ectot.

Circulaire aux départements « accompagnant un état relatif aux biens appartenant à l'ordre de Malte et à ceux des princes du sang et aux domaines du roi, aux fins d'avoir tous les renseignements possibles sur lesdites possessions [2] ».

---

1. On se souvient de la demande de lettres-patentes, faite avec insistance par la Commission au début de l'année. L'événement lui donnait raison. « On a reçu, écrivait-elle, au lieu de lettres-patentes, un simple Arrêt, non enregistré ni même publié. Déjà plusieurs communautés de la ville de Rouen refusent de verser leurs fonds dans la caisse du receveur particulier, menaçant de dénoncer au Parlement nos mandements conformes à l'Arrêt du Conseil ». (*Reg. corr.*)

2. Les domaines des princes du sang échappaient à peu près à l'impo-

A M. de la Millière « annonçant l'arrêt du Conseil relatif à l'imposition de la taille de Louviers [1]. Ledit arrêt conforme à l'avis qu'en a donné la C^{on} ».

18 septembre 1788.

Présents : MM. de Goyon, Gueudry, de Fontenay, Dambourney, d'Herbouville, Thouret.

Lettre à Necker « sur le refus du curé de Quincampoix [2] d'accorder la nef de son église pour une assemblée paroissiale [3]. La C^{on} observe à ce ministre que ce refus peut avoir lieu dans d'autres dép^{ts} ». Instructions demandées.

Lettres aux départements : affaires diverses.

25 septembre 1788.

Présents : Les mêmes.

Circulaire aux dép^{ts}. Demande de renseignements : 1° s'il existe beaucoup de communes [4] dans chaque dép^t ; 2° s'il est préférable pour le bien public ou pour l'avantage particulier de chaque dép^t de les laisser en état de jouissance indivise, au lieu de les faire entrer par le par-

sition des Vingtièmes au moyen d'un abonnement obtenu de la complaisance de l'intendant. Or, il était à prévoir que les syndics municipaux, souvent fermiers de ces princes, mettraient peu d'empressement à fournir des renseignements sincères.

1. Voir plus haut, séance du 3 juillet 1788.

2. Quincampoix, él. de Rouen ; — c. de Clères, arr. de Rouen.

3. Une assemblée paroissiale s'était tenue à Quincampoix dans la nef de l'église. Dans sa lettre à Necker la Commission rappelait cet arrêté, non sanctionné, de l'Assemblée provinciale : « 4° que... les Assemblées de paroisse ne se tiendront plus à l'issue des vêpres, mais à celle de la messe, et que les nefs des églises seront le lieu ordinaire des Assemblées. » (*Procès-verbal, Ass. prov.*, p. 380.)

4. Le mot : communes s'entendait dans le sens de biens communaux. Les économistes d'alors leur étaient plutôt hostiles. L'Assemblée provinciale, dans sa séance du 5 décembre 1787 avait entendu un rapport de son Bureau d'agriculture favorable au partage. Sans se prononcer, elle mit la question au concours. Aucun mémoire ne fut présenté. Mais les assemblées de département discutèrent cette question dans leur session d'octobre et d'une manière intéressante. Même celles qui admettent le principe du partage font de fortes réserves.

tage dans la masse des propriétés privées et exclusives ; quel serait le mode de partage qui paraîtrait le plus convenable [1], ou celui par feux, ou celui du pied perche des propriétés, ou celui mi-parti et participant des deux précédents qui a été adopté en Haute-Guyenne et pour la paroisse du Haut ?

Au dép[t] de Pont-l'Évêque, en réponse à celle du bureau relative au remplacement de deux membres : le Conseil a décidé que jusqu'en 1791 les membres qui mourraient ou se démettraient seraient remplacés par les assemblées de dép[t] elles-mêmes.

Aux officiers municipaux de Bolbec [2] : « ne rien changer à la répartition ni à la collecte des impositions jusqu'à ce qu'il ait plu à S. M. de s'en expliquer plus amplement. »

Sur la répugnance qu'il paraît y avoir de la part du B. de Gisors à faire la vérification des biens des princes qui pourraient être dans ce dép[t]. Arrêté d'écrire à ce bureau que la répugnance qu'il a n'est pas fondée, et pour l'inviter à faire comme les autres bureaux dont les opérations se font très fructueuses à cet égard.

2 octobre 1788.

Présents : les mêmes.

Lettre à M. Duval d'Ailly [3] « accompagnant l'envoi du dép[t] de l'imposition en rachat de corvée de la ville et faubourgs de Rouen ; prière d'en faire le recouvrement le plus tôt possible ».

Lettre à Necker » relativement à l'embarras qu'éprouvent

---

1. Un arrêt du Parlement de Rouen (mars 1747) disait que le partage des « Communes » devait se faire en proportion des fonds de chacun. C'était le système du pied-perche, avantageux surtout aux grands propriétaires. Le mode du partage par feu était plus libéral.

2. Bolbec, él. de Caudebec ; — ch. l. de c., arr. du Havre.

3 Receveur particulier des finances pour la ville, faubourgs et banlieue de Rouen.

en ce moment les membres taillables des assemblées municipales [1], et les adjoints nommés pour concourir à la répartition de la taille ». Demande d'instructions.

Au même « sur la nécessité qu'il y a que le gouvernement veuille bien négocier avec les tribunaux de tous les ordres pour engager ceux-ci à ne pas troubler, au moins pour cette année, les opérations de l'assiette et de la collecte de la taille, en s'engageant, comme il est de justice et de raison, à leur soumettre la loi constitutive des nouvelles formes pour qu'ils l'approuvent et l'enregistrent dans le cours de l'année [2] ».

« Circulaire aux dép[ts] ; envoi de l'instruction, arrêtée au Conseil, pour régler le service et les fonctions des ingénieurs attachés auprès des bureaux intermédiaires [3] ».

Aux mêmes, accompagnant la Commission du Conseil, pour la répartition des impositions de l'année 1789. La C[on] prie les bureaux, « d'après l'ordre qu'elle en a reçu du Ministre, de procéder sans délai au département, de manière qu'il puisse être terminé avant l'ouverture des séances des assemblées générales ».

Aux dép[ts] : affaires diverses. « Désunion » de Trie-la-Ville et de Trie-Château approuvée par le Conseil.

Lettre au dép[t] de Caudebec, accompagnant une ordonnance pour que la municipalité de Blicquetuit [4] nomme 2 collecteurs pour l'année 1789.

---

1. L'Arrêt du Conseil du 8 août 1788 avait adjoint aux membres taillables de chaque municipalité plusieurs habitants. Or, les anciens règlements défendaient aux collecteurs faisant l'assiette de s'imposer eux et leurs parents, y compris les cousins germains, au-dessous de la taxe de l'année précédente, à moins que l'Élection ne leur accordât une diminution.

2. Cette demande en dit long sur l'impuissance du gouvernement à se faire obéir des tribunaux.

3. Cette Instruction, du 16 septembre 1788, remplaçait le « *Règlement provisoire du Conseil concernant le service des ingénieurs des ponts et chaussées* ». Les difficultés survenues dans la Généralité la rendaient nécessaire.

4. Blicquetuit, él. de Caudebec. Deux communes portent aujourd'hui ce nom, Notre-Dame et St-Nicolas-de-Blicquetuit, toutes deux dans le canton de Caudebec.

Requête du s[r] Pillore, chirurgien à Rouen, demandant à être déchargé de la capitation à cause de ses 12 enfants vivants. — Cette requête sera communiquée au collège de chirurgie.

3 octobre 1788.

Présents : les mêmes.

Lettres de divers dép[ts]. Dans celui de Gisors, les municipalités de Loueuse [1], Songeons [2], Rémicourt [3] demandent à se réduire à deux « à cause de l'enchevêtrement avec la Généralité de Paris et celle de Rouen ».

9 octobre 1788.

Présents : MM. de Coulons, de Goyon, Gueudry, de Fontenay, Dambourney, d'Herbouville, Thouret.

Circulaire aux dép[ts], accompagnant la copie d'un nouveau *plan de régénération des assemblées de département* [4], qui a été médité au Conseil et dont M. le D. G. a envoyé un exemplaire à la commission.

Lettre de Necker : le roi a accepté la démission du m[is] de Cany, président du dépt[t] d'Arques.

Circulaire aux bureaux accompagnant plusieurs exemplaires de l'arrêt du Conseil du 30 septembre dernier [5]... en lui recommandant de concerter le plus promptement

---

1. Loueuse, él. d'Andely ; — c. de Songeons, arr. de Beauvais.

2. Songeons, él. d'Andely ; — ch. l. c., arr. de Beauvais.

3. Rémicourt, rattachée depuis depuis à Buicourt ; c. de Songeons. Ces trois paroisses appartenaient en partie à la Généralité de Paris, en partie à celle de Rouen.

4. Ce plan était intitulé : « *Premières idées, non encore arrêtées, sur la forme des convocations d'arrondissement* ». Il est trop détaillé pour être analysé ici. Necker, craignant que les assemblées (électorales) d'arrondissement ne fussent « trop tumultueuses », réduisait à 4, au lieu de 5, le nombre des députés des paroisses. Elles ne se réunissaient plus chaque année, mais tous les quatre ans. Enfin, au lieu de députer directement, elles nommaient douze électeurs qui choisissaient un député. Ce plan fut discuté par les assemblées de département.

5. *Arrêt du Conseil d'État du Roi sur la forme de la répartition des impôts par les municipalités des villes.* (Bibl. nat., F. 23.666.)

possible avec eux les mesures nécessaires pour son exécution. La C^on pense qu'il convient de l'adresser aux municipalités des villes.

Autre circulaire, accompagnant des exemplaires de mandements de la taille, accessoires et capitation taillable.

Autre circulaire : « S. M. approuve la tenue des assemblées paroissiales dans les nefs des églises, suivant les délibérations de l'assemblée provinciale [1]. »

Lettre à Necker, sollicitant un arrêt du Conseil pour paiement des indemnités dues par la C. I [2].

Au même, relativement à deux frères qui se trouvent dans la même assemblée municipale.

Au même, sur le refus du syndic de la paroisse d'Ymare [3], chargé de recouvrer les Vingtièmes, de présenter son rôle à l'assemblée municipale.

Au même : demande d'autoriser des impositions pour réparations de presbytères.

La C^on a signé une ordonnance de 5.000 L. à prendre sur M. Marquet de Monbreton pour frais de casernement. Autre mandat de 22.000 L. pour dépenses de frais de service.

16 octobre 1788.

Présents : MM. de Goyon, de St-Gervais, de Fontenay, Gueudry, Dambourney, d'Herbouville, Thouret.

Lettre à Necker : « plaintes de différents particuliers au sujet de dommages causés par des lapins, et de la grande quantité de cerfs, biches et sangliers » [4].

1. Voir la séance du 18 septembre.

2. Il s'agit des indemnités dues aux propriétaires de terrains pris pour l'ouverture des chemins. La valeur de ces terrains était déterminée de gré à gré entre les ingénieurs des départements et les propriétaires. Le Roi accordait pour cet objet un fonds annuel de 40.000 L. Or, il restait encore à acquitter 198.995 L. 11.6 sur les indemnités antérieures à 1788. En 1790, il restait encore dû une somme de 156.108 L. 11.6. (*Rapp. C. I.*, p. 48-51.)

3. Ymare, él. de Rouen ; — c. de Boos, arr. de Rouen.

4. On réclamait de tous les côtés contre les ravages du gibier. Cf., entre autres, le cahier du Tiers Etat de la ville de Rouen, art. 17, celui du Tiers

Aux p.-s. de Gisors « marquant satisfaction des dispositions prises par le bureau pour secourir les malades de Chaussi[1], et pour l'engager à entretenir l'usage charitable d'une distribution de viande modérée sur les mandats du sieur curé de la paroisse ».

23 octobre 1788.

Présents : MM. de Goyon, Le Couteulx de Canteleu, Gueudry, de Fontenay, Dambourney, d'Herbouville, Thouret.

Arrêté relatif à l'imposition représentative de la corvée, pris à cause de l'interruption momentanée de la tenue de l'Assemblée provinciale[2]. Lettre du Directeur G^{al} « annonçant les motifs qui ont déterminé S. M. à arrêter que la convocation des assemblées provinciales n'aura pas lieu cette année dans le courant du mois de novembre ». Circulaire aux dép^{ts}, avec copie de ladite lettre.

Lettre à Necker « La C^{on} est informée que le siège de l'Élection de Pont-Audemer se dispose à faire assigner les syndics pour représenter les tableaux de nomination des collecteurs suivant l'ancienne forme[3]. On prie le ministre

État du bailliage de Caux, art. 59, celui du Tiers État du bailliage de Pont-Audemer, art. 16 à 20, etc.

1. Chaussi, él. de Chaumont et Magny : — c. de Magny, arr. de Mantes. Une épidémie s'étant déclarée dans ce village, « la C^{on} a suivi dans cette occasion le respectable usage établi par M. de Crosne de donner, indépendamment des secours de l'art, de la viande aux malades. Une nourriture saine et convenable est souvent le remède le plus efficace pour cette classe estimable et utile qui peuple les campagnes. » (*Rapp. C. I.*, p. 143.) Les dépenses s'élevèrent à 584 L. 7.6.

2. Le D. G., par une lettre du 15 octobre, avait fait savoir que la convocation des assemblées provinciales n'aurait pas lieu, leurs présidents étant appelés à siéger à l'assemblée des Notables. En conséquence la C^{on} prit un arrêté relatif à l'imposition en rachat de corvée pour l'année 1789. Elle conservait le taux fixé pour 1788, déterminait l'emploi des fonds, décidait l'envoi immédiat des mandements aux municipalités, annonçait son intention d'écrire au Directeur Général pour obtenir que les rôles pussent être rendus exécutoires par le subdélégué dans chaque département. Ces mandements seraient faits au nom des Bureaux intermédiaires et envoyés par eux. On leur recommandait la plus grande célérité pour que les rôles du rachat des corvées pussent être faits par les municipalités en même temps que ceux de la taille. (*Procès-verbal des séances de la C. I.*, 23 octobre 1788.)

3. Ce cas ne fut pas isolé. On trouve des exemples pareils dans les

de vouloir bien prendre en considération les représentations contenues dans la lettre que MM. les P. S. P. ont eu
l'honneur de lui écrire le 22 de ce mois en lui rendant
compte de la sentence rendue par l'élection de Pont-l'Evêque
sur le même objet. »

Au même, « accompagnant un mémoire des principales
communautés d'arts et métiers de Normandie [1] sur les inconvénients désastreux du *droit local* de 30 s. par quintal, y
compris les 10 s. par livre sur les bois de teinture, la soude
et la potasse. L'assemblée provinciale, à qui ce mémoire
fut présenté à la fin des séances de l'année dernière, en
ordonna la communication à la Chambre de Commerce
pour avoir son avis. Cette dernière, propriétaire de ce
droit, qu'elle fait percevoir par une direction appelée l'octroi des marchands, jugea convenable de communiquer le
mémoire à cette direction, qui en a fait son rapport à la
Chambre de Commerce, disant que ce droit est exorbitant
et désastreux pour la fabrique et le commerce de la province, et qu'il faut se borner à le réduire, et que sa réduction peut aller jusqu'à fixer ce droit à 5 sols, ce qui, avec
les 10 sols pour livre, donnera 7 s., 6 d. par quintal. La
Chambre de Commerce est absolument du même avis. »
La C[on] ajoute : « 1° que le renchérissement excessif occa-
sionné par le droit local de 30 sols tombe sur les matières
nécessaires aux espèces de fabrication pour lesquelles il
est plus important d'acquérir la concurrence des prix avec
l'Angleterre 2° ; que, puisque les régisseurs et les proprié-

Généralités de Lyon et d'Orléans. Les tribunaux d'Election, à peine rétablis, se vengèrent sur les malheureux syndics des municipalités des Arrêts
du Conseil des 8 et 10 août qui les avaient dépouillés de leurs attributions.
Ils étaient encouragés, en Normandie au moins par l'Arrêt de la Cour des
Aides du 10 octobre qui posait en principe qu'aucun des arrêts du Conseil
rendus depuis le 8 mai concernant toutes matières d'impôts, sans être
revêtus de lettres patentes dûment enregistrées, ne pourraient être exécutés.
L'art. 3 disait : « La Cour ordonne qu'il en sera usé comme par le passé ».
C'était, comme l'écrivait la C[on], « l'anéantissement de fait et d'opinion des
trois ordres d'assemblée. » (*Reg. corr.*, 16 octobre 1788 ; Cf. Arch. nat., H 1607.

1. Voir le *Procès-verbal Ass. prov.*, p. 349.

taires du droit sont les premiers à en avouer la malfaisance, à en consentir et à en solliciter même la réduction, il ne paraît pas qu'aucun obstacle puisse l'empêcher ni la retarder ».

Lettre aux syndics de la Chambre de Commerce, annonçant que la Cᵒⁿ va envoyer le mémoire au Ministre.

Au dépᵗ de Caudebec : affaire de la municipalité d'Ectot [1] ; pièces envoyées au Conseil.

A M. de la Millière : renvoi de la lettre et du mémoire adressés par les officiers municipaux de Rouen, au sujet de la contribution en rachat de corvée [2]. « La Cᵒⁿ observe que les officiers municipaux entendent mal la Déclaration du 27 juin 1787 et encore plus mal la modification du Parlement de Rouen qui porte que la contribution en rachat de corvée ne pourra excéder le quart ou 5 sous pour livre de la capitation roturière des villes franches ; et ils sont mal fondés à dire que, puisque les habitants des campagnes ne paient point le rachat de corvée que sur le principal et non sur les accessoires de la taille, les habitants des villes ne doivent payer de même que sur le principal, et non sur les accessoires de la capitation, qu'autrement ils paieraient un cinquième de plus. La Cᵒⁿ réclame les bons offices de

---

1. Le Bureau de Caudebec n'avait pu s'entendre avec la Cᵒⁿ au sujet de cette affaire. (*Reg. corr.*, 11 septembre.)

2. Le Mémoire des officiers municipaux de Rouen portait sur les trois points suivants : la contribution ne devait pas porter sur les accessoires de la capitation ; les 3 deniers pour livre accordés aux receveurs ne devaient pas être imposés en sus ; le versement des deniers ne devait pas se faire entre les mains du receveur particulier. En résumé, de 33.416 l. 30 s. 3 d., montant de l'imposition, ils prétendaient déduire 8.354 l. 2 s. 6 d.

La Cᵒⁿ s'attache à ruiner la distinction abusive du principal et des accessoires de la capitation : ses soi-disant accessoires (4 sous pour livre) lui étant définitivement incorporés par la Déclaration de février 1780 qui fixait invariablement la capitation.

Elle justifie l'addition des 3 d. pour L., l'arrêt du Conseil du 28 février autorisant même la perception de 6 d. au lieu de 3. « Or, toute taxe pour frais de recouvrement est naturellement en sus de l'impôt. »

Elle rappelle que le versement aux mains des collecteurs a été demandé par l'Assemblée provinciale. Elle n'a reçu sans doute qu'un arrêt du Conseil, « mais l'arrêt du Conseil n'a pas besoin d'un nouvel enregistrement pour son exécution ». (*Reg. corr.* : l'original aux Arch. nat., H 1589.)

M. de la Millière pour obtenir la décision favorable qui lui est due sur tous les objets du mémoire de MM. les officiers municipaux dans le plus court délai possible. »

A M. Blondel, « en réponse à des observations contenues en sa lettre du 13 de ce mois relative à l'imposition en rachat de corvée sur les officiers de justice. La C⁰ⁿ mande à ce magistrat que c'est à la Déclaration de 1787 elle-même qu'elle s'attache, qui l'autorise positivement et l'oblige à imposer en rachat de corvée sous les contribuables à la capitation roturière sans aucune distinction »[1].

30 octobre 1788.

Présents : MM. de Goyon de St-Gervais, Le Couteulx de Canteleu, Dambourney, Gueudry, de Fontenay, d'Herbouville, Thouret.

Lettre à Necker, « en réponse à la sienne, par laquelle il annonce une nouvelle forme pour la confection des rôles des Vingtièmes en la Généralité de Rouen pour 1789[2]. On lui donne avis que M. Moreau, directeur en cette Généralité, a écrit à la C⁰ⁿ pour lui demander la remise des registres et papiers concernant cette imposition, dont elle est saisie en vertu de l'arrêt du 31 mai dernier.

On observe à ce Ministre que ces lettres tendent à éta-

---

1. Les officiers de justice devaient-ils être astreints à l'imposition en rachat de corvée? l'intendant ne le pensait pas, et sans doute aussi M. Blondel. La C⁰ⁿ alléguait le texte de la Déclaration de 1787 qui soumettait à cette imposition tous les sujets taillables ou tenus de la capitation roturière (art. 3). « Il faut, disait-elle, nécessairement prononcer que les roturiers possesseurs d'offices ou revêtus d'emplois qui n'anoblissent point paient la capitation roturière. » S'ils sont placés dans des rôles distincts, « cette distinction de rôles ne change pas la nature de leur capitation toujours et nécessairement roturière... » (*Reg. corr.*). La thèse de la C⁰ⁿ, bien que conforme à la logique, ne sera pas admise par le gouvernement.

2. La C⁰ⁿ avait été chargée, on l'a vu, de la confection des rôles des Vingtièmes par l'arrêt du Conseil du 31 mai. Or, une lettre de Necker, reçue par l'intendant le 29 octobre, annonçait que le directeur des Vingtièmes était chargé de la confection des rôles de 1789. La C⁰ⁿ devait les viser avant qu'ils ne fussent rendus exécutoires ; on lui attribuait la connaissance des requêtes en décharge et modération. Sa réponse montre sa surprise et son mécontentement : elle ne pourra coopérer avec le Directeur des Vingtièmes, qui n'était pas son préposé, ni se résoudre à viser les rôles qu'il aura faits. (*Reg. corr.*)

blir dans les opérations du service de l'année prochaine une variation qui oblige à lui faire des représentations : 1° qu'aucun commis du bureau du directeur des Vingtièmes ne s'étant offert pour travailler sous les ordres de la C^{on}, cette dernière s'assura du nombre de préposés et de commis nécessaires pour cette partie du service ; 2° qu'elle a loué un bâtiment pour le dépôt des papiers et l'établissement des bureaux ; 3° que le travail préparatoire des rôles est très avancé et que le cahier en était même à l'impression lorsqu'elle a reçu la lettre de ce Ministre ; 4° que ce changement si tardif occasionnerait doubles frais ; 5° enfin qu'elle ne pourra se résoudre à viser les rôles que le directeur des Vingtièmes aura faits, à garantir par sa signature un travail qui ne sera pas le sien. »

Au même, « pour lui demander par quelle voie et avec quels fonds on opérera le remboursement des frais faits par les municipalités des paroisses pour leur établissement et leur service [1] »...

Au même : relativement à deux syndics municipaux qui demandent à se démettre.

Au cardinal, le remerciant d'avoir fait connaître les motifs qui ont déterminé S. M. à retarder la tenue de l'Assemblée provinciale.

A M. Blondel, relativement au travail préparatoire fait par la C^{on} pour régler la distribution du fonds annuel de 40.000 L. accordé par S. M. pour l'acquit des indemnités dues aux propriétaires de terrains et de bâtiments pris pour la confection des grandes routes.

Circulaire aux dép^{ts}, accompagnant une copie de la lettre de M. Necker relative au refus fait par le syndic paroissial de la paroisse d'Ymare, chargé du recouvrement des Vingtièmes, de communiquer le rôle de cette imposition à l'assemblée municipale.

---

1. Cettre lettre est aux Arch. nat., H 1609.

Circulaire aux dép[ts], accompagnant copie de l'arrêté pris par la C[on] le 23 de ce mois relativement à la confection des travaux publics de l'année prochaine.

Circulaire aux mêmes : presser les adjudicataires des travaux des routes d'avancer leur travail, sous peine d'amende.

Circulaire aux receveurs particuliers des finances, pour leur demander de temps à autre un état de situation du recouvrement de l'imposition en rachat de corvée.

6 novembre 1788.

Présents : MM. de St-Gervais, Le Couteulx, Gueudry, de Fontenay, Dambourney, d'Herbouville, Thouret.

Lettre au D. G. Autorisation demandée « pour que l'assiette et les rôles de la prestation représentative de la corvée soient faits par les assemblées municipales[1] et que la perception en soit faite par les collecteurs.

Circulaire aux dép[ts], accompagnant l'envoi de l'état des ateliers de charité qui ont été arrêtés pour avoir lieu cette année dans l'étendue de chaque département. Cet état est extrait de l'état général approuvé par S. M.

La C[on] prie les Bureaux d'instruire les différentes personnes auxquelles les ateliers sont accordés de vouloir bien remettre à chaque ingénieur de département un extrait dudit état, afin de se concerter avec lui pour mettre les travaux en activité le plus promptement possible[2].

Au B. de Caudebec : décision du C. G. au sujet de l'affaire d'Ectot.

1. Cette lettre avait pour but de demander des éclaircissements au sujet de l'art. 3 de la Déclaration du 27 juin 1787. Les collecteurs n'étant plus chargés de l'assiette de l'imposition, la C[on] trouvait juste d'attribuer une partie de leur taxation aux greffiers des municipalités, en dédommagement de quelques menus frais de bureau (Arch. nat., H 1589). Il leur fut alloué 2 d. pour frais de confection ; les collecteurs gardèrent 4 d. pour frais de recouvrement (lettre du 28 novembre, *ibidem*).

2. La procédure était la suivante : versement des contributions volontaires, certificat de l'ingénieur en chef; visa de la C[on]; délivrance des fonds. (*Reg. corr.*, cf. la *Notice*.)

Au B. de Rouen : « S. M. a jugé mal fondées les réclamations adressées par l'hôtel de ville de Rouen tant en son nom qu'en ceux des communautés d'arts et métiers [1]. »

Impositions locales sur les paroisses de Bermonville[2], Brosville, Bolbec[3].

13 novembre 1788.

Présents : de Goyon, de St-Gervais, Gueudry, de Fontenay, Dambourney, d'Herbouville, Thouret.

Lettre au D. G. La C[on] réclame les bons offices de ce Ministre pour obtenir de S. M. un fonds de 40.000 L. pour la reprise des ateliers de charité[4] « qui ont fait subsister pendant l'hiver dernier la classe indigente des citoyens de la ville de Rouen. La C[on] s'engage à surveiller l'emploi de ce fonds avec la plus grande économie et avertit M. le D. G, avant qu'il soit épuisé, de l'inutilité qui pourrait être reconnue de l'épuiser tout entier ».

Au même : état des paroisses qui ont souffert de la grêle et des orages extraordinaires.

Au même, « relative aux Élections qui arrêtent le travail en faisant commettre des assignations aux syndics des municipalités pour le recouvrement des tailles et principalement dans le dép[t] de Pont-l'Évêque ».

Circulaire aux bureaux « accompagnant une lettre de M. le Directeur G[al] des finances du 4, relative à la percep-

1. Les officiers municipaux et les communautés de Rouen, n'ayant pas eu gain de cause devant la Commission, s'étaient pourvus devant le Conseil qui les débouta. Les P. S. P. signifièrent cette décision à l'intendant, en lui renvoyant la requête des cuisiniers-pâtissiers et cabaretiers. Ils ajoutaient : « il est irrégulier que cette communauté vous ait saisi de cette affaire ». (*Reg. corr.*)

2. Bermonville, él. de Caudebec ; — c. de Fauville, arr. d'Yvetot.

3. Bolbec demandait une imposition annuelle de 600 L. pour l'entretien de ses réverbères. On lui accorda une taxe de « cinq sous par tuyau de cheminée, excepté 120 tuyaux occupés par les pauvres ». (Arch. nat., H 1587.)

4. Ce chiffre devait être augmenté par des souscriptions volontaires.

tion de toutes impositions quelconques par les collecteurs de la taille des paroisses » [1].

Lettre au D. G. : la C^{on} lui fait part des craintes qu'elle a que ce changement de régime ne devienne très difficile à faire exécuter cette année.

Circulaire aux ingénieurs des dép^{ts} : sur les états de situation des ouvrages sur les fonds de l'exercice 1787 [2].

Aux bureaux, affaires diverses. — A Caudebec, sur une difficulté élevée par l'intendant sur l'imposition des habitants non taillables de la paroisse de Ste-Marie-aux-Champs [3], à la prestation en rachat de corvée.

Au B. de Rouen : « La C^{on} lui marque qu'elle ne peut voir avec indifférence que la répartition de la capitation bourgeoise de cette ville éprouve un retardement [4] qui après avoir déjà tant duré paraît devoir se prolonger encore. Elle prie ce bureau de vouloir bien écrire à ce sujet de la manière la plus pressante à MM. les officiers municipaux de cette ville. »

Au B. de Gisors : sur une délibération de la paroisse de Montagny-sur-Andelle [5].

14 novembre 1788.

Présents : MM. de St-Gervais, Le Couteulx de Canteleu, de Fontenay, Dambourney, Gueudry, d'Herbouville, Thouret.

Au B. de Gisors : renvoi du mémoire de 5 curés deman-

---

1. Les Vingtièmes avaient été jusqu'alors recouvrés par des syndics paroissiaux, préposés directs de l'intendant. Or Necker, par une circulaire du 4 novembre, annonçait que les collecteurs des tailles devaient aussi faire la collecte des autres impositions. Dans sa réponse la C^{on} fit observer qu'ils étaient en droit de s'y refuser. Elle recommandait de s'en tenir pour cette année aux voies de persuasion.

2. Cet état se montait à la somme de 631.670 livres. Il s'appliquait aux dépenses de l'année écoulée.

3. Sainte-Marie-aux-Champs, él. de Caudebec ; c. et arr. d'Yvetot. Son territoire jouissait, nous ne savons pourquoi, de l'exemption de la taille. La C^{on} reconnut son erreur et la plaça dans le rôle des villes franches.

4. Certains rôles de communautés ne furent recouvrés qu'en 1790 !

5. Montagny-sur-Andelle avait voté une somme de 300 L. pour la réparation de son clocher. La C^{on} faisait remarquer une irrégularité commise dans un marché passé avec un entrepreneur

dant l'exemption de taille en faveur des adjudicataires de leurs dîmes après la Saint-Jean. Renvoi aux tribunaux contentieux.

Aux B. d'Andely et de Pont-l'Évêque : affaires diverses.

17 novembre 1788.

Présents : MM. d'Herbouville et Dambourney.

Lettre de Necker. « L'intention de S. M. est que la C^{on} fasse de moitié avec le Directeur des Vingtièmes les rôles des Vingtièmes pour 1789 [1]. En conséquence lettre à ce Ministre pour lui annoncer que s'il persiste à ce que les choses restent dans l'état indiqué par ses lettres des 18 et 31 octobre dernier et du 13 de ce mois, il est indispensable qu'il soit pourvu non seulement à l'état des bureaux, mais encore à l'acquit de 6.837 L., 10 s., 6 d. de dépenses d'établissement et à celui des appointements échus du préposé aux travaux des Vingtièmes et de ses commis, montant à 3.000 L. La C^{on} prie ce Ministre de vouloir bien lui indiquer sur quels fonds l'entretien ultérieur de ses bureaux sera payé, et de la mettre dès à présent à portée d'acquitter les 6.837 l., 10 s., 6 d. de première mise et les 3.000 L. d'appointements échus ».

Lettre du D. G. : « L'intention de S. M. est que les présidents des assemblées de dép^t qui mourront ou donneront leur démission soient remplacés par des membres de l'assemblée. »

---

1. Pour retirer à la Commission la confection des rôles déjà commencée, le ministre invoquait cet étrange prétexte : « faute d'abonnement, l'administration des Vingtièmes rentrait dans les mains du Roi ». La Commission fut très mortifiée. Elle trouvait que la mesure était comble : « Nous espérons que vous ne voudrez pas ajouter ce nouveau sujet de dégoût à ceux que nous éprouvons d'ailleurs. Nous ne restons attachés à des fonctions que le gouvernement autorise assez à regarder comme très précaires que par intérêt pour le gouvernement lui-même, pour notre pays et pour le désir de seconder vos efforts salutaires pour la chose publique. Nous ne demandons pour prix de notre dévouement que de ne pas recevoir une aggravation d'embarras et de dérangement d'où nous attendons assistance et protection. » (Reg. corr.)

« La C^on a arrêté d'écrire au Ministre qu'il serait presque impossible de trouver de cette manière des présidents pour remplacer les autres[1]. »

20 novembre 1788.

Présents : MM. de Conflans, de Goyon, de St-Gervais, Le Couteulx de Canteleu, Gueudry, de Fontenay, Dambourney, d'Herbouville, Thouret.

Remise de papiers au Directeur des Vingtièmes.

Au B. d'Arques : « pour avoir les instructions demandées par le Ministre sur la nomination de 4 sujets désignés par l'ass. de Dép^t pour la place de président vacante par la démission du marquis de Cany. »

Aux divers bureaux : affaires locales, renvoi de requêtes, etc.

Au D. G. : sur le remboursement des avances faites cette année par les syndics et greffiers des municipalités[2].

Arrêté : « que pendant l'absence de M. Bayeux[3], M. Niel signera par intérim à sa place ».

27 novembre 1788.

Présents : MM. de Conflans, de Goyon, de St-Gervais, Gueudry, de Fontenay, Dambourney, d'Herbouville, Thouret.

Lettre à M. Lamandé : envoi de pièces diverses.

Au D. G. : autorisation demandée de toucher la somme de 40.000 L., exercice 1788 indemnité aux propriétaires de terrains.

Au même, « en réponse à celle écrite par lui personnellement[4]. Elle lui fait connaître sa sensibilité sur les obs-

1. Les présidents de ces assemblées avaient été jusqu'alors nommés par le Roi. La remarque de la Commission laisse voir que leurs fonctions étaient loin d'être recherchées.

2. Question déjà posée le 30 octobre.

3. L'absence de M. Bayeux fut définitive. Il fut nommé premier Commis des Finances. (Voir la *Notice*.)

4. La lettre autographe de Necker, envoyée le 22 novembre aux trois

tacles que la Cour des Aides a développés successivement pour arrêter dans le moment le plus difficile l'exécution du service le plus important confié aux assemblées par leur édit de création enregistré, sur le ton d'inculpation qui perce dans les arrêtés de cette cour, qui ne pourra jamais être justifié par elle, et sur le malheur des circonstances qui a pu seul déterminer S. M. au parti extrême de rendre à ses commissaires départis une fonction qu'elle avait attribuée aux bureaux intermédiaires. La C. I. P. prévient M. le D. G. des dénonciations qui sont faites contre elle au Parlement et à la Cour des Aides, au sujet de l'imposition en rachat de corvée, sur trois points que le Conseil a récemment décidés en sa faveur, lui annonce qu'elle prévoit toute la suite des désagréments personnels auxquels la situation actuelle des affaires l'expose, offre, par pur sentiment de zèle pour le service de S. M. et par l'espérance qu'elle ne perd pas de conserver à la Province l'utilité de son établissement la continuation de ses fonctions qu'elle ne devait pas s'attendre à voir jamais devenir si pénibles. »

Au B. de Rouen « pour l'engager à prévoir l'instant où il pourra être nécessaire d'ouvrir les ateliers de charité extraordinaires aux abords de cette ville et d'en préparer les opérations ; lui annoncer que les propriétaires des terrains le long des rues ouvertes et tracées dans le nouveau quartiers de ville [1], près le Lieu de Santé, demandent instamment qu'on s'occupe des remblais de ces rues ».

Mandats de paiement des cantonniers. Affaires diverses.

commissions intermédiaires de Rouen, Caen et Alençon, annonçait que « la Cour des Aides continuant à faire des objections de tout genre et paraissant indifférente aux circonstances, S. M. s'était déterminée, jusqu'à ce qu'elle ait pu prendre un parti définitif à cet égard, à faire suivre les anciennes formes par le ministère de ses commissaires départis dans les trois Généralités de Normandie.

La réponse attristée de la Commission (Reg. corr.) est reproduite à peu près textuellement ici, en style indirect. Elle se terminait par cette phrase : « Nous souhaitons ardemment que notre exemple et les exhortations que nous avons employées auprès des Bureaux intermédiaires puissent calmer leur sensibilité et ranimer leur confiance. »

1. A l'ouest du boulevard Cauchoise. Le Lieu de Santé est l'Hôtel-Dieu.

28 novembre 1788.

Lettre au D. G. « pour obtenir la remise des amendes prononcées par l'Élection de Pont-l'Évêque contre 16 syndics [1], faute par eux d'avoir déposé leurs tableaux de nomination des collecteurs, et pareille remise en faveur des syndics des autres dép[ts] qui se trouveront également condamnés et qui tous n'ont fait qu'obéir aux ordres de S. M. M. le D. G. est instamment prié par la même lettre de vouloir bien donner sans délai les ordres nécessaires à l'administration des domaines pour faire cesser toutes poursuites à cet égard de la part des receveurs.

MM. les P. S. P. ont été chargés d'écrire aux B. i. pour avoir l'état des frais faits contre les syndics des différentes paroisses dans ces circonstances. »

Circulaire aux B. i. relativement à une lettre écrite par le D. G. « au sujet du département des tailles, qui, par le fait de la Cour des Aides, se trouve remis entre les mains de M. l'Intendant. On invite par cette lettre les mêmes bureaux à rassembler les requêtes qui leur ont été présentées pour obtenir des taxes d'office et à les présenter à la C[on] le plus tôt possible ainsi que la signification des sentences pour rejet et réimposition, l'état des sommes qu'ils auraient pu être dans le cas d'imposer, au pied des mandements de la taille, enfin tous les détails et renseignements qui auront pu servir d'éléments à leur travail pour le département, la C[on] joignant son invitation sur ce point à celle du Ministre, parce qu'il importe réellement par son objet au bien du service. »

Lecture d'un mémoire de la municipalité d'Elbeuf [2] :

1. Le 10 décembre Necker informa les trois commissions intermédiaires de Normandie que S. M. avait accordé la remise des amendes prononcées par les Élections.

2. Elbeuf, él. de Pont-de-l'Arche ; — ch. l. de c., arr. de Rouen. Ses manufactures de drap, fondées par Colbert, occupaient encore. tant dans cette ville qu'aux environs. plusieurs milliers d'ouvriers. La municipalité s'était adressée à Necker, qui avait renvoyé sa requête à la Commission.

fâcheuse situation des ouvriers de la manufacture par la cherté du pain et le défaut d'occupation. M. de Fontenay est chargé de demander à l'Hôtel de Ville la copie de la réponse que lui a faite M. Necker.

4 décembre 1788.

Présents : Mgr le cardinal, MM. de Goyon, de St-Gervais, de Conflans, de Fontenay, Gueudry, d'Herbouville, Thouret.

M. Massé, p.-s. du dép^t de Rouen, invité, prend place auprès des Procureurs-Syndics.

Lettre à M. Moreau, directeur des Vingtièmes : demande d'acompte.

« Ensuite M. Thouret a exposé que l'objet essentiel dont on devait s'occuper en ce moment était les ateliers de charité de cette ville. Sur quoi M. Gueudry a annoncé qu'il était autorisé à délivrer une somme de 6.000 L. pour les ateliers, et, après avoir entendu M. Massé, et délibéré sur les divers endroits où on pourrait les placer, sur ce qui devait être fait pour les rendre les moins onéreux, il a été arrêté qu'ils seront portés provisoirement à la côte du Mont-aux-Malades [1], que les ouvriers seront, autant qu'il sera possible, mis à la tâche, qu'en conséquence l'ingénieur fera les dispositions convenables à cet effet, que pour répondre à la demande des propriétaires riverains de la rue du Lieu de Santé on y portera aussi, s'il est possible, par la suite ces ateliers. M. Massé s'est chargé de demander un devis à l'ingénieur sur cet objet et a promis de l'envoyer sous huitaine. Arrêté encore que les ateliers pourront être encore ouverts à la route de Lescure [2] et sur le chemin de Darnetal, s'il en est besoin. Après quoi M. Massé a été remercié de sa complaisance et s'est retiré. »

---

1. Le Mont-aux-Malades, ancienne paroisse de la banlieue de Rouen, rattachée aujourd'hui à la commune de Mont-Saint-Aignan., c. de Maromme, arr. de Rouen.

2. Lescure, lieudit, aux portes de Rouen.

Rapport du mémoire de l'hôtel de ville d'Elbeuf (secours aux ouvriers). Lettre à Necker [1].

Circulaire aux bureaux : renvoyer les commissions pour l'assiette des tailles à eux envoyées [2].

Réponse du D. G., du 18 novembre, à une lettre écrite le 6. Affaires locales. Requêtes de communautés et de particuliers. Rôles d'impositions locales.

5 décembre 1788.

Présents : MM. de Conflans, de Goyon, Gueudry, de Fontenay, d'Herbouville, Thouret.

Circulaire aux bureaux : état des frais faits contre les syndics dans les Élections au sujet du dépôt des tableaux de nomination des collecteurs.

Visa et signature des rôles des Vingtièmes pour les Élections de Magny et de Caudebec.

11 décembre 1788.

Présents: Mgr le cardinal, MM. de Goyon, de St-Gervais, Gueudry de Fontenay, d'Herbouville, Thouret.

Rapport des P. S. P. sur un arrêt rendu par le Parlement le 27 novembre dernier au sujet de l'imposition représentative de la corvée [3]. Lettre d'envoi au D. G., avec observations.

---

1. La C^{on}, appuyant la requête d'Elbeuf, demandait un secours de 12.000 L. pour y établir un atelier de charité.

2. L'assiette de la Taille venant d'être rendue à l'intendant, les commissions envoyées aux Bureaux intermédiaires devenaient sans objet.

3. Le Parlement, à peine rétabli, entrait en scène après la Cour des Aides. Il validait les trois objets de réclamation de l'hôtel de ville, au sujet desquels le Directeur Général avait donné raison à la Commission. L'arrêté de l'Assemblée provinciale sur l'imposition de la corvée et l'Arrêt du Conseil du 28 février qui le sanctionnait étaient donc annulés. La Commission montrait au ministre les effets désastreux de cet Arrêt du Parlement : l'insuffisance du recouvrement dans les fonds affectés aux travaux publics de cette année, l'impossibilité de toute comptabilité « avec près de 2.000 paysans collecteurs chargés de la recette et des paiements directs aux entrepreneurs ; le dégoût des bons adjudicataires qui n'iraient

Au même : état des dommages causés dans le dép[t] de Pont-Audemer par l'orage du 12 juillet. Prière d'obtenir de S. M. en faveur de la Province une part dans le don extraordinaire de 12.000.000 L.

Lettre de Necker : « il serait utile au bien du service et au succès des opérations de la C[on] que tout le travail relatif à l'imposition des Vingtièmes, à l'emploi des fonds libres et variables et aux dépenses des provinces autres que les ponts et chaussées qui seront dans le cas d'être acquittées sur ces fonds par voie d'imposition, fût aujourd'hui réuni au département des assemblées provinciales ».

Lettre de l'Intendant « relative à la vérification à faire, suivant ce magistrat, par le sieur Moreau, des rôles des Vingtièmes. — La C[on] a arrêté qu'il n'y a lieu à ladite vérification. En conséquence, lettre à M. Necker pour lui faire part des difficultés pour ladite, et réponse à M. l'Intendant sur le même sujet. »

Au B. de Rouen. — La C[on] entretiendra l'atelier de la côte du Mont-aux-Malades.

Au B. de Caudebec. — Affaire d'Ectot : se conformer à la décision du ministre.

12 décembre 1788.

Présents : les mêmes.

Signé rôles des Vingtièmes.

A Necker : on met la plus grande célérité dans la confection des rôles des Vingtièmes[1]. Élections déjà visées. Le surplus sera prêt la semaine prochaine. Le Directeur des Vingtièmes vient de soulever une nouvelle difficulté

---

pas faire la quête de leur argent de paroisse en paroisse ; enfin l'impossibilité de continuer les travaux des routes. (*Reg. corr.*, et *Rapp. C. I.*, p. 23 à 28.)

1. Necker, pour tout concilier, avait décidé le 17 novembre que la C[on] ferait de moitié avec le Directeur des Vingtièmes le rôle des Vingtièmes pour 1789. Celle-ci réclamait au ministre le remboursement des frais d'établissement faits dans ses bureaux.

très propre à retarder la mise des rôles en recouvrement : il tient à rigueur de vérifier les rôles rédigés dans les bureaux de la C^{on}.

18 décembre 1788.

Présents : Mgr le Cardinal, MM. de Conflans, de Goyon, de St-Gervais, Gueudry, de Fontenay, d'Herbouville, Thouret.

Mandats d'acompte aux adjudicataires.

Lecture de requêtes diverses.

Au B. de Rouen. — Lettre de l'Hôtel de ville[1] de Rouen du 13, relative aux ateliers de charité. Il prend à sa charge 500 ouvriers. La C^{on} pense que les fonds votés suffiront à entretenir les autres. Précautions à prendre : n'admettre que les porteurs d'un billet d'admission, signé du procureur du roi de l'Hôtel de ville, attestant qu'ils sont ouvriers de la ville, manquant absolument de travail.

Lettre de Necker, du 14, chargeant la C^{on} de faire dresser les rôles de la capitation des non-taillables[2]. Circulaire aux bureaux, les engageant à s'occuper du projet des rôles qui doit être envoyé au Conseil pour y être arrêté, conformément à l'art. 6 (2e Section) de l'Arrêt du Conseil du 8 août dernier, et de se concerter à cet égard avec les receveurs particuliers des finances.

Lettre de Necker : envoi de 40.000 L. pour acquitter les indemnités dues à divers propriétaires.

Circulaire aux bureaux : s'entendre avec les receveurs particuliers pour les comptes de chaque adjudicataire.

Examen de diverses requêtes.

---

1 La C^{on}, qui avait demandé 40.000 L., avait obtenu la promesse de 30.000 L. à raison de 6.000 L. par mois. Elle conseillait la prudence à la municipalité : « Si nous admettions tous ceux que vous avez commencé à employer, les fonds du mois seraient absorbés dès la première quinzaine, et toute la charge retomberait sur vous pendant l'autre. » (*Reg. corr.*

2. La capitation des non-taillables était celle des nobles, officiers de justice, privilégiés, employés des fermes et régies, habitants des villes franches.

19 décembre 1788.

Présents : les mêmes.

Signé rôles des Vingtièmes pour diverses élections.

Lettres des dép[ts] de Gisors et de Caudebec ; affaires locales.

24 décembre 1788.

Présents MM. de Goyon, de St-Gervais, de Fontenay, Gueudry, Thouret.

« MM. les P.S.P ont remis la signification qui leur a été faite d'un arrêt rendu par le Parlement le 27 novembre dernier [1]... et aussi un exemplaire de celui rendu par la Cour des Aides le 19 de ce mois... Ensuite on a signé une lettre à M. le D. G. [2] par laquelle, en lui envoyant un exemplaire du dernier arrêt, on lui représente la nécessité de pourvoir à cette partie du service. »

Lettre à l'intendant : envoi de procès-verbaux (examen et réception de travaux).

Lettre de Necker : relativement aux atterrissements qui se trouvent le long des rivières (la même à M. Lamandé).

Aux bureaux : mandats, renvois de pièces, examen de diverses requêtes.

Lettre de l'Hôtel de Ville au sujet des ateliers de charité : il s'engage à employer 500 ouvriers.

Lettre au B. de Rouen relative à des excès commis par

---

1. C'est donc à tort que le Rapport de la Commission dit, en parlant des Arrêts du 27 novembre et du 19 décembre : « Ni l'une ni l'autre de ces significations n'ont été faites, du moins aux procureurs-syndics de la Haute-Normandie » (p. 24).

2. La C[on], dans sa lettre, relevait quelques différences et même quelques contradictions entre l'Arrêt du Parlement et celui de la Chambre des Comptes. De plus ce dernier disait, contrairement à l'arrêt du Conseil du 28 février 1788, que les rôles seraient rendus exécutoires par les officiers de l'Élection, les contestations portées devant l'Élection, et, par appel, en la Cour (cf. Rapport C. I., p. 23, 28). Elle ajoutait avec raison : « Nous avons le malheur constant que nos prédictions les plus fâcheuses se sont toujours réalisées. » (Reg. corr.)

quelques ouvriers envers les personnes qui ont passé par leurs ateliers.

La C^on répond « que si les ouvriers se livraient de nouveau à quelque désordre pareil, le conducteur doit indiquer les plus coupables afin qu'ils soient chassés de l'atelier; qu'il est bon de faire publier à la tête des divers ateliers que la réitération de pareils excès obligerait de cesser entièrement les travaux et les secours qui en résultent. La C^on a appris avec déplaisir que M. Pioche a négligé d'établir les ateliers de charité à la tâche; que la rigueur des temps n'aurait pas dû empêcher de suivre cette méthode en diminuant le travail de chaque tâche. »

Lettre au B. d'Arques : réponse à diverses questions.

Lettre du directeur des Vingtièmes, expliquant les causes des différences qui se trouvent sur les rôles dont il lui a été fait le renvoi.

Arrêtés pris sur requêtes particulières.

31 décembre 1788.

Présents : MM. de Conflans, de Goyon, St-Gervais, Gueudry, de Fontenay, Thouret.

Lettre du D. G., annonçant un secours de 6.000 L. pour les pauvres d'Elbeuf.

Mémoire des officiers municipaux de Louviers demandant un secours extraordinaire pour les ouvriers sans travail. Lettre à Necker en leur faveur. Lettre à l'Intendant. La C^on lui a envoyé, il y a plus de quinze jours, des rôles pour être rendus exécutoires. C'est de sa signature « que dépend maintenant la perception, dont l'intérêt ne peut pas être balancé par celui du cérémonial relatif au directeur des Vingtièmes[1] »...

---

1. L'intendant attendait que la Direction des Vingtièmes eût mis son visa aux rôles faits par la Commission. Celle-ci lui écrivait, en remettant les choses au point : « Il n'est ni juste ni convenable que le Directeur puisse faire des changements aux rôles que nous aurons visés. » (*Reg. corr*).

Lettre de l'ingénieur du dép' de Rouen « exposant les motifs qui l'ont empêché de mettre les ateliers à la tâche et la nécessité de faire surveiller les ateliers par des cavaliers... On a aussi rendu compte de différents faits d'insubordination de la part des mêmes ouvriers; on a, en conséquence, signé une lettre à M. de Villemont[1] pour le prier de faire paraître seulement pendant quelques jours des cavaliers sur le lieu des ateliers.

Rapport, par les P. S. P., de pièces adressées par l'intendant : contestation entre l'archevêque de Lyon[2] et l'adjudicataire de la route de Rouen à Brionne (extraction de caillou sur les terres de l'archevêque).

Lettres aux bureaux : arrêté plusieurs rôles d'impositions locales. Envoi de l'arrêt du Conseil du 1er novembre 1788 autorisant des impositions pour reconstruction de presbytères. Arrêtés pris sur diverses requêtes.

Au B. d'Évreux : mandats pour atelier de charité, l'évêque d'Évreux[3] et le duc de Bouillon[4] ayant déjà versé des contributions volontaires.

A l'intendant : envoi de rôles pour les rendre exécutoires; prière de les faire remettre par la voie du subdélégué au bureau intermédiaire. Au même : envoi de la commission des tailles de plusieurs dép'ts; envoi de bordereaux de sommes payées à divers adjudicataires.

Lettre de Necker, du 28 décembre, « au sujet de l'imposition représentative de la corvée à laquelle les officiers de justice, les privilégiés et les employés des fermes

1. M. Cambon de Villemont était prévôt général de la maréchaussée dans la Généralité de Rouen.

2. Mgr deMarbeuf, archevêque de Lyon, possédait l'abbaye du Bec (c. de Brionne, arr. de Bernay). Les démêlés entre les entrepreneurs de routes et les propriétaires de carrières étaient fréquents. L'intendant en avait la connaissance.

3. L'évêque d'Evreux, Mgr de Narbonne-Lara, était en outre président de l'Assemblée du département d'Evreux.

4. Le duc de Bouillon, comte d'Evreux, résidait au château de Navarre, près d'Evreux.

auraient dû être assujettis à raison du quart de la capitation qu'ils supportent, des observations de M. l'intendant, et des réponses de la · C^on sur cet objet, qui ont arrêté jusqu'à ce jour l'envoi des rôles aux receveurs. Par cette lettre le ministre annonce[1] qu'il pense, ainsi que la C^on, que la justice exigerait que la dépense de la confection et de l'entretien des grandes routes fût supportée indistinctement par tous les ordres de l'État, mais que l'on ne peut regarder comme assujettis à la prestation représentative de la corvée que ceux qui paient ou la taille ou l'imposition qui la représente dans les villes et communautés franches, que celle des employés, privilégiés, officiers de justice n'est pas représentative de la taille ; que cette capitation est inhérente aux offices, aux titres, aux emplois, et que c'est pour cette raison que les classes de contribuables ont toujours été comprises dans des rôles particuliers, parce qu'elles ne pouvaient l'être ni dans ceux de la taille ni dans ceux de la capitation roturière proprement dite. Rendant ensuite justice aux motifs qui avaient déterminé l'opération de la C^on, mais considérant qu'il en résulterait incessamment des réclamations qu'il est de la prudence de prévenir en ce moment où un nouvel ordre de choses ne tardera pas à faire disparaître ce que celui qui existe aujourd'hui peut avoir de contraire aux principes de la justice distributive, le ministre pense qu'il ne faut ajouter aux embarras que les circonstances font paraître. Il ajoute que la proportion

---

1. La théorie du ministre était en opposition formelle avec celle que la Commission avait exposée dans une lettre précédente. Les raisons d'opportunité qu'il allègue sont faciles à comprendre, ainsi que les espérances qu'il fait concevoir d'un nouvel ordre de choses : il venait d'obtenir du Roi la double représentation du Tiers aux États Généraux.

Quant à ses remarques sur le taux de l'imposition représentative de la corvée, elles étaient faites pour étonner la Commission qui avait réglé les devis des travaux à entreprendre sur l'imposition à percevoir et non, comme aurait préféré le ministre, l'imposition sur les devis. Cette critique, en admettant qu'elle fût fondée, était au moins tardive. (Arch. dép., C 2132.)

du quart adoptée par l'enregistrement de la loi de 1787 ne détermine pas le taux de l'imposition, mais seulement celui qui ne peut pas être excédé; que le montant de l'imposition doit toujours être relatif à celui des devis et que l'arrêt du Conseil qui s'expédie chaque année n'est nécessaire que pour constater que l'on n'impose pas au delà de la somme qu'exigent les ouvrages approuvés; qu'autrement l'approbation annuelle du Conseil deviendrait surabondante; que les rabais que les adjudications procurent offrent des ressources pour faire face aux non-valeurs et que, si elles étaient insuffisantes, une portion de l'imposition de l'année suivante serait naturellement appliquée au paiement de ce qui serait dû de l'année antérieure.

D'après ces observations, le ministre engage la C^{on} à renoncer, pour cette année, au projet d'assujettir les officiers de justice, privilégiés et employés, et à se renfermer exactement à l'avenir pour la quotité de l'imposition dont il s'agit dans la fixation qui aurait été autorisée par le Conseil d'après le montant des ouvrages dont il aura approuvé la confection.

Sur quoi arrêté que les expéditions des rôles de la capitation des officiers de justice, privilégiés et employés des fermes seront incessamment envoyées aux receveurs pour en faire le recouvrement. »

Signé rôles des Vingtièmes des biens-fonds de la banlieue de Rouen, des Élections de Pont-Audemer et Pont-de-l'Arche; d'offices et droits; de la majeure partie de ceux d'industrie. Total 315 rôles.

8 janvier 1789.

Présents : MM. de Conflans, de Goyon, de St-Gervais, Gueudry, Thouret.

Circulaire aux bureaux : le jugement des requêtes des Vingtièmes de toute nature est attribué à la C^{on}. Prière d'informer les syndics municipaux. Ceux-ci en donneront avis aux contribuables, et leur observeront qu'ils ne doivent « sous quelque prétexte que ce soit, porter ailleurs leurs réclamations au sujet des Vingtièmes[1] ».

Signature de mandats.

Visa du rôle de la capitation des officiers de justice, privilégiés et employés des fermes, officiers sans gages du Parlement et de la Chambre des Comptes... Envoi de ces rôles à l'intendant pour les rendre exécutoires.

Lettre au D. G. « au sujet de la répartition de la capitation des nobles et privilégiés pour l'année 1789 et de l'exécution à donner à l'art. 6 de l'arrêt du Conseil du 8 août, par lequel il est prescrit que les extraits du rôle qui sera arrêté au Conseil après avoir été rendu exécutoire par M. l'intendant seront remis aux mains des collecteurs des municipalités. On observe au ministre que cette disposition est susceptible de difficultés; qu'il n'est pas douteux que les collecteurs de la taille nommés encore cette année suivant l'ordre et les règlements anciens[2] ne pourront point être contraints à se décharger de ces rôles et à en faire le recouvrement; que si on voulait les y forcer, ils seraient soutenus et protégés par les Elections et par la Cour des Aides qui n'a pas voulu reconnaître l'arrêt du Conseil[3]; qu'un des B. i. a déjà marqué son inquiétude sur cet objet, et on prie M. Necker de vouloir bien faire part de la détermination du Conseil à cet égard. »

Lettre à M. Blondel : renvoi d'une affaire particulière et d'affaires locales (ravages des loups dans l'Élection de Neufchâtel[4]).

---

1. En vertu d'une circulaire du D. G. du 3 décembre 1788 tout le travail relatif à l'imposition des Vingtièmes et aux fonds libres de la Capitation « était réuni au département des assemblées provinciales ».

2. C'est-à-dire par les Bureaux d'Election.

3. On a vu que la Cour des Aides ne voulait reconnaître aucun des Arrêts du Conseil rendus depuis le 8 mars 1788. Les Bureaux d'Election, ses subordonnés, professaient la même théorie.

4. L'Election de Neufchâtel était particulièrement exposée aux ravages

Réparations d'églises : envois d'arrêts du Conseil à ce sujet.

Circulaire aux bureaux : remboursement des avances faites par les municipalités ; correspondance échangée avec le D. G. à ce sujet [1].

Lettres aux bureaux : affaires particulières, réponses à des questions posées, récépissés ; mandats pour indemnités.

Témoignage de satisfaction à M. Pioche : gratifications de 300 L. sur le fonds des ateliers de charité. Refus d'une gratification au sieur Isnard (dép^t d'Évreux), « vu l'insuffisance de son service ».

15 janvier 1789.

Présents : MM. de Goyon, de St-Gervais. Gueudry, de Fontenay, d'Herbouville ; Thouret.

M. Lamandé présente les états d'entretien des routes du département, l'état de situation des ouvrages exécutés sur les fonds des Ponts et Chaussées (1787), l'état, au 31 décembre 1788, des ouvrages exécutés sur les fonds en rachat de corvée d'après l'adjudication passée en 1788 ; un avant-projet d'état du roi, exercice 1788, pour les ouvrages et dépenses à faire sur les fonds des Ponts et Chaussées pour l'année 1789 [2]

Visé et signé les états d'appointements des ingénieurs.

Lettre à l'intendant : renvoi des rôles de paroisses pour être rendus exécutoires.

Lettre au D. G. [3], relativement à sa lettre du 31 décembre [4]. (L'intendant était chargé de remettre à la C^{on}

des loups à cause de ses vastes forêts. La Commission délivra 711 livres de gratifications pour des loups tués de 1788 à 1790.

1. Le D. G. avait écrit à ce sujet le 12 et le 31 décembre 1788 : il autorisait la Commission à faire délibérer par les communautés les impositions nécessaires pour rembourser les frais des syndics et greffiers des municipalités.

2. Au sujet de ces divers états, voir la *Notice*.

3. Cette lettre se trouve aux Arch. nat., H. 1589.

4. Le D. G. avait écrit le 31 décembre : « Il est convenable que la Com-

une copie du département des tailles de chaque Élection, afin qu'elle pût s'occuper de la répartition de la contribution des chemins.) La C⁰ⁿ croit que cette disposition n'est pas suffisante pour le mettre en état de faire le recouvrement, « qu'il faut principalement et avant tout faire cesser l'obstacle très préjudiciable qui résulte de 2 arrêts que le Parlement et la Cour des Aides ont rendus sur cet objet; qu'on ne peut penser à faire aucune adjudication de travaux pour 1789 avant de se voir en l'état de faire l'imposition qui doit fournir à leur paiement; que l'on ne peut penser à imposer ni même à préparer les mandements avant de savoir si les 6 d. de taxation aux collecteurs seront imposés en sus ou retenus, et aux mains de qui on fera verser les deniers du recouvrement. On le prévient également que les receveurs n'osent plus continuer le recouvrement de 1788, que d'un autre côté les Élus se mettent en mouvement à l'appris de l'arrêt de la Cour des Aides pour dessaisir les collecteurs de leurs rôles, qu'il ne se trouvera pas d'argent pour payer les adjudicataires. »

Au même, « pour le prévenir qu'il n'y aura pas de deniers en recouvrement pour l'exercice 1789 pour payer les cantonniers, de janvier à mars ; que les adjudications retardées ne pourront pas être faites pendant ce trimestre. Prière de déterminer le receveur général à faire une avance de 15.000 L., « qu'il est très pressant de pourvoir à cet objet, qui est autant de charité que de justice². »

Au même, pour appuyer une demande d'atelier de charité faite par Honfleur à M. de la Millière; sur les difficultés éprouvées par la C⁰ⁿ de la part de propriétaires qui refusent de laisser extraire du caillou de leurs fonds.

---

mission intermédiaire s'occupe des dispositions préliminaires relatives à la répartition de la contribution des chemins. » La minute de cette lettre écrite aux trois intendants et aux trois commissions intermédiaires de Normandie est aux Arch. nat., H. 1589.

1. Arch. nat., H 1589.

2. L'autorisation ne fut accordée que le 12 mars (Arch. nat., H 1589).

Insuffisance de l'arrêt de 1755. On sollicite un arrêt du Conseil qui casse la sentence rendue par le juge du bailliage de Pont-l'Évêque et renvoie la contestation devant l'intendant[1].

Lettres aux bureaux : affaires diverses. Mandats pour ateliers de charité. Paiement d'adjudicataires. Renvoi d'une requête. Mandats de 200 L. pour le bouillon des malades de Cléon[2].

A M. Moreau : demande des requêtes faites au sujet des Vingtièmes (1788), de l'état indicatif des requêtes faites pour 1789.

« MM. les P. S. P. ont remis sur le bureau une signification faite à MM. les p.-s. du dépt de Pont-l'Évêque de l'arrêt de la Cour des Aides du 19 décembre dernier et la lettre d'envoi de cette signification. Ils ont été autorisés à répondre à MM. les p.-s. du B. i. que la Con n'a vu dans le style de l'exploit que la rudesse routinière de l'huissier qui ne mérite pas de fixer son attention ni la leur. [3]»

Au B. d'Évreux : la Con s'est assurée que M. l'intendant est encore chargé cette année de faire les distributions nécessaires de riz pour la subsistance des pauvres.

22 janvier 1789.

Présents : MM. de Goyon, de St-Gervais, de Fontenay, Gueudry, d'Herbouville, Thouret.

« M. Massé, p.-s. du dépt de Rouen, invité, assiste à la séance.

La Con, instruite des abus de toute espèce qui se sont introduits dans les ateliers de charité du faubourg Cau-

---

1. L'arrêt du Conseil de 1755 n'avait pas été enregistré au Parlement. Ceci montre que la Con préférait la juridiction de l'intendant à celle des tribunaux ordinaires.

2. Cléon, él. de Pont-de-l'Arche ; — c. d'Elbeuf, arr. de Rouen.

3. La Con, se souvenant des exhortations de Necker, terminait ainsi sa lettre : « La plus grande circonspection est la vertu du moment ». (*Reg. corr.*, 16 janvier 1789.)

choise, et frappée de la nécessité d'y remédier, a arrêté :

1° Que tous les ouvriers sans exception seront mis et tenus à la tâche à commencer de lundi prochain ; 2° qu'il soit ordonné au conducteur de veiller exactement au maintien du bon travail et de la bonne discipline, d'avertir exactement MM. les p.-s. du bureau intermédiaire chaque jour tant des excès qui auraient pu être commis soit contre la subordination, soit contre la sûreté publique à l'égard des passants que des mouvements qu'il pourrait remarquer tendant à exciter ces excès, et d'indiquer les coupables ou du moins les chefs qui seront punis par une expulsion de l'atelier ; 3° afin de pourvoir au maintien du bon ordre et à l'exécution de la peine de l'expulsion, lorsqu'elle aura été infligée, la C^{on} s'adressera au commandant du régiment pour avoir un piquet de 10 hommes qui prendra poste à l'emplacement des ateliers et y restera plusieurs jours... »

Lettre au commandant du régiment à ce sujet.

Lettre au B. de Montivilliers sur une représentation de la paroisse de la Remuée [1].

Lettre à M. Blondel : projet d'arrêt du Conseil envoyé à l'effet de valider les arrêtés de la C^{on}, d'avril au 31 décembre dernier, approuvant l'imposition de diverses sommes de 500 L. et au-dessous pour réparation d'églises et de presbytères, gages de clercs de paroisse et autres charges locales [2].

A M. de la Millière : envoi de l'état de situation des ouvrages ordonnés par l'état du roi de 1787, accompagné de diverses pièces.

Lettre de Necker : au sujet de la solde de 24 Acadiens

1. La Remuée, él. de Montivilliers ; — c. de St-Romain, arr. du Havre. La municipalité écrivait au sujet « d'un particulier, âgé de 14 à 15 ans, qui est resté dans cette paroisse les pieds et les mains gelés ». La C^{on} le fit transporter à l'Hôtel-Dieu de Rouen.

2. Cette validation du Conseil, faite en bloc, était de pure forme pour les dépenses inférieures à 500 L. La liste de ces impositions locales, d'avril à décembre 1788, est aux Arch. nat., H 1587.

résidant au Hâvre[1]. La C[on] répond qu'elle ne peut s'en charger.

Du même : annonçant sommes en moins-imposé et en ateliers de charité que S. M accorde à la province sur les impositions de 1789.

Du même : S. M. veut bien approuver le remboursement de la somme de 6857 l. 10 s. réclamée par la C[on] pour la dépense d'établissement du bureau des Vingtièmes.

29 janvier 1789.

Présents : les mêmes.

Signé : projet d'état du roi des ouvrages de corvée pour 1789, mandats, accusés de réception, rôle d'impositions locales

Lettre au D. G. sur la solde des Acadiens.

Au même : au sujet de plaintes sur les ravages des loups aux environs de Neufchâtel. Sur la disette dans la paroisse de Gonneville[2] : « on répondra au Ministre en lui annonçant que les calamités dont se plaint M. le baron de Gonneville sont communes à toutes les paroisses de la province ; qu'il faudrait plus d'un million pour leur subvenir à raison de 500 L. seulement par paroisse. »

Lettre du curé de St-Aubin sur mer[3] au sujet d'un mal épidémique qui règne sur les habitants de cette paroisse. Réponse : envoyer un médecin.

---

1. L'Acadie (aujourd'hui Nouvelle-Écosse) avait été cédée à l'Angleterre en 1713. Celle-ci en expulsa les colons français. Un certain nombre de familles se réfugièrent en France, notamment dans le Poitou et au Havre. Les Acadiens établis dans cette dernière ville étaient au nombre de 24. Leur solde, d'abord de 6 sous, avait été réduite en 1778 à 3 sous par jour, payable sur les fonds libres de la Capitation. La Commission trouvait cette charge trop lourde.

2. Gonneville, — él. de Montivilliers ; c. de Criquetot, arr. du Havre.

3. St-Aubin-sur-mer, — él. d'Arques ; c. de Fontaine-le-Dun, arr. d'Yvetot. Un médecin de Dieppe, envoyé sur les lieux, trouva « que cette prétendue épidémie n'était autre chose que des fluxions de poitrine ». Il n'en coûta à la Commission que 12 L. (*Rapp. C. I.*, p. 44).

5 février 1789.

Présents : MM. de Goyon, de Fontenay, Gueudry, d'Herbouville, Thouret..

Lettre de M. de la Millière avec observations relatives aux devis et adjudications.

Au D. G , : éclaircissements sur une requête en faveur des pauvres de Darnetal.

Au B. de Rouen : envoi d'un extrait du brevet général des impositions pour faire la répartition des sommes auxquelles les communautés étaient imposées jusqu'en 1788. Observations à ce sujet.

Aux officiers municipaux de Honfleur : ils peuvent compter sur un secours de 1.000 L.

— Mandat de 600 L. à l'ordre du sieur Milcent, trésorier de l'Académie [1].

Mandat de 1.200 L. pour atelier de charité en faveur de la paroisse de Longpaon près Darnetal [2].

Mandat de 3.000 L. pour ateliers de charité aux abords de Rouen.

« Lettre du B. d'Arques relative à la prétention élevée entre quelques syndics de paroisse et quelques municipalités pour le recouvrement des rôles des Vingtièmes. Arrêté que cette perception doit être faite par les anciens syndics paroissiaux et qu'en cas de difficulté absolue le B. I. reverra le rôle pour le réformer [3]. »

---

1. Académie royale des sciences, belles-lettres et arts de Rouen. Son trésorier était M. Milcent, secrétaire du département de Rouen et directeur du *Journal de Normandie.* Cette subvention était destinée à l'entretien de la bibliothèque.

2. St-Ouen-de-Longpaon, paroisse rattachée depuis à la commune de Darnetal.

3. Necker avait cependant envoyé une circulaire (25 novembre) aux Commissions intermédiaires pour leur annoncer qu'il n'y aurait plus d'autre syndic que le syndic municipal. On voit ici que, contre son avis, la Con maintient en fonctions les anciens syndics paroissiaux.

Lettre du B. d'Évreux : demande de secours en riz pour les pauvres [1].

Lettre du B. de Rouen, du 3 de ce mois, annonçant que la tranquillité est rétablie sur les ateliers de charité. Demande au commandant de réduire le piquet à 2 fusiliers et un caporal.

Lettre de M. de Faudoas, demandant copie des rôles de capitation de la noblesse [2]. Refus. « M. le P. S. P. répondra que le temps n'est pas éloigné où les trois Généralités de la province, étant réunies sous une même administration [3], cesseront d'avoir des intérêts ou des prétentions distincts, qu'alors tous les renseignements deviendront communs et qu'ainsi il ne s'agit que d'un retard et non d'un obstacle absolu. »

12 février 1789.

Présents : MM. Gueudry, de Fontenay, d'Herbouville, Thouret.

Envoi par M. de la Millière d'un mémoire d'observations du Bureau des Ponts et Chaussées (devis et détails des travaux de 1789). « Après avoir discuté ces observations, elles n'ont pas été trouvées fondées. » Réponse à faire.

Ateliers de charité : « M. Massé, introduit, annonce qu'il a obtenu une patrouille pour seconder le piquet de dix hommes mis de nouveau sur les ateliers. Lettre au commandant du régiment de Navarre.

---

1. « Le riz passait pour plus nourrissant que le pain... Les envois de riz sont une des formes les plus fréquentes de secours alloués par le gouvernement en cas de disette et de misère extraordinaire. » (C. Bloch. *L'assistance et l'Etat en France à la veille de la Révolution*, p. 196, en note).

2. Le comte de Faudoas, lieutenant du Roi au bailliage de Caen, était procureur-syndic pour le clergé et la noblesse au département de Caen.

3. Depuis quelques mois on parlait beaucoup en Normandie du rétablissement de ses anciens Etats supprimés de fait peu après la Fronde. Le Parlement et beaucoup de villes, Rouen entre autres, avaient rédigé des requêtes dans ce sens ; des démarches avaient été faites à Versailles, dont le succès paraissait certain. La Commission, on le voit, envisageait ce rétablissement comme très prochain (Cf. Lebègue, *Thouret*, p. 78-84.)

A l'intendant : envoi de bordereaux de paiement aux adjudicataires.

Aux bureaux : renvoi de requêtes de particuliers ; délibération sur ces requêtes. Renvoi de pièces concernant des réparations d'églises. Envoi de rôles de répartition d'impositions locales. Mandats de salaire à des cantonniers.

Au B. de Rouen : sur la circulaire qu'il se propose d'écrire aux communautés d'arts et métiers.

Aux officiers municipaux de Louviers : envoi de 3.000 L. à titre de secours extraordinaire.

19 février 1789.

Présents : MM. de Goyon, de Fontenay, Gueudry, d'Herbouville, Thouret.

Au D. G. : envoi du compte des frais d'administration [1].

Au même : nomination du syndic de Forges. Le sieur Louette refuse de continuer provisoirement ses fonctions.

A l'intendant : envoi de pièces (réparations de presbytères) ; visa demandé.

A M. Blondel : sur le retard de la confection des rôles de la capitation bourgeoise de Rouen.

26 février 1789.

Présents : MM. de Goyon, Gueudry, de Fontenay, d'Herbouville, Thouret.

Au D. G. (lettre de rappel) : pour qu'il détermine le Receveur Général à faire l'avance des salaires des cantonniers [2].

---

1. Ils s'élevaient au 31 décembre 1788 à 105.115 C. 12.9. Or le Conseil n'avait alloué que 97.659 L.
2. Arch. nat., H 1589. Cf. lettre du 15 janvier.

Au même : « au sujet de la disette des blés, de la nécessité de pourvoir à l'approvisionnement des halles et de la nécessité de faire venir quelques troupes de cavalerie ou dragons, afin d'empêcher les révoltes et maintenir le bon ordre dans les marchés et les campagnes[1]. »

Au même : renvoi de la requête de la paroisse de Martot[2].

A M. de la Millière : sur la situation des cantonniers. On le prie, « au nom de la chose publique, d'intéresser le gouvernement pour presser l'enregistrement des lettres-patentes relatives à la perception et au versement de l'imposition en rachat de corvée »[3].

Au même : envoi de pièces de correspondance administrative.

A l'intendant : accusé de réception de diverses ordonnances finales.

Aux bureaux : envoi de mandats, renvoi de requêtes.

Aux maire et échevins de Dieppe : envoi de 11.051 l, 10 s, 8 d, pour frais de casernement.

27 février 1789.

Présents : les mêmes.

Délibérations et rapports sur requêtes diverses.

---

1. Les émeutes, lorsqu'il y avait disette, n'étaient pas rares à Rouen et dans les campagnes, même sous l'administration des intendants. Elles vont se renouveler pendant le terrible hiver de 1789. Le 12 janvier le Parlement, toutes chambres assemblées, rend un arrêt « qui fait défenses à toutes personnes de s'attrouper, d'exercer aucunes violences, d'attenter à la propriété de qui que ce soit, de se permettre d'arrêter aucuns blés, farines, pain et autres denrées et de s'en emparer... » L'arrêté produisit peu d'effet. Le jour même où la Commission délibérait, des bandes armées parcouraient les environs de Rouen, exigeant « du blé pour de l'argent »

2. Martot, él. de Pont-de-l'Arche ; — c. de Pont-de-l'Arche, arr. de Louviers. La Commission demandait que cette paroisse, en raison de ses pertes, participât à la distribution du moins-imposé.

3. Le gouvernement venait enfin d'accorder (24 janvier) les lettres-patentes si longtemps réclamées par la Commission. Or, aucune des deux cours souveraines ne paraissait disposée à les enregistrer, ce qui empêchait toute adjudication.

5 mars 1789.

Présents : MM. de Goyon, de S¹-Gervais, de Fontenay, d'Herbouville, Thouret.

Au D. G., sollicitant des fonds pour le paiement des cantonniers [1].

A l'intendant : accusé de réception de l'état des dépenses variables de l'exercice 1788.

Mandats ; délibération sur requêtes en décharge et modération ; renvoi de requêtes (Vingtièmes).

Lettre au B. d'Andely : plusieurs « omissions frappantes [2] » sont relevées dans un projet des rôles de la capitation de 1789.

Délibération sur une lettre du B. de Pont-l'Évêque : projet de route au moyen d'un atelier de charité dont le duc d'Orléans offre de fournir le tiers [3]. Réponse : il serait bon de demander une subvention aux paroisses intéressées.

Plaintes d'un adjudicataire non payé dans le dép¹ de Caudebec.

Imposition autorisée pour reconstruction d'un presbytère.

Réclamation d'un brasseur : il fait observer que sa cor-

---

1. C'était la troisième lettre que la Commission adressait au Directeur Général sur ce sujet. Elle montrait les cantonniers non payés, achetant leur pain à crédit, et bientôt privés de tout crédit, les uns partis, les autres retenus seulement par la promesse d'être payés incessamment. « Serions-nous dans la nécessité de les congédier? Il nous répugnerait trop de tromper plus longtemps ces malheureux et de les réduire à la mendicité en les tenant attachés à un travail infructueux qui leur ôte le moyen de payer le pain qu'ils ont mangé depuis le premier janvier. » La Commission ajoutait : « Les 700.000 L. dépensées l'an dernier vont devenir inutiles. Il est impossible de passer de nouvelles adjudications d'entretien, faute d'enregistrement des lettres-patentes sur les fonds de corvée. » (*Reg. corr.*, 6 mars) ; l'original aux Arch. nat., H 1589).

2. La Cᵒⁿ reprochait au Bureau d'avoir fait ces omissions « sciemment » et citait même les noms. Elle demandait un supplément de rôles (*Reg. corr.*, 5 mars).

3. Il s'agissait d'une route de Beaumont-en-Auge (c. et arr. de Pont-l'Évêque) à la mer. Le duc offrait, selon la règle, de contribuer pour un tiers à la dépense. La Commission suggère au Bureau de lui demander de porter sa contribution à la moitié.

poration n'existe plus. Renvoi de sa lettre au B. i. Le classer parmi les bourgeois non-corporés.

12 mars 1789.

Présents : MM. de Goyon, Gueudry, de Fontenay, d'Herbouville, Thouret.

Lettre de M. de la Millière : les fermiers généraux des messageries se sont plaints de l'état de la route de Paris à Dieppe. Réponse : des travaux ont été ordonnés.

Au B. de Caudebec : sur le mauvais état de la route de Rouen au Havre.

Mandats ; délibérations sur requêtes.

Circulaire aux bureaux : gratifications aux conducteurs méritants

Les P. S. P. sont chargés : 1° de demander à M. l'intendant l'état des Acadiens résidant au Havre[1] ;

2° « D'envoyer aux B. i. qui sont en retard sur les projets des rôles de capitation des copies de lettres de MM. l'abbé Terray et d'Ormesson écrites à M. l'intendant en 1772 et 1776 et qui contiennent les règles d'après lesquelles la capitation des employés doit être fixée[2]. »

Lecture de lettres du B. de Neufchâtel « contenant des plaintes contre le sieur Havet, ingénieur, pour défaut de service. MM. les P. S. P. ont été chargés de marquer au Bureau que la C. I. s'occupera des moyens d'y mettre ordre, et de communiquer la lettre à M. Lamandé. »

19 mars 1789.

Présents : MM. de Goyon, de St-Gervais, Gueudry, de Fontenay, Thouret.

Signé les rôles de capitation bourgeoise de la ville de

1. Le D. G. avait écrit le 20 février une nouvelle lettre insistant sur le paiement de la solde des Acadiens du Havre.

2. La capitation des employés devait être réglée à raison de 6 d. pour livre, pour les appointements au-dessus de 1.000 L., de 4 d. pour ceux de 1.000 à 500, et de 2 d. pour ceux de 500 L. et au-dessous. (Reg. corr. 26 févr.)

LEBÈGUE.

Rouen pour 1788 arrêtés par MM. de l'hôtel de ville, et ceux de 13 communautés de la même ville pour 1789.

Mandats pour paiements de cantonniers : délibérations sur requêtes.

Lettre à M. Blondel : envoi d'un projet d'arrêt du Conseil concernant les réparations à faire à un clocher.

A l'intendant : accusé de réception de trois ordonnances sur le Receveur général (frais d'administration, fonds libres de la capitation 1789, fonds de dépenses variables).

27 mars 1789.

Présents : MM. de Goyon, de Sᵗ-Gervais, Gueudry.

Lettre du D. G. : renvoi d'une requête d'Elbeuf sollicitant de nouveaux secours en ateliers de charité et un hôpital général.

Lettre au même : « accusant réception de sa lettre du 22 janvier contenant copie d'un arrêt du Conseil du 30 novembre précédent, et des tableaux au sujet de la réunion de plusieurs paroisses [1] composées seulement de 2 ou 3, ou de 9 feux au plus, qui a lieu dans le dépᵗ de Melun ». Envoi de tableaux et projet d'arrêt pour une réunion identique dans le dépᵗ de Neufchâtel.

Mandat de 260 L. pour l'atelier de charité accordé au Grand Andely.

A M. Niel [2], de Dieppe, « pour le remercier de l'envoi par lui fait de 12 exemplaires de principes généraux sur la composition du cahier de la même ville, à présenter aux États Généraux ».

---

1. Le B. de Neufchâtel s'était précisément occupé de cette question lors de sa session d'octobre 1788. Il signalait quelques paroisses, dans l'Election de Neufchâtel, qui contenaient chacune 2 collectes. Par contre, dans l'Election d'Eu, on trouvait des collectes comprenant plusieurs paroisses.

2. Maire de Dieppe, syndic du département d'Arques. La Commission fit passer douze exemplaires de ce cahier aux officiers municipaux de Rouen. L'un d'eux est conservé aux Archives municipales de cette ville (218).

Circulaire aux bureaux : copie d'une lettre du D. G. (service des ingénieurs pour les devis des constructions et réédifications de presbytères [1]).

Aux mêmes : instruction du Conseil sur les formes à observer pour l'examen des requêtes en décharge et modération (capitation et Vingtièmes).

Lettres à divers bureaux : les engageant à suspendre provisoirement les adjudications [2].

Sur plainte du B. de Caudebec, destitution d'un conducteur. Mandat de 1.260 L. pour atelier de charité au Grand-Andely. Visa mis sur le rôle de St-André-hors-la-ville [3] pour le logement du curé.

2 avril 1789.

Présents : MM. de Goyon, Gueudry, d'Herbouville.

Lettre au D. G. : accusé de réception de 3 exemplaires de l'ouvrage de M. Parmentier sur la culture de la pomme de terre [4]. Au même « annonçant l'envoi qui lui est fait d'un exemplaire des lettres-patentes du 24 janvier dernier et enregistrées au Parlement [5] concernant l'imposition représentative de la corvée, et d'un autre exemplaire des

1. « L'intention du Roi est que, toutes les fois qu'il s'agira d'une construction nouvelle ou d'une réédification importante, il sera toujours indispensable que le devis de ces ouvrages soit dressé par les ingénieurs de la province. » Pour les devis de simples réparations, ils pourraient être faits par des experts désignés par le Bureau intermédiaire mais examinés par les ingénieurs. (*Reg. corr.*)

2. Les Bureaux annonçaient qu'il ne se présentait que fort peu d'adjudicataires ; c'était la conséquence des manœuvres du Parlement qui empêchaient la levée de l'imposition en rachat de corvée. (*Reg. corr.*)

3. Paroisse de Rouen.

4. *Traité sur la culture et les usages de la pomme de terre, de la patate et du topinambourg.* Paris. 1789, in-8°.

5. Cet enregistrement si tardif est du 10 mars ; celui de la Cour des Aides est du 23. Le Parlement ajoutait cette modification que les 5 sous pour livre ne seraient perçus que sur le principal de la capitation roturière. (Arch. nat., C 13.) La Cour des Aides, allant plus loin, accusait la C. I. « d'avoir grevé contre les intentions de S. M. les habitants des villes et des campagnes et d'avoir perçu une somme surabondante aux besoins. » En réalité, ce double enregistrement ne faisait que perpétuer le conflit.

mêmes lettres enregistrées en la Cour des Aides ». Prière de faire connaître les intentions de S. M. le plus tôt possible. — Même lettre à M. de la Millière, et à la C. I. de Moyenne-Normandie.

Mandats ; rôles de répartition d'impositions locales à Béthencourt-sur-Mer[1], Hodenger[2], Charleval[3], renvoyés à l'intendant.

Examen de renvoi de requêtes. Demandes de secours des officiers municipaux d'Elbeuf pour un atelier de charité[4]; idem, des marchands pêcheurs de Vernon[5]. Renvoi aux bureaux compétents.

Requête des 2 trésoriers en charge de la paroisse Saint-Gervais[6]. Réponse : les trésoriers peuvent faire seuls la répartition de la capitation dans leur paroisse ; ils sont cependant les maîtres d'y appeler les membres de la municipalité.

9 avril 1789.

Présents : MM. de Saint-Gervais, Gueudry, de Fontenay, d'Herbouville, Thouret.

Mandats pour salaires des cantonniers. Requêtes en modération de capitation. Lettre au B. de Caudebec : sur les travaux des routes.

Au B. de Rouen : accusé de réception des rôles des communautés, et des paroisses de la banlieue. Envoi à l'intendant pour qu'il les rende exécutoires.

A divers bureaux : renvoi de requêtes.

---

1. Béthencourt-sur-Mer, él. d'Eu ; — c. d'Ault, arr. d'Abbeville.

2. Hodenger, él. d'Andely ; c. d'Argueil, arr. de Neufchâtel.

3. Charleval, él. d'Andely ; c. de Fleury-sur-Andelle, arr. des Andelys.

4. Les officiers municipaux d'Elbeuf, ayant épuisé la somme de 6.000 L. qui leur avait été envoyée, demandaient à Necker de nouveaux secours. Celui-ci appuyait leur requête auprès de la Commission. (*Reg. corr.*, 27 mars.)

5. Les maîtres-pêcheurs de cette ville réclamaient des secours, leurs pêcheries ayant été emportées par la fonte des glaces. (*Reg. corr.*, 2 avril.)

6. Paroisse d'un faubourg de Rouen, réuni en 1790 à la ville.

A M. Lamandé : renvoi de requêtes et devis estimatifs ; indemnités.

Renvoi au D. G. du mémoire des habitants de Sancourt [1] se plaignant « avec raison » des ravages des lapins du marquis d'Apremont.

18 avril 1789.

Présents : MM. de Goyon, de Fontenay, Gueudry.

Mandats signés (cantonniers, adjudicataires, ateliers de charité).

A M. Necker « relativement à la fixation du secours en moins-imposé sur les impositions de 1789. On observe à ce Ministre que pour éviter toute difficulté de la part de la Chambre des Comptes, il est essentiel pour le bien du service que ce soit M. l'intendant qui fasse procéder à la répartition du moins-imposé [2] ».

Au même « relativement aux exemplaires de lettres-patentes à lui envoyées concernant la prestation représentative de la corvée enregistrées au Parlement et en la Cour des Aides de Rouen [3]. La C^{on} prie le Ministre de lui faire connaître incessamment les intentions de S. M. sur les enregistrements, parce que, s'il n'y a pas moyen de faire l'imposition de rachat de corvée pour 1789, il sera indispensable de licencier les cantonniers. » Copie de cette lettre à M. de la Millière.

---

1. Sancourt, él. de Gisors ; — c. de Gisors, arr. des Andelys.

2. La répartition du « moins-imposé » rentrait dans les attributions de l'intendant avant la création des Assemblées provinciales. Le gouvernement ayant rendu à ce magistrat la répartition de la taille, comme on l'a vu, la Commission trouvait logique de lui rendre aussi la répartition du moins-imposé.

3. La C^{on} rappelait au ministre ses lettres des 11 et 24 décembre. Elle attirait son attention sur les modifications apportées aux lettres-patentes par le dernier enregistrement (pas de taxations pour les collecteurs, les contestations portées devant les juges ordinaires, non devant l'intendant), lesquelles, affirmait-elle, anéantissaient l'effet des lettres-patentes. S'il n'y avait pas moyen de faire en 1789 l'imposition de la corvée, il n'y aurait pas de fonds pour les travaux des routes. (*Reg. corr.*, 18 avril.)

A M. Blondel : réception de sa lettre relative au rôle de la capitation des officiers sans gages des dép^ts pour 1789. Prière de le communiquer à la C^on, ainsi qu'il se pratiquait vis-à-vis de M. l'intendant.

Aux départements : renvoi de requêtes et mémoires. Envoi de devis estimatifs de réparations à faire à des églises.

Au B. de Gisors : remboursement d'avances au comte de Chambors pour un atelier de charité [1].

25 avril 1789.

Présents : MM. de Goyon, Gueudry, d'Herbouville, Thouret.

Signé : mandats de salaires de conducteurs ; rôles de capitation 1789.

Lettre à M. Blondel : sur les circonstances qui ont retardé la confection des rôles de la capitation des non-taillables pour 1789 ; ils lui seront envoyés incessamment.

Au B. de Rouen : on s'en rapporte à lui pour la cessation de l'atelier de charité établi aux abords de la ville.

30 avril 1789.

Présents : MM. de Goyon, de St-Gervais, Gueudry, d'Herbouville.

Lettre à l'intendant : envoi de pièces de comptabilité, de rôles de capitation destinés à être rendus exécutoires.

A divers bureaux : renvoi de requêtes ; mandats

Au B. de Neufchâtel : des « incendiés » demandent à participer au moins-imposé ; « ce dernier objet est de la compétence de M. l'intendant qui a arrêté le département des tailles ».

Au B. d'Andely : renvoi d'un mémoire adressé au Direc-

---

1. M. de la Boissière, comte de Chambors, gentilhomme d'honneur de Mgr le comte d'Artois, mestre de camp en second d'un régiment d'infanterie, membre de l'Assemblée provinciale.

teur G[al], « par lequel les habitants de la paroisse de Freneuse [1] demandent des secours, non seulement parce que la rigueur de l'hiver les a privés de la ressource de la pêche, mais parce que la débâcle des glaces de la Seine à détruit leurs pêcheries. » Demande de renseignements.

7 mai 1789.

Présents : MM. de Goyon, Gueudry, d'Herbouville.

Lettre à M. de Montaran [2] pour lui assurer la réception de 18 exemplaires de chacun des arrêts du Conseil [3] qui fixent les nouvelles primes qui seront payées pour raison des grains étrangers apportés dans le royaume par terre ou par mer.

A M. Blondl, accompagnant l'expédition de l'arrêt du Conseil du 11 août dernier, concernant la répartition du moins-imposé de 1789. On lui observe qu'il est impossible de s'en occuper, et on le prie de charger M. l'intendant de cette répartition.

A M. Necker, accompagnant le mémoire d'une paroisse (le Bellay [*]) dévastée par la grêle. On lui observe que beaucoup d'autres sont dans le même cas.

Au B. de Gisors : autorisation de continuer les cours d'accouchement.

Signature de mandats, entre autres pour l'entretien de 4 élèves à l'école d'Alfort [5].

Lettres diverses à écrire par les Procureurs-Syndics.

Renvoi de mémoires et de requêtes ; ordonnances finales

---

1. Freneuse, él. de Pont-de-l'Arche ; — c. d'Elbeuf, arr. de Rouen.

2. Maître des requêtes au Conseil ; procureur général de la Commission des grains.

3. Ce sont les arrêts du Conseil du 23 novembre 1788 et du 11 janvier 1789. (Arch. nat., AD XI,40.)

4. Le Bellay, él. de Chaumont et Magny ; — c. de Marines, arr. de Pontoise.

5. Sur les élèves envoyés par la Généralité à l'école d'Alfort, voir la *Notice*.

données par l'intendant. Renvoi de pièces concernant des réparations et constructions de presbytères.

« Renvoi au B. d'Andely d'un mémoire du sʳ Le Veneur, se disant député de la ville d'Elbeuf et stipulant tant pour lui que pour un grand nombre d'habitants de ladite ville qui se plaignent de ce que le maire, qui est un fabricant d'étoffes, fasse seul chez lui la répartition des impositions. On prie le Bureau de donner son avis. »

Envoi à l'intendant de 6 rôles de répartition de la capitation, pour les paroisses et la banlieue de Rouen, visés de la Cᵒⁿ.

14 mai 1789.

Présents : MM. de Goyon, Gueudry, d'Herbouville.

A M. de la Millière : « les adjudications des entretiens de routes en pavé de cette province n'ont pu encore avoir lieu dans aucun dépᵗ. Elles ont toutes été renvoyées par les différents B. I. parce que le prix des offres surpasse trop considérablement celui porté aux détails. » Envoi du tableau des adjudications des différents dépᵗˢ.

A M. Blondel : envoi des doubles des rôles de la capitation (1789) des nobles, officiers de justice, privilégiés et employés de la province. Accusé de réception du projet de rôle de capitation des officiers du Parlement et de la Chambre des Comptes.

Circulaire aux bureaux : « pour leur recommander, d'après la lettre de M. le Directeur Gᵃˡ, de donner aux ateliers de charité qui ont été accordés la plus grande activité, afin de procurer des salaires aux journaliers et aux pauvres habitants des campagnes » [1].

Circulaire aux bureaux « accompagnant chacun un exemplaire des arrêts du Conseil du 7 de ce mois qui, sans s'arrêter aux modifications du Parlement et en cassant celles

---

1. La lettre de Necker, du 12 mai, est une circulaire adressée à toutes les Commissions intermédiaires.

de la Cour des Aides de Rouen, ordonnent que les lettres-patentes du 24 janvier dernier concernant les travaux des routes dans les provinces seront exécutées suivant leur forme et teneur ».

Au B. d'Évreux : avis demandé par M. le Directeur G^{al} sur un secours à accorder aux habitants de Rugles [1].

Au B. de Gisors : renvoi d'un mémoire adressé au Directeur G^{al} : plusieurs paroisses du bailliage de Chaumont se plaignent des dévastations causées par le gibier.

Les P. S. P. sont chargés « d'adresser à M. l'intendant l'état distribué par élections et par paroisses du montant du principal de la taille pour l'année 1789, et de le prier de vouloir bien certifier cet état, qui doit servir de base à la C^{on} pour l'imposition en rachat de corvée ».

Impositions locales, mandats de paiement, états des gratifications proposées par M. Lamandé pour les conducteurs.

20 mai 1799.

Présents : MM. de Goyon, de St-Gervais, Gueudry, d'Herbouville.

Lettre au D. G. : envoi des pièces d'un collecteur de la paroisse de Croixmare [2] contre un taillable pour le recouvrement d'une imposition en rachat de corvée. On demande au Ministre une décision de S. M. sur cette affaire.

Au même, « accompagnant un exemplaire de l'arrêt du Parlement de Rouen, du 16 de ce mois, qui, sans s'arrêter à l'arrêt du Conseil du 7 de ce mois, ordonne que l'arrêt d'enregistrement des lettres-patentes du 24 janvier dernier sera enregistré selon sa forme et teneur ».

Envoi de cet arrêt à M. de la Millière. Accusé de réception à M. l'intendant de l'arrêt du Conseil ci-dessus mentionné.

1. Rugles, él. d'Evreux ; — ch. l. de c., arr. d'Evreux.
2. Croixmare, él. de Caudebec ; — c. de Pavilly, arr. de Rouen.

A l'intendant « relativement à une ordonnance rendue par ce magistrat sur une requête du trésorier de la paroisse de Carville de Darnetal[1], année 1787, par laquelle il permet que rejet de 14 l. 3 s. soit imposé conjointement avec la capitation de la présente année. On lui représente que la corvée n'étant susceptible de solidarité entre les redevables, la C[on] ne croit pas qu'il doive y avoir lieu à un rejet de cette imposition et propose à ce magistrat décharge des sommes qui ne pourraient être perçues ou de faire rembourser le collecteur qui aurait payé la somme avancée. »

Au B. de de Rouen : demande d'un rôle de répartition de la capitation de 1789 entre les communautés de la ville, faubourgs et banlieue de Rouen. Lettres à écrire par les P. S. P.

28 mai 1789.

Présents : les mêmes.

Lettre à M. Blondel : « on le prie de concourir avec la C[on] pour que ce soit M. l'intendant qui fasse la répartition du moins-imposé de cette année, comme suite du département des tailles, et pour éviter toute difficulté de la part de la Cour des Aides et des Élections »[2].

Au même : envoi du projet de rôle de capitation des villes franches ou abonnées[3].

Au D. G. : la C[on] a obtenu du receveur général une avance en faveur des cantonniers, mais elle n'est pas en état de les rembourser, d'après l'arrêt du Parlement, qui empêche de procéder aux rôles de répartition du rachat de corvée de 1789.

1. St-Pierre-de-Carville, une des deux paroisses du bourg de Darnétal.
2. Demande faite précédemment. Voir séance du 7 mai.
3. Ces rôles se décomposaient ainsi :

Nobles	59.923	7.6
Officiers de justice	37.347	
Privilégiés	2.913	9
Employés	18.296	19.5
	118.481	6.11

A l'intendant : au sujet des familles acadiennes résidant au Havre.

Au B. d'Andely : l'intendant est autorisé à faire remettre aux officiers municipaux d'Elbeuf une somme de 4.000 L. (ateliers de charité).

A divers bureaux : à cause de l'arrêt du 16, la C^{on} ne peut encore envoyer l'état des devis et détails des entretiens de routes [1].

Envoi de mandats ; affaires particulières ; atelier de charité de Louviers.

Arrêté concernant l'admission d'un élève à l'école d'Alfort.

8 juin 1789.

Présents : MM. de Goyon, de St-Gervais, Gueudry, d'Herbouville.

Au sieur Moreau, directeur des Vingtièmes : renvoi de requêtes, souscrites du délibéré de la C^{on}.

A M. Thouret. Lettre « accompagnant un exemplaire de l'arrêt du Parlement rendu sur celui du Conseil du 7 mai dernier et un de la Chambre des Comptes avec les copies adressées à Mgr le cardinal, à M. le Directeur G^{al} et à M. de la Millière relativement à ces arrêts. On prie M. Thouret de se joindre à la C^{on} pour obtenir du Ministre de n'être pas perpétuellement troublée par les cours et pour accélérer les travaux des routes. »

Au D. G. pour lui annoncer la copie de l'arrêt de la Cour des Aides rendu sur l'arrêt du Conseil du 7 mai dernier. [2] On y joint la copie d'une lettre adressée par le Bureau de

---

1. Ce projet s'élevait à 350.787 l. 15.8.

2. La C^{on} termine ainsi : « Nous ne vous occuperions pas cependant, Monsieur, de ces dispositions désespérées, si au chagrin de priver le district de grandes routes ne se joignait encore celui de ne pouvoir pas donner d'ouvrage aux habitants de la campagne dans l'année où ils en ont le plus urgent besoin. Nous avons eu plusieurs fois l'honneur de vous instruire de l'extrême misère dans laquelle les mauvaises récoltes de l'année dernière, les inondations, la grêle du mois de juillet, la diminution de notre commerce et l'extrême cherté des grains ont plongé une grande partie des paroisses soumises à notre administration..... »

Pont-l'Évêque à la C^{on}, par laquelle le B. exprime tout le découragement qui règne dans les dép^{ts}, et tous les moyens qu'on emploie pour le propager et l'accroître, causé par les arrêts du Parlement et de la Chambre des Comptes.

Lettres diverses sur affaires particulières ; mandats, devis, requêtes.

Arrêté sur les mandats à délivrer aux conducteurs.

12 juin 1789.

Présents : les mêmes.

Au D. G. : renvoi d'une requête du curé de Pitres [1], demandant un secours extraordinaire pour ses paroissiens. Avis favorable.

Autorisation d'impositions locales [2].

Lettres à écrire par les P. S. P. à M. Lamandé, à l'intendant, au B. d'Andely : 6.000 fr. remis aux officiers municipaux de Louviers pour continuer les ateliers de charité ; 3.200 à Elbeuf.

19 juin 1789.

Présents : les mêmes.

Lettre au D. G. : affaire des Acadiens ; ils n'ont rien touché depuis 14 ans ; envoi de papiers [3].

Au même : remerciement du secours de 6.000 L. accordé pour les ouvriers de Louviers.

A M. Blondel « en réponse à la sienne, par laquelle il annonçait que les receveurs généraux montraient des inquiétudes sur l'effet que pouvait produire le désir manifesté par S. M. aux États Généraux d'accorder à ses peuples la

---

1. Pitres, él. de Pont-de-l'Arche ; — c. de Pont-de-l'Arche, arr. de Louviers.

2. Une d'elles, se montant à 80 L., est levée sur les habitants d'Aubermesnil (c. de Blangy, arr. de Neufchâtel) pour la « condition » du maître d'école.

3. Ces renseignements lui avaient été sans doute fournis par l'intendant. (Cf. séance du 28 mai.)

remise des impositions arriérées [1]. — On observe à ce magistrat que cette annonce qui est à peine connue n'a fait éprouver aucun retard et que les obstacles qui pourraient empêcher le recouvrement proviendraient bien plutôt du défaut de travail, de la perte apparente des récoltes dans quelques endroits et de la diminution du commerce que de l'annonce précédente. »

A l'intendant, accompagnant la lettre du B. d'Évreux, par laquelle on le prie de pourvoir à l'approvisionnement de blé de cette ville.

A la Chambre de Commerce de Rouen : accusé de réception des arrêts du Conseil qui modèrent les droits perçus sur les soudes, potasses, etc. [2].

Aux bureaux : affaires diverses (plans, devis, requêtes, épizootie).

Au B. d'Évreux : « le gouvernement s'occupe de faire les approvisionnements convenables pour remédier à la cherté du pain ».

23 juin 1789.

Présents : MM. de Goyon, Gueudry, d'Herbouville.

Au D. G. Envoi de la requête des habitants de Freneuse [3]; il est juste de les faire participer au moins-imposé.

Au même. Affaire d'Apremont [4]. « La C^{on} désirerait être dispensée de la suite de cette affaire qui ne lui paraît pas susceptible de conciliation. »

Au même. Au sujet d'une épizootie. On prie le Ministre de solliciter un arrêt du Conseil autre que celui du

1. A la séance du 5 mai.
2. Ces arrêts du Conseil, du 1er février 1789, sont au *Journal de Normandie* du 4 mars 1789. Ils donnaient satisfaction à un vœu de l'Assemblée provinciale.
3. Voir séance du 30 avril.
4. Il s'agissait d'une plainte portée par plusieurs paroisses au sujet des dégâts commis par le gibier du comte d'Apremont. (Voir séance du 9 avril.)

16 juillet 1784, celui-ci ne pouvant concerner l'administration provinciale [1].

Lettres aux bureaux : affaires courantes.

Au B. de Rouen : il devra fournir 5 lits à Darnetal pour
le coucher de 10 cavaliers.

2 juillet 1789.

Présents : MM. de St-Gervais, Gueudry, d'Herbouville.

Au D. G. : renvoi du mémoire de plusieurs paroisses,
Hardivilliers, Thibervilliers, etc., se plaignant des ravages
du gibier [2].

A divers bureaux : envoi d'ordonnances finales.

6 juillet 1789.

Présents : MM. de Goyon, Gueudry.

A M. Blondel : accusé de réception des rôles de la capitation des non-taillables de la province arrêté au Conseil
pour l'année 1789.

A l'intendant : accusé de réception de 50 exemplaires de
la séance royale tenue aux États Généraux le 23 juin dernier.

Lettres à écrire :

Au B. d'Andely : mandat pour atelier de charité à
Acquigny [3].

A divers bureaux : envoi de requêtes en modération de
capitation.

Secours à la Roche-Guyon [4], Moissons [5], etc., du dépt de
Gisors.

---

1. *Arrêt du Conseil sur les maladies des animaux, la morve et autres*,
16 juillet 1784. (Isambert, XXVII, p. 444.)

2. Paroisses de l'élection de Chaumont; — c. de Chaumont, arr. de
Beauvais.

3. Acquigny, él. de Pont-de-l'Arche ; — c. et arr. de Louviers.

4. La Roche-Guyon, él. de Chaumont ; — c. de Bonnières, arr. de Mantes.

5. Moissons, idem.

16 juillet 1789.

Présents : MM. de Goyon, Gueudry, d'Herbouville.

A M. Blondel : envoi d'un projet d'arrêt du Conseil pour autoriser diverses impositions locales, à Boulay-Morin, Fontaine-en-Bray [1], St-Aubin sur-Cailly [2], Fresne-l'Eplan [3], la Haye-Aubré [4], Saint-Saens [5], St-Martin-sur-Renelle [6].

Circulaire aux bureaux : envoi d'extrait du rôle arrêté au Conseil le 13 juin relativement à la capitation des non-taillables de la Généralité de Rouen (1789).

A Gisors et Pont-l'Évêque : mandats, renvoi de requêtes.

A l'intendant : envoi de délibérations autorisant des impositions locales.

23 juillet 1789.

Présents : les mêmes.

Lettre au B. de Rouen, lui annonçant un extrait du rôle arrêté au Conseil le 13 juin pour la capitation des villes franches de la province [7]. « Il est intéressant que les officiers municipaux de Rouen fassent leur rôle avec beaucoup plus de précaution que les années précédentes, et que ce soit particulièrement les classes indigentes qui bénéficient du moins-imposé. » Circulaire aux bureaux : « leur annonçant que les offres faites par les entrepreneurs pour les entretiens de routes en pavé présentant des augmentations considérables, la Cᵒⁿ se détermine volontiers à continuer les précédents marchés ».

1. Fontaine-en-Bray, él. de Neufchâtel ; — c. de St-Saens, arr. de Neufchâtel.

2. St-Aubin-sur-Cailly, él. de Rouen ; — réuni au Vieux-Manoir, c. de Buchy, arr. de Rouen.

3. Fresne-l'Eplan, él. de Rouen ; — c. de Boos, arr. de Rouen.

4. La Haye-Aubré, él. de Pt-Audemer ; — c. de Routot, arr. de Pt-Audemer.

5. Saint-Saens, él. de Neufchâtel ; — ch. 1. de c., arr. de Neufchâtel.

6. St-Martin-sur-Renelle, paroisse de la ville de Rouen (supprimée).

7. Ce rôle s'élevait pour Rouen (ville, faubourgs et banlieue) à 163.511 l. 9 s.

A divers : envoi de mandats (frais d'administration, travaux publics).

30 juillet 1789.

Présents : les mêmes.

Arrêté : « que pour les ateliers aux abords de Rouen, M. Massé, p.-s., s'entendra avec la ville pour trouver les moyens de faire incorporer les ouvriers dans ses ateliers, et que cependant il sera fourni une somme de 500 L., s'il en est besoin ».

Circulaire aux bureaux : envoyer à chaque receveur le rôle de capitation des nobles, etc., pour qu'il en fasse le recouvrement.

Mandats, requêtes concernant les Vingtièmes.

A M. de la Millière, la C⁰ⁿ adopte sa proposition de laisser jouir de leurs baux par tacite reconduction les anciens adjudicataires des entretiens de routes en pavé.

A M. Blondel : envoi de l'état général de la répartition de la capitation (1789) « pour le prier de faire quelques changements à cet état, concernant la ville, communautés et banlieue de Rouen, ou d'autoriser la C⁰ⁿ de les faire ».

Au B. de Pont-Audemer : approbation d'une imposition de 400 L. sur les possédants-fonds de Voiscreville [1] (réparation de presbytère).

A divers bureaux : mandats pour ateliers de charité, envoi d'états de dépenses pour détachement de troupes; renvoi de requêtes [2].

A l'intendant : relativement aux dépenses faites [3] à l'oc-

---

1. Voiscreville, él. de Pont-Audemer; — c. de Bourgtheroulde, arr. de Pont-Audemer.

2. Une de ces requêtes concernait le chirurgien Pillore qui demandait l'exemption de la capitation en raison de ses charges de famille. On répondit au Bureau « qu'il n'existait pas de loi générale ni d'arrêt du Conseil accordant aux pères de famille chargés de dix enfants l'exemption de la capitation. Ils ne pouvaient que prétendre à une modération ». (Reg. corr.)

3. Ces dépenses avaient été ordonnées par l'intendant. La Commission remarque qu'elles auraient dû l'être par elle. (Reg. corr.)

casion des troupes détachées à Bolbec, Elbeuf, Darnétal, Pont-de-l'Arche. La C°ⁿ en ordonnera le paiement sur les dépenses variables.

6 août 1789.

Présents : les mêmes.

Lettre au D. G. : sur la nécessité d'entretenir les routes de cette Généralité [1].

A divers bureaux : relativement à des travaux publics (ponts d'Harfleur, de Criel [2], etc.).

Lettres à écrire :

A l'intendant : envoi de divers rôles de capitation pour être rendus exécutoires.

A M. d'Harcourt « prié de vouloir bien donner des ordres au commandant de Dieppe pour autoriser des patrouilles pendant le temps de la moisson dans les paroisses du dép¹ d'Arques, afin de les préserver des incursions des malfaiteurs ».

13 août 1789.

Présents : MM. de Goyon, de S¹-Gervais, Gueudry, d'Herbouville.

Lettre au D. G. : « on lui annonce l'état de répartition pour 1790 des impositions des différents dép¹ˢ conforme pour la rédaction à celui de cette année. »

A M. de la Millière : plans et devis du pont de S¹-Sauveur [3].

1. « Le défaut d'approvisionnement sur les routes va rendre presque inutile le service des cantonniers », écrivait la Commission, qui priait le ministre de solliciter de S. M. qu'elle daignât faire connaître ses intentions sur les derniers arrêts du Parlement et de la Chambre des Comptes. (*Reg. corr.*) Or, le 8 juillet avait été rendu un arrêt du Conseil qui cassait ces deux arrêts. (La lettre de la Commission jointe à l'extrait d'une lettre du Bureau de Pont-l'Evêque, est aux Arch. nat., H. 1589.)

2. Criel, él. d'Eu ; — c. d'Eu, arr. de Dieppe. Son pont se trouvait sur la route d'Eu à Dieppe, celui d'Harfleur sur celle de Paris au Havre.

3. La Rivière-S¹-Sauveur, él. de Pont-l'Evêque ; — c. de Honfleur, arr. de Pont-l'Evêque.
Son pont se trouvait sur la route de Rouen à Honfleur.

A l'intendant, certificats de parfait paiement, par le sieur Lamandé, visés par la C^on.

Au B. de Rouen : envoi du rôle de la capitation des nobles etc., arrêté au Conseil pour 1789.

Au B. de Montivilliers : sur la solde des Acadiens : « le ministre a répondu à la C^on... de procurer aux jeunes Acadiens des métiers ou professions qui les mettent en état de se passer par la suite des secours de la province. 24 seulement jouiront de la solde. »

A divers bureaux : envoi de requêtes, mandats, extraits de rôles de capitation, arrêts du Conseil autorisant impositions locales, à St-Jean de la Neuville [1], St-Germain-Village [2], Mesnil-Raoult [3], Ferrière-H^t-Clocher [4].

Lettres diverses à écrire par les procureurs-syndics.

20 août 1789.

Présents : MM. de St-Gervais, Gueudry, d'Herbouville.

Visa et signature de rôles des Vingtièmes d'industrie. Mandats ; renvoi de mémoires.

Au D. G. : accusé de réception des exemplaires de l'arrêt du Conseil du 8 juillet dernier qui casse et annulle les arrêts du Parlement et de la Chambre des Comptes rendus le 16 et le 17 du mois de mai dernier [5]. »

A l'intendant : « lui annonçant l'état général de l'imposition en rachat de corvée sur les villes et communautés franches, année 1788, avec les extraits de ce même état pour être rendus exécutoires ». Arrêté cet état « montant

---

1. St-Jean de la Neuville, él. de Montivilliers ; — c. de Bolbec, arr. du Havre.

2. St-Germain-Village, él. de Pont-Audemer ; — c. et arr. de Pont-Audemer.

3. Mesnil-Raoult, él. Rouen ; — c. de Boos, arr. de Rouen.

4. Ferrière-H^t-Clocher, él. d'Evreux ; — c. de Conches, arr. d'Evreux.

5. Cet arrêt du Conseil, expédié seulement le 16 août par le Directeur Général, disait le dernier mot dans cette interminable affaire. Les Cours souveraines durent s'incliner. D'ailleurs, les événements de juillet 1789 avaient ruiné leur influence.

à la somme de 56.626 L., 12 s., 6 d., à raison d'un quart de la capitation des villes, communautés, etc.[1]. »

Lettres à écrire :

Au B. de Rouen : envoi des extraits des rôles de capitation des nobles, officiers de justice, privilégiés, etc. rendus exécutoires, pour être remis au receveur, afin qu'il en fasse le recouvrement.

A M. Letorey, syndic municipal à Quillebeuf[2] « qui demandait le renvoi des troupes suisses qui y sont, que ces troupes n'y ont été envoyées que pour protéger les bateaux chargés de grains destinés à alimenter Rouen, Paris et Versailles, et qu'en conséquence il était nécessaire qu'elles y restassent. »

A M. le marquis d'Harcourt[3], pour le prier de renvoyer les troupes qui sont à Quillebeuf[4].

27 août 1789.

Présents : MM. de Goyon, Gueudry d'Herbouville.

Lettre au D. G., relativement aux bâtiments des religieux d'Ingouville[5] inutilisés. Les rendre aux religieux.

Circulaire aux bureaux, annonçant l'état général ou assiette de l'imposition en rachat de corvée de la ville de (nom en blanc), année 1788, rendu exécutoire par M. l'Intendant.

A divers bureaux : accusés de réception, affaires particulières.

1. Dans cet état la C^on avait déduit les 4 d. pour livre de taxations accordés aux receveurs.

2. Quillebeuf, à l'entrée de l'estuaire de la Seine, él. de Pont-Audemer : — ch. l. de c., arr. de Pont-Audemer.

3. Anne-François de Harcourt, duc de Beuvron, lieutenant général de la Province, commandant (en second). Il était frère du duc d'Harcourt, gouverneur.

4. On ne s'explique pas bien la contradiction qui existe entre cette lettre et la précédente.

5. Ingouville, él. de Montivilliers, aujourd'hui réunie au Havre.
Les bâtiments de ce couvent avaient été loués à usage de caserne.

Lettres à écrire : ordonnances finales, routes, ateliers de charité.

3 septembre 1789.

Présents : MM. de Goyon, Gueudry, Dambourney, d'Herbouville.

Lettre du B. de Gisors, du 27 août. « Il expose que le recouvrement des droits publics et domaniaux éprouve dans cette ville et dans beaucoup d'endroits du dép[t] la même diminution que celle dont on se plaint dans toutes les paroisses du royaume [1], que ce ne sont pas seulement les droits d'entrée et autres semblables que des gens malintentionnés fraudent ouvertement; que des étrangers ont poussé l'audace au point de vendre ouvertement dans la même ville du sel blanc au prix de 7 à 8 s., la livre, que le Bureau n'a pu que former ainsi que les bons citoyens des vœux pour le rétablissement de l'ordre et de la tranquillité publique ; que cependant une lettre adressée à l'un des membres du Bureau l'oblige à rompre le silence, qu'on l'invitait par cette lettre à faire part aux municipalités du dép[t] d'un arrêté de la commission intermédiaire de Lorraine et d'un arrêté de la commune de Paris [2], tous deux relatifs à la perception interrompue des droits et à la protection qui doit être accordée, tant par les chefs des municipalités que par les gardes bourgeoises ».

En conséquence il a été pris et signé l'Arrêté suivant :

« La C[on] intermédiaire, considérant que, quoique les fonctions dont elle est chargée soient spécialement de faire exécuter les décrets de l'Assemblée provinciale, elle n'en est pas moins obligée sous le double rapport d'assemblée

---

1. La perception des droits d'entrée avait cessé dans beaucoup de villes : des bureaux d'octroi avaient même été détruits. L'Assemblée nationale s'en émut, et rendit le décret du 23 septembre ainsi conçu: « Le Roi sera supplié de donner les ordres les plus exprès pour le rétablissement des barrières et des employés, et pour le maintien de toutes les perceptions. » Le même décret abaissait le prix du sel à 6 sous la livre.

2. Arrêté du 11 août 1789, cité dans Sigismond Lacroix : *Actes de la Commune de Paris*, I, 170.

de citoyens et de corps administrant d'employer tous ses
efforts pour rétablir l'ordre et la perception interrompue
dans la plus grande partie des villes et bourgs de la Généralité ; que certainement des objets d'une si haute importance n'eussent pas manqué d'attirer toute la considération
et la sollicitude de l'assemblée provinciale, si elle eût été
réunie, et conséquemment que la C⁰ⁿ intermédiaire con-
courra à ses vues bien connues en s'en occupant sans
relâche comme sans délai ; que c'est d'ailleurs le moyen
de s'unir aux travaux de l'assemblée nationale, dont les
assemblées provinciales émanent naturellement, que rétablir le calme dans l'Etat et la paix parmi le peuple, puisque ce n'est que cet état de choses qui peut laisser à l'Assemblée nationale le libre exercice de toutes les facultés
qu'elle veut déployer pour le bonheur de la France ;

Pénétrée de ces vérités, la Commission intermédiaire
arrête :

1° Que tous les B. I. seront tenus d'employer tous leurs
efforts pour calmer les esprits et les ramener au système
d'ordre sans lequel une nation ne peut subsister.

2° Qu'ils prendront connaissance exacte de tous les
abus qui pourraient exister dans l'étendue de leur dépᵗ,
afin d'en instruire sans délai la C. I. qui prendra les
mesures les plus efficaces pour y remédier.

3° Qu'à cet effet les B. I. s'occuperont d'avoir une correspondance assidue avec toutes les municipalités de leur
dépᵗ pour être toujours à même de prévenir ce qui pourra
se passer de contraire à l'ordre ou tout au moins d'y
remédier, et afin que les grandes villes ne soient pas les
seules à jouir de l'avantage que leur procure l'existence
active des corps municipaux.

4° Que pour prévenir les maux qui résulteraient d'un
surhaussement du prix du blé, ce qui serait l'effet inévi-
table de toute opération, qu'on pourrait se permettre pour
empêcher la circulation intérieure d'une denrée de cette

importance, ainsi que de toute entrave par laquelle on prétendrait entraîner les laboureurs, les B. I. veilleront avec le plus grand soin à ce qu'il ne puisse être fait aucun accaparement et à ce que les laboureurs qui porteront leurs grains au marché trouvent partout sûreté, assistance et protection.

5° A cet effet, et pour empêcher le retour des maux causés par l'imprévoyance, toutes les municipalités s'occuperont de se procurer par l'approximation la plus juste un état de la récolte, afin qu'on puisse en faire la comparaison avec les besoins et par ce moyen solliciter à temps des secours s'il en était nécessaire.

6° Que les commandants des milices bourgeoises seront invités à faire faire des patrouilles dans les campagnes, à l'effet de protéger le transport des grains dans les marchés publics et assurer toute espèce de perception, garantir les propriétés, maintenir partout le bon ordre.

7° Que le présent arrêté sera envoyé à tous les dép^{ts} pour être par eux adressé aux différentes municipalités et affiché partout où besoin sera [1].

Envoi du présent arrêté aux dép^{ts} [2], aux différentes

---

1. Les désordres constatés par l'arrêté de la Commission se produisaient à Rouen et surtout dans les campagnes qui souffraient de la disette. Des bandes s'étaient formées qui parcouraient les marchés, fixant arbitrairement le prix du blé, ou bien attaquaient les convois se rendant du Havre à Rouen ou à Paris. A Rouen même les marchands de grains et les meuniers avaient été pillés (12 juillet). Un corps de volontaires s'était formé (14 juillet) et le 17 la municipalité avait forcé le Parlement à renoncer au commandement des troupes bourgeoises. Les troubles dont la disette était la cause ou le prétexte n'en continuèrent pas moins. Des « mécaniques » furent brisées dans différents ateliers de filature de coton. L'hôtel de l'intendant fut pillé, lui-même menacé de mort (3 et 4 août). Les deux chefs de l'émeute, Bordier et Jourdain, furent arrêtés, jugés prévôtalement et exécutés (21 août) malgré l'intervention de Bailly, de La Fayette et du garde des sceaux. (Cf. Gosselin : Journal des principaux épisodes de l'époque révolutionnaire à Rouen et dans les environs, de 1789 à 1794 : *la Normandie* 1865, p. 281, 538.)

2. La circulaire aux départements, qui accompagne l'arrêté, est surtout une adjuration pathétique, un appel au sentiment de l'honneur. « Nous sommes le type des établissements qui doivent un jour contribuer à la construction du plus beau des empires... Contribuer au bonheur de tous, rétablir le bon ordre, arrêter toutes les usurpations, voilà nos de-

assemblées provinciales du royaume [1], au Directeur-G[al], au président de l'Assemblée Nationale [2].

Circulaire aux bureaux : envoyer un projet de rôle de supplément, comprenant les personnes pensionnées sur le trésor royal.

Lettres à écrire :

A l'intendant : l'informer que la ville de Quillebeuf a besoin de blé, non seulement pour la subsistance des habitants et du détachement de troupes qui y est actuellement, mais encore pour celle des équipages des navires qui y arrivent continuellement, et le prier de procurer à cette ville les secours nécessaires. »

A M. de la Millière : l'administration lui a fait passer un projet de l'arrêt du Conseil nécessaire pour faire procéder à l'adjudication des travaux des routes ; elle ne croit cependant pas devoir faire publier les adjudications avant d'avoir reçu ledit arrêt.

---

voirs. Nous aurons des successeurs. Ils scruteront notre conduite. Leur laisserons-nous envisager qu'elle a pu être faible, tandis que la patrie était en danger ? Non, MM., ce sentiment est également loin de votre âme et de la nôtre. Redoublons d'autorité : resserrons la chaîne de l'administration que tant d'intérêts séparent, et surtout, jusqu'à ce qu'il survienne un autre ordre de choses, maintenons la tranquillité publique, conservons les lois existantes... Nous sommes persuadés que vous continuerez à faire tous vos efforts pour perpétuer dans notre province la confédération qui existe entre tous les bons citoyens contre les perturbateurs du repos public. » (*Reg.* *corr.*)

1. « Nous croyons que vous éprouvez des malheurs pareils aux nôtres, et que vous voyez avec regret que de toutes parts la chaîne de l'administration se brise. Si les bons citoyens ne faisaient pas leurs efforts pour rétablir les véritables principes sur lesquels doit être fondée la juste liberté des peuples, nous osons penser que ces principes sont conformes aux vôtres, et que, guidés par les mêmes vues, nous ne différons pas sur les moyens. » (*Reg. corr.*)

2. Nous en détachons le passage suivant : « Jusqu'à présent les assemblées provinciales ont été les intermédiaires entre le trône et les municipalités. L'Assemblée nationale décidera si cet ordre doit subsister à l'avenir ; mais tant qu'il n'est pas anéanti par un décret positif, on doit le maintenir, et nous eussions regardé comme une lâcheté de l'abandonner. Nous devons compte de notre administration entière; nous devons à nos successeurs l'exemple de la sagesse et du patriotisme, nous nous estimerions heureux si l'Assemblée nationale trouvait ces sentiments réunis dans l'arrêté que nous avons l'honneur de vous adresser, ainsi que dans les lettres qui l'accompagnent .» (*Reg. corr.*)

10 septembre 1789.

Présents : MM. de Goyon, Gueudry, d'Herbouville.

Lettre à M. Necker « relativement au sieur Jarry qui annonce par une lettre du 27 août dernier être député de Paris [1] pour réclamer des blés et farines en faveur de la

1. La municipalité parisienne envoyait de temps à autre des commissaires ou « députés » en Normandie pour former des convois de blé à destination de Paris. Bailly nomme MM. Castillon et Fortin, électeurs, envoyés à Rouen et au Havre (*Mémoires*, éd. 1822, p. 139), Bonneville, (p. 148, 170), MM. de Garelle et Cailhava (p. 235, 7 août). A la séance du 24 août, MM. Lamy et Rigaud, membres de l'Assemblée des représentants de la Commune, « ont été nommés à l'effet de se transporter à Vernon, à Rouen et au Havre, et de chercher les expédients les plus sûrs et les plus prompts pour faire parvenir à la capitale les subsistances de première nécessité... (Sig. Lacroix, *Actes de la Commune de Paris*, I, 341.) Le 29 août arrivait un convoi de Rouen (*Ibid.*, p. 388). Mais les approvisionnements diminuaient. « M. Necker m'écrivait le 29 août qu'il n'en restait plus au Havre et à Rouen, et que cette dernière ville n'en laisserait passer que ce qu'il lui serait inutile... M. Necker m'invitait à faire faire des achats en France ; c'est ce que j'ai fait faire par M. Salady de Ferrières, par M. Lefebvre-Gineau et par d'autres. » (Bailly, *Mémoires* II, 356). M. Jarry était sans doute un de ces acheteurs. Sa mission, qu'il annonce précisément par une lettre du 29 août, paraît à la Commission intempestive et dangereuse. « Elle jette l'alarme dans les cantons où il s'établit et dans la ville de Rouen. Elle occasionnera une hausse dans le prix du blé... Si chaque ville, chaque bourg, chaque paroisse veut et peut ordonner, les maux qui en naîtront seront incalculables. Nous n'examinerons point si la ville de Paris peut donner des ordres hors de son territoire, si elle peut envoyer des députés dans toutes ou dans telles ou telles provinces. Nous voyons avec peine les inconvénients de cette mesure, la nécessité et l'autorisation dans laquelle chaque paroisse se trouvera de pourvoir exclusivement à ses besoins. De là cette opinion qui commence à s'établir dans cette Généralité que le blé doit se consommer dans la province où il a été récolté... Il est on ne peut plus important de faire cesser une anarchie funeste et d'établir un régime qui puisse nous garantir des effets de la cupidité et de la licence. » La lettre se terminait par ce triste aveu : « Notre consommation se trouve avancée de quatre mois sur les années ordinaires. Bien loin de pouvoir fournir du blé à nos voisins, nous avons le plus urgent besoin que le gouvernement vienne à notre secours, et, dès cet instant, nous implorons, M., votre bienfaisance. » (*Reg. corr.*).

Le post scriptum est significatif. « En proposant de taxer le blé et le pain dans les campagnes, nous n'ignorons pas tout ce qu'on peut alléguer sur la liberté du commerce, mais nous avons besoin de tranquillité et non de spéculation, et nous ne parlons que d'après le désir de la plus saine partie de nos laboureurs qui demande une fixation jusqu'à la récolte prochaine. » (*Reg. corr.* 10 sept.) Il est curieux de voir la Commission réclamer la taxation du blé, peu de jours après que l'Assemblée nationale vient de proclamer la libre circulation des grains à l'intérieur (décret du 29 août ; *Collection générale des lois et décrets*, I, 76).

capitale exposée à une disette affreuse. On observe à ce Ministre que la réclamation de ce particulier jette l'alarme dans le pays où il s'adresse, et principalement à Rouen, que d'ailleurs il n'a aucun titre apparent pour faire cette démarche, que d'ailleurs il devrait se faire connaître par une commission visée du B. I. dans l'arrondissement duquel il voudrait opérer. Par cette même lettre on annonce à ce ministre un projet de règlement provisoire qui puisse garantir la Généralité de Rouen des malheurs qu'elle a droit de redouter relativement à la modicité des blés de la province, et en même temps on le prie de le faire rendre le plus tôt possible. ».

Autre lettre à ce sujet au président de l'Assemblée nationale,

Autre lettre à M. Bailly, maire de Paris [1] « par laquelle on lui mande qu'il est étonnant qu'un particulier, qui se dit député de la ville de Paris, vienne donner des ordres en Normandie pour contraindre les laboureurs à apporter des blés aux halles, et les faire enlever de suite pour la ville de Paris. On le prie en même temps, s'il y a effecti-

1. La lettre à Bailly reproduit en d'autres termes les mêmes arguments : « Les Normands, ruinés par le traité fait avec l'Angleterre, voient tous les jours s'anéantir le commerce, et, privés des moyens d'acheter leurs subsistances, on n'en élève pas moins le prix. » La province ne produit pas par an le blé nécessaire à la subsistance de ses habitants. Les récoltes s'annoncent mal, à l'exception du Vexin. Les démarches de Paris ne sont propres qu'à jeter l'alarme. « La ville de Paris est elle-même intéressée à ce qu'on n'abuse pas de son nom pour se permettre un commerce réprouvé. Vos concitoyens nous approuveront sans doute, s'ils veulent bien se rappeler que notre province est celle qui dans des circonstances difficiles a assuré aux dépens de sa tranquillité les subsistances destinées à l'alimenter. » (Allusion au rôle des Volontaires patriotes et des gardes nationales qui, en juillet 1789, escortaient les convois de blé). (*Rég. corr.*)

La lettre au président de l'Assemblée ajoutait : « Nous ne devons pas espérer que nos négociants essaient d'en faire venir (du blé de l'étranger) pour leur compte. Ceux qui font ce commerce sont regardés avec horreur par le peuple ; il ne voit en eux que ses ennemis, et cette année il leur a donné trop de fois et en trop de lieux différents des marques cruelles de sa haine ; il n'est pas d'ailleurs un négociant qui puisse se permettre de se livrer efficacement à un commerce que le gouvernement entreprend ; les moyens et les ressources des concurrents sont trop disproportionnés. C'est donc du gouvernement seul que nous pouvons espérer des grains », etc. (*Reg. corr.*)

vement des personnes députées pour de pareilles expéditions, de les pourvoir de commissions et de les faire viser par les bureaux intermédiaires, sur lesquelles commissions seront des états de la quotité des grains qu'ils seront autorisés à enlever pour Paris, et de vouloir bien envoyer provisoirement à la C⁰ⁿ un pareil état ».

Lettre à M. Blondel : lui rappelant « que la C⁰ⁿ ne peut se charger de la répartition du moins-imposé ».

A l'intendant : « prière de donner des ordres afin qu'il soit délivré par semaine 50 boisseaux de blé aux habitants de Vauville [1] qui en ont le plus grand besoin ».

Même requête pour les habitants de Duclair [2] « qui demandent environ 40 à 50 mines de blé pour aider à garnir leur halle ».

Lettres aux bureaux : routes, ateliers de charité ; on peut faire afficher les adjudications des travaux des routes. Mandats pour frais de casernement à Elbeuf et à Caudebec.

17 septembre 1789.

Présents : les mêmes.

Lettres à divers bureaux : envoi de rôles de capitation, envoi de mandats pour le paiement des cantonniers pendant le mois d'août, renvoi de requêtes ; mandats d'acompte ; adjudication des ouvrages du pont de Criel.

24 septembre 1789.

Présents : les mêmes.

Lettre à M. de la Millière : plan, détails estimatifs concernant la construction du pont du Petit-Appeville [3] (route du Hâvre à Eu) avec réponse de l'ingénieur en chef aux observations au bureau des Ponts et Chaussées.

1. Vauville, él. de Caudebec ; — c. et arr. d'Yvetot.
2. Duclair ; él. de Rouen ; — ch. l. de c., arr. de Rouen.
3. Petit-Appeville, rattaché à Hautot-sur-Mer, él. d'Arques ; — c. d'Offranville, arr. de Dieppe.

A l'intendant : envoi de rôles de l'imposition en rachat de corvée 1788 pour être rendus exécutoires.

A divers bureaux : envoi d'arrêts du Conseil homologuant des délibérations de paroisses, et autorisant des impositions locales.

Lettres à écrire :

Aux B. I. : leur adresser des exemplaires de procès-verbaux d'adjudication omis.

Au B. de Rouen : lui envoyer « l'extrait de l'état des personnes imposées par supplément des rôles de la capitation de 1788 [1], dont une colonne est en blanc pour l'imposition de 1789, que ce bureau croira devoir faire supporter aux redevables ».

Envoi de requêtes ; affaires diverses.

1er octobre 1789.

Présents : les mêmes.

Lettre à l'intendant « annonce de la copie du rôle arrêté au Conseil, le 30 juin dernier, de la capitation des habitants des villes franches. » Prière de le rendre exécutoire.

A M. Blondel : pour faire approuver les états de distribution des ateliers de charité accordés par S. M. à la province cette année. Au même : pour faire parvenir le plus tôt possible à la C^on l'expédition de l'arrêt qui règle l'imposition en rachat de corvée pour cette année, afin de pouvoir faire l'envoi des mandements.

Circulaire aux bureaux [1], annonçant des exemplaires :
1° de l'arrêt du Conseil rendu le 21 septembre dernier

1. Le décret du 26 septembre-14 octobre portait que pour les six derniers mois de 1789 (1er avril au 20 septembre) il serait fait un rôle de supplément des impositions ordinaires et directes autres que les Vingtièmes, dans lequel seraient compris les noms et biens de tous les privilégiés exempts de la taille, à raison de leurs propriétés, exploitations et autres facultés. (*Coll. décrets*, I, 60).

1. C'est la première fois que les Bureaux reçoivent communication des actes de l'Assemblée nationale.

pour la libre circulation des grains dans l'intérieur du royaume[1] ; 2° d'une délibération pour la publication des arrêtés des 4, 6, 7, 8, 11 août[2] ; 3° de la lettre du roi à l'Assemblée nationale du 18 du même mois et de la réponse que S. M. a faite le 20[3],

Aux bureaux : affaires diverses (devis et détails d'ouvrages, adjudications, mandats, cantonniers, bornes milliaires).

Lettres à écrire :

Aux Bureaux : promesse de secours à des incendiés : « un dixième de la reconstruction, à charge par eux de faire couvrir en briques leurs bâtiments[4] ». Envoi de mandats, d'ordonnances finales.

A l'Intendant : envoi de pièces de comptabilité, expéditions des rôles arrêtés au Conseil pour la capitation, année 1788, des nobles, officiers de justice, Parlement, Chambre des comptes, privilégiés et employés.

8 octobre 1789.

Présents : de Goyon, St Gervais, Gueudry, d'Herbouville.

Circulaire aux bureaux : « envoi des mandements pour l'imposition du montant de la contribution pour les chemins, année présente, sur toutes les communautés taillables des dix départements.

---

1. Le 29 août l'Assemblée nationale avait décrété que la vente et la circulation des grains seraient libres dans toute l'étendue du royaume. Le 18 septembre elle rendit un nouveau décret plus explicite, maintenant la défense d'exporter à l'étranger, mais déclarant que « toute opposition à leur vente et libre circulation dans l'intérieur du royaume serait considérée comme un attentat contre la sûreté et la sécurité du peuple. (*Coll. décrets* I, 51.)

2. Ce sont les décrets, dits du 4 août, par lesquels l'Assemblée mettait fin au régime féodal. (*Coll. décrets*, I, 20).

3. La lettre du Roi, du 18 septembre, contenait ses observations sur les articles précédents (*ibid.*, I, 11).

4. Le Parlement avait édicté cette obligation (Arch. dép., C 1170). Elle n'existait pas pour les paroisses du comté d'Eu, ressortissant au Parlement de Paris.

Circulaire aux B. de Rouen, Caudebec, Arques, Montivilliers, Pont-l'Evêque annonçant les extraits du rôle de la capitation des villes franches de taille de leurs départements, arrêté au Conseil le 13 juin dernier.

Lettre au B. de Gisors : adjudication de travaux, retenue de 3 L. aux cantonniers trouvés absents dans leurs cantons à diverses époques [1].

Aux B. de Caudebec, Andely, Rouen, Pont-Audemer : affaires diverses. A l'intendant : envoi des rôles de l'imposition en raison de corvée sur les communautés taillables de la province et sur les villes franches, pour être rendus exécutoires.

Mandats.

Lettres à écrire :

A l'intendant, envoi de rôles de répartition pour être rendus exécutoires aux B. de Rouen, Caudebec, Arques, Montivilliers, Gisors : affaires diverses.

Arrêté attribuant au sieur Niel [2] les appointements de secrétaire provincial, à raison de 4.000 L. par an.

15 octobre 1789.

Présents : les mêmes.

A M. Lambert, C. G[al] : « accusé de réception de l'état de situation des fonds libres et variables de la province de Haute-Normandie, année 1788, d'après les dépenses acquittées sur ces fonds et connues du conseil. »

Au même : « relative aux frais d'impression [3] faits pour le service de l'intendance pendant l'année 1788. Par cette

---

1. Le Bureau de Gisors était assez mécontent de ses cantonniers : il demandait qu'ils fussent soumis à une surveillance constante de la part des entrepreneurs. (Cf. Procès-verbal de l'Ass. du Dép[t] de Gisors, C 2140).

2. Il remplissait les fonctions de secrétaire provincial depuis le 31 décembre.

3. Le contrôleur avait autorisé le paiement de 3.440 L. pour les frais d'impression faits par l'intendant en 1788 (19 août). La Commission dut les acquitter sur les fonds libres de la capitation.

lettre on observe à ce ministre que la C^{on} ne peut être chargée desdits frais, n'ayant pas eu de fonds disponibles pour les acquitter, et qu'en conséquence elle réclame les fonds qui pouvaient être destinés à acquitter cette dépense ».

Aux Bureaux : affaires diverses.

Lettres à écrire :

Aux Bureaux, envoi de pièces, mandats, devis estimatifs, ordonnances finales, réponses à des observations.

A M. Lamandé : envoi de lettres de bureaux intermédiaires.

22 octobre 1789.

Présents : les mêmes.

Lettres à l'intendant, au dép^t de Pont-l'Evêque, accusés de réception.

A Necker, Directeur-Général, « accusé de réception de deux décrets de l'Assemblée Nationale des 25 et 26 septembre dernier concernant la réduction de l'impôt du sel à 6 sous la livre et la perception des impôts [1] ». Réponse : « la C^{on} a déjà écrit la lettre qu'il désire être envoyée aux municipalités [2] ».

---

1. Extrait du *Procès-verbal* de l'Assemblée nationale du 23 septembre, et Règlement fait par le Roi concernant la perception des impôts et la réduction du sel à six sous la livre (*Coll. décrets*, 54-60). La plus grande partie de la Normandie était pays de grande gabelle, c'est-à-dire que la consommation du sel de devoir était d'un minot par 14 personnes ou 100 L. pesant pour 7 (à Rouen la consommation était volontaire) « Vingt-deux livres de sel prises au grenier coûtent quatorze livres treize sols six deniers, ce qui équivaut à treize sols quatre deniers 1/11 la livre, y compris les sables et ordures. » (*Examen des principaux droits, impôts et impositions qui se perçoivent dans la province de Normandie*, par M. Ch..., 1789.)

2. Necker désirait que la Commission écrivît à ce sujet une lettre aux municipalités. La Commission lui fit observer qu'elle l'avait devancé en leur envoyant son arrêté du 3 septembre. On notera dans sa réponse cet aveu d'impuissance : « Nous ne nous dissimulons pas que nous ne pensons produire aucun effet par nos exhortations. Il eût été possible, il y a un mois, de tenter avec quelque fruit de ramener à l'ordre. Nous pouvions alors compter un peu sur notre influence. Aujourd'hui elle est nulle. Nous le disons avec douleur : l'anarchie, soutenue par la force active des milices bourgeoises dans les villes et des paysans armés dans les cam-

A Lambert, Contrôleur-Général : accusé de réception
« de l'instruction arrêtée au Conseil sur le cérémonial et
les autres formes que S. M. entend être observées lors du
département des impositions de 1790 [1] ».

Au même : accusé de réception de la proclamation du
roi du 14 de ce mois concernant la confection des rôles de
supplément sur les ci-devant privilégiés pour les 6 derniers mois de 1789 et des modèles de mandements à délivrer par les B. I. [2].

Circulaires aux dép[ts] : envoi des exemplaires de cette
Déclaration. « Nécessité de former le plus tôt possible
l'état comparatif de la récolte de cette année avec 1788
pour l'envoyer à M. le C. G. aux B. de Pont-l'Evêque,
Arques, Andely : affaires diverses.

Au B. de Rouen, sur la difficulté d'adjuger deux lots de
route « parce que les officiers des Préaux [3] s'étaient opposés

pagnes, ne nous laisse même pas l'espoir de faire écouter nos représentations.

« Réduits à la triste faculté de gémir, trouvez bon, Monsieur, que nous
mettions encore une fois sous vos yeux la déplorable position de notre
Généralité. Notre commerce est anéanti, vous le savez, et les diverses
insurrections du peuple enlèvent à nos fabricants la possibilité de le ranimer. Toutes les têtes fermentent : le désordre est dans toutes les villes et
la famine nous menace. Notre récolte généralement mauvaise ne nous
laisse pas l'espoir de nous alimenter pendant la totalité de l'hiver. Partie
de nos laboureurs, effrayés par le défaut de sûreté dans les halles, une
autre partie calculant sur le haussement du prix du blé, ferment leurs
greniers et la disette se fait sentir le lendemain de la récolte. Neufchâtel,
Gournay, Gaillon, Vernon, Elbeuf, Pont-de-l'Arche et Pont-Audemer
envoient journellement des députés qui viennent en suppliant solliciter
des subsistances de la ville de Rouen. Le peuple de cette cité, effrayé de
voir enlever une denrée qui lui est nécessaire, menace sans cesse d'arrêter
les voitures destinées à transporter les grains dans les villes souffrantes.
Nous sommes tous les jours à la veille d'une insurrection. Dans beaucoup
d'endroits on ne mange déjà qu'un pain fait en parties égales de blé, de
seigle et d'orge. Quillebeuf, qui fournit journellement des vivres à 60 ou
80 navires à l'ancre dans sa rade, n'a même pas de pain pour ses habitants. Les gens des campagnes arrêtent à main armée les grains qui passent sur leur territoire..... » (*Reg. corr.*)

1. Arch. nat., H 1595.

2. Voir séance du 24 septembre. La Commission, dans sa réponse, soulevait toutes sortes d'objections : arrêt du Conseil du 8 août non exécuté,
Déclaration du 26 octobre 1788 même pas connue, rôle des tailles fait
comme auparavant par les collecteurs. (*Reg. corr.*)

3. Préaux, él. de Rouen ; — c. de Darnetal, arr. de Rouen.

à l'extraction du caillou dans les bois de cette seigneurie. »
Prière au B. I. de s'entendre avec eux.

Aux officiers municipaux de Louviers. Il est impossible de subvenir à l'atelier de charité qu'ils réclament; qu'ils s'adressent au Directeur G^{al} pour un secours extraordinaire.

Lettres à écrire.

Aux B. de Rouen et de Pont-Audemer : félicitations de rabais obtenus sur des adjudications.

Affaires diverses.

A l'intendant, envoi de pièces de comptabilité.

Lecture d'une réponse à la lettre de Necker. « La C^{on} se propose de rappeler aux départements et aux municipalités les motifs de son arrêté du 3 septembre dernier, les lettres écrites à ce sujet ; en outre elle ne s'occupera de l'imposition de MM. les privilégiés pour les 6 derniers mois de 1789 que lorsqu'elle aura reçu à ce sujet les réquisitions et instructions officielles ».

29 octobre 1789.

Présents : les mêmes.

A Necker : lettre d'envoi de la circulaire aux bureaux pour les municipalités (sel, impositions).

Au même : accusé de réception de la Déclaration du roi du 9 octobre (sur la contribution patriotique), de l'instruction sur le même sujet, etc.

A Lambert : divers accusés de réception.

Circulaire aux B. annonçant l'envoi de la Déclaration du roi du 9 novembre sur la contribution patriotique, de

---

1. L'Assemblée nationale avait décrété le 6 octobre qu'il serait demandé à tous les habitants du royaume une contribution extraordinaire et patriotique égale au quart du revenu de chacun. Les municipalités devaient recevoir les déclarations des citoyens. Un seul article, le 18e, concernait la Commission : « Chaque municipalité sera tenue d'informer les administrations de sa province de l'exécution successive des dispositions arrêtées par le présent décret. » La Proclamation du Roi est du 11 octobre. (*Coll. décrets*, I, 39-46.)

l'instruction sur cet objet, de la Proclamation du roi pour l'exécution des articles 21 et 22 du décret du 6 octobre.

A divers bureaux : accusés de réception d'états d'adjudication. Mandats.

Lettres à écrire :

Aux échevins d'Yvetot : remboursement d'avances pour frais de casernement.

A divers bureaux : envoi de mandats, d'ordonnances finales. Travaux de routes à terminer ; assemblées municipales à compléter.

A Lambert : erreur commise sur forme des rôles (imposition des 6 derniers mois de 1789) ; question posée : « si les personnes imposées aux rôles de supplément pour les 6 derniers mois seront dans le cas de payer la contribution pour les chemins ».

5 novembre 1789.

Présents : les mêmes.

A M. Lambert : demande d'un secours extraordinaire pour Louviers [1]. Les 87.000 L. accordées à S. M. pour les ateliers de charité sont absorbées.

Circulaires aux B. : expédition de diverses pièces.

Lettre au B. d'Andely « pour le prier d'informer la commune de la ville de Pont-de-l'Arche des dispositions de la Déclaration du roi de 1787, relative à la corvée et lui représenter que si elle ne remettait pas le mandement au collecteur pour faire le rôle ou que si elle refusait sa contribution, elle s'exposerait à des poursuites désagréables ».

Aux B. d'Arques, de Gisors, de Neufchâtel : envoi de pièces, devis, etc., renvoi d'adjudication ; destitution d'un cantonnier approuvée.

---

1. Louviers réclamait pour elle seule un secours extraordinaire de 20.000 L.

Au B. de Rouen : renvoi de requête. « Envoi au même bureau d'une rescription de 1.200 L., montant des honoraires échus pour la place de procureur-syndic de la noblesse de ce département, pour être employée à l'usage que ce Bureau se propose de faire ».

Lettres à écrire :

A divers B. : renvoi de requêtes, rôles d'assiette de l'imposition en rachat de corvée, rôles de répartition d'impositions locales [1], mandats.

A l'intendant : bordereaux, rôles d'impositions.

12 novembre 1789.

Présents : les mêmes.

« On a visé une ordonnance de comptant de la somme de 87.000 L. donnée par M. l'intendant le 18 octobre dernier pour le fonds des ateliers de charité accordé par S. M. pour la présente année ».

Circulaire aux Bureaux, avec exemplaires de trois proclamations du roi des 25 et 27 octobre dernier [2].

Autre circulaire accompagnant feuilles imprimées pour la formation des rôles des impositions des six derniers mois de 1789 sur les ci-devant privilégiés.

Autre, aux receveurs particuliers : le montant de cette dernière imposition doit être versé entre leurs mains par les collecteurs de cette année.

Lettre au B. d'Andely « relativement au refus fait par la municipalité de Pont-de-l'Arche de remettre aux mains

---

1. La paroisse de Conteville (él. de Neufchâtel : — c. d'Aumale, arr. de Neufchâtel) s'était imposée de 98 l. 15 s. pour la « condition » de son maître d'école.

2. Désormais tous les décrets de l'Assemblée nationale acceptés ou sanctionnés par le Roi seront envoyés aux tribunaux, municipalités et autres corps administratifs, pour y être transcrits sur leurs registres sans modification ni délai... » (Lettres-patentes du 3 novembre sur le décret du 23 octobre ; *Coll. des décrets*, I. 12-13). Ces deux proclamations, intéressantes pour l'histoire des assemblées administratives, sanctionnaient deux décrets, l'un interdisant toute assemblée par ordre, l'autre surséant à toute convocation de provinces ou d'Etats (*Coll. decrets*, I, 76 et 77).

des collecteurs le mandement pour l'imposition des chemins jusqu'à ce qu'elle soit assurée, que la tâche imposée à cette ville est adjugée. Par ces lettres on prie le B. de représenter à cette municipalité qu'elle ne peut ignorer par ce qui s'est passé en 1788 qu'il n'existe plus de tâche de corvée et de lui rappeler l'Arrêté que l'Assemblée provinciale a pris dans son procès-verbal sur cet objet, p. 178[1]. »

Affaires diverses : renvoi de requêtes, mandats, cheval morveux à faire abattre.

Lettres à écrire.

Aux Bureaux : envoi de feuilles imprimées des déclarations à fournir pour la contribution patriotique. Demande de pièces, d'avis pour requêtes en décharge ou modération. Mandats. Ordonnances finales. Copies d'adjudications.

17 novembre 1789.

Présents : MM. de St-Gervais, Gueudry, d'Herbouville.

Lettre à M. Lambert : envoi d'un « état de questions » sur les impositions des six derniers mois de 1789.

19 novembre 1789.

Présents : MM. de Goyon, de St-Gervais, Gueudry, d'Herbouville.

Trois lettres du comte de St-Priest[2], secrétaire d'État : envoi de lettres patentes et de décrets sanctionnés par S. M., concernant l'envoi et la transcription des décrets

1. L'Arrêté visé par la Commission disait que les fonds connus sous la dénomination de rachat de corvée seraient versés dans les caisses des receveurs particuliers des finances de chaque Élection... pour être employés sur les ouvrages faits sur les grandes routes de la Généralité. Or, Pont-de-l'Arche prétendait réserver sa contribution locale à son usage particulier.

2. M. de Saint-Priest avait succédé, en juillet 1789, à M. de Breteuil comme ministre de la Maison du Roi. C'est lui qui sera chargé par l'Assemblée de communiquer aux administrations locales les lettres-patentes et décrets sanctionnés par le Roi.

sur les registres des cours, tribunaux, corps administratifs et municipalités.

Arrêté conforme.

A M. Lambert : affaires de service (7 lettres). Par la 7ᵉ « on marque à ce Ministre que MM. les officiers des élections n'ont jamais connu des impositions des différentes villes et lieux francs, et que ces rôles ont toujours été rendus exécutoires par M. l'intendant. En conséquence on prie ce Ministre d'informer la Cᵒⁿ de ce qui doit être observé pour faire rendre exécutoires les rôles de supplément sur les ci-devant privilégiés pour les six derniers mois de 1789[1] ».

A divers bureaux : renseignements demandés et fournis sur les impositions. Affaires particulières.

Au B. de Pont-Audemer : « les difficultés dont il avait fait part à la Cᵒⁿ par sa lettre du 7 de ce mois doivent être maintenant sans objet, la Cour des aides ayant enregistré les lois relatives au département des impositions de 1790 et au supplément des rôles pour 1789. »

Au B. de Rouen : la municipalité de Duclair[2] doit exister jusqu'au 1ᵉʳ octobre 1790. Si elle a des plaintes à former contre les membres de sa municipalité « elle doit en référer à la Cᵒⁿ et attendre son avis ou la décision du Ministre et non pas se permettre de détruire une municipalité pour en créer une autre. »

Lettres à écrire.

A divers bureaux : requête, renseignements, mémoires, états de dépenses, ordonnances finales.

A l'intendant : rôles d'imposition en rachat de corvée.

---

1. La Commission soulevait une question de forme. En effet, le décret du 26 octobre ne disait pas qui rendrait ces rôles exécutoires.

2. Un parti, à Duclair, voulait renverser la municipalité. La Commission rappela son règlement du 8 mai 1788, conforme aux Instructions de novembre 1787 et aux lettres du contrôleur général : l'assemblée de paroisse ne pouvait être convoquée qu'une fois chaque année, en octobre, pour remplacer les membres des municipalités démissionnaires ou décédés.

26 novembre 1789.

Présents : de Goyon, de S¹-Gervais, Gueudry.

A M. de S¹-Priest : accusé de réception de lettres patentes.

A M. Lambert : nouvel état de questions relatives à l'imposition des six derniers mois de 1789.

Au même : l'informant que « les décimes représentant l'abonnement des Vingtièmes et capitation du clergé, plusieurs curés prétendent qu'il leur doit être tenu compte de la portion de ces décimes correspondant à leur capitation [1] ».

Circulaire aux B. « leur annonçant des exemplaires de la note indicative [2] des valeurs qui pourront être reçues pour comptant sur les paiements de la contribution patriotique pour être envoyés aux receveurs particuliers des finances, aux receveurs des villes ou collecteurs des communautés ».

Autre, annonçant des rôles de supplément à ceux arrêtés par le conseil pour la capitation des... (sic) année 1789 desdits départements.

Autre, « annonçant que la Cᵒⁿ a visé les rôles qui lui ont été adressés concernant l'imposition des chemins, mais qu'elle a vu avec peine que ces rôles sont inexacts en partie... En conséquence elle les prie, pour ceux qui leur restent, d'y apporter la plus scrupuleuse attention. »

Au B. de Rouen : La Cᵒⁿ a soumis au Ministre la question de savoir si c'est à M. l'Intendant ou aux officiers de justice de l'Élection que les rôles des privilégiés pour les six derniers mois de l'année 1789 de la ville, fau-

---

1. L'Assemblée régla cette difficulté par son décret des 23-27 janvier 1790 qui, en obligeant les contribuables aux décimes à les acquitter en entier aux mains des Receveurs, portait que les collecteurs des impositions ordinaires seraient tenus de recevoir pour comptant les quittances des sommes payées par les contribuables aux décimes (*Coll...décrets*, 1, 226).

2. Pour cette *Note*, qui comprend 11 articles. voir la *Coll. gén. des décrets*, I, 43-44.

bourgs et banlieue de Rouen doivent être remis pour être rendus exécutoires ».

Au même : sur le remplacement d'un syndic mnnicipal.

Au B. de Neufchâtel. Renvoi de requêtes. Réponses à ces questions : si les taxes d'office doivent continuer à avoir lieu en faveur des garde-étalons [1] ; — si les propriétaires de fiefs doivent être imposés pour leurs rentes seigneuriales. Pour la première, on en référera au ministre ; pour la seconde, on ne croit pas les rentes susceptibles d'une cote d'exploitation, à moins qu'elles ne soient affermées. Dans ce cas, elles doivent être imposées.

Lettres à écrire.

Aux différents bureaux : envoi de requêtes remises à la C[on] par M. l'Intendant, tendant à obtenir des taxes d'office et des rejets sur les impositions de 1790. Envoi de mandats et de rôles d'impositions.

A l'intendant : envoi de rôles d'imposition de corvée, année 1789.

A M. Lamandé : arrêtés autorisant des travaux.

1er décembre 1789.

Présents : MM. de St-Gervais, Gueudry, d'Herbouville.

A l'intendant : accusé de réception des commissions pour la répartition des impositions de 1790 sur chacun des dép[ts] de la province.

Aux B. de Montivilliers, Andely, Neufchâtel : renvoi de lettres et de requêtes ; éclaircissements donnés.

A M. Lambert [2] « Les Cours de Parlement et des Aides ayant modifié par leur enregistrement l'art. 3 de la décla-

---

1. Les garde-étalons, en vertu du titre IV du règlement de 1717, jouissaient de certains privilèges Ils étaient taxés d'office par les intendants pour la taille, l'ustensile, le dixime, la capitation et autres contributions présentes et à venir... avec défense aux collecteurs des paroisses de les comprendre dans leurs rôles. (Guyot, *Répertoire de jurisprudence*. art. Haras.)

2. Cette lettre se trouve aux Arch. nat., H 1589.

ration du roi du 27 juin 1787, la C^{on} ne peut imposer en conséquence que le quart, tant du principal de la taille que de la capitation roturière[1]. Suivant la C^{on} il ne doit plus exister de capitation roturière. On doit donc opérer sur d'autres bases. C'est pourquoi la C. I. prie le Ministre de vouloir bien les indiquer ».

Autre, au même « annonçant réception de 10 commissions de l'imposition principale[2] et accessoires et capitation, année 1790, et on le prie de faire attention aux observations qui lui sont faites par cette lettre sur la manière de recouvrer cette imposition, et de donner une instruction ».

2 décembre 1789.

Présents : les mêmes.

A M. Lambert : sur une omission faite dans une lettre à lui adressée.

3 décembre 1789.

Présents : MM. de Goyon, de St-Gervais, Gueudry, d'Herbouville.

Au sieur Moreau : annonce d'états relatifs aux Vingtièmes d'industrie, année 1790, des communautés d'arts et métiers de Rouen, du Havre et de Dieppe[3].

A M. Lambert. État de questions n° 5 concernant l'imposition des six derniers mois de 1789.

Au B. d'Andely : envoi d'une requête, autorisation de conclure un marché proposé par un entrepreneur pour tous les ouvrages neufs à faire sur la route de Paris à Dieppe.

Au même : renvoi de la délibération de plusieurs

1. Il s'agit de la capitation spéciale que payaient les villes franches de taille. Or, les arrêtés dits du 4 août ayant supprimé les privilèges pécuniaires des villes, l'imposition représentative de la corvée perdait une de ses bases.

2. C'était le nom que portait dorénavant la taille.

3. Le vingtième d'industrie était perçu dans les villes tarifées ou abonnées, sur les communautés d'arts et métiers.

membres de l'assemblée municipale de Tourville [1] : les membres actuels des municipalités devront continuer leurs fonctions jusqu'au 1er octobre 1790.

Au même : sur l'endroit où doit être imposé M. le duc de Penthièvre [2], ayant dans le duché de Gisors des bois dans cinq endroits différents.

Au B. de Gisors : « Les forêts du roi ne doivent point être comprises dans les rôles des ci-devant privilégiés : elles seront seulement employées dans les rôles des Vingtièmes et assujetties à cette imposition. Quant aux bois et forêts des ci-devant privilégiés, tels que ceux de M. le duc de Penthièvre, la C[on] ne peut indiquer d'autre moyen que d'engager les paroisses à s'entendre entre elles avec le préposé du Prince pour déterminer les limites d'après les titres s'il est possible. »

Lettres à écrire :

A M. de Villemont, prévôt général de la maréchaussée, pour l'informer qu'il y a dans le pays de Caux des personnes qui s'introduisent en troupe chez MM. les curés, gentilshommes et laboureurs pour y demander à main armée du pain et de l'argent, et de prier ce prévôt général de donner des ordres aux brigades qui sont sous son commandement pour arrêter ces malheureux et sévir avec la plus grande rigueur contre eux ».

« A MM. de la Chambre Ecclésiastique [1] : pour les prier de faire remettre à la C[on] un exemplaire des départements des chambres ecclésiastiques diocésaines. »

Aux B. de Caudebec et Gisors : mandats, rôles visés.

A l'intendant : envoi de bordereaux, extrait du rôle de

---

1. Tourville-la-Rivière, él. de Pont-de-l'Arche ; — c. d'Elbeuf, arr. de Rouen.

2. Louis-Jean-Marie de Bourbon, duc de Penthièvre, fils du comte de Toulouse, né le 16 novembre 1725, possédait dans le duché de Gisors les forêts d'Andely et de Vernon, le Buisson de Riqueville, le parc de Bizy. Le duché de Gisors avait été donné à ce prince en 1772.

3. La Chambre Ecclésiastique, présidée par l'archevêque, s'occupait de la répartition des décimes sur le clergé du diocèse.

capitation des nobles, privilégiés, des dép^ts de Neufchâtel et Pont-Audemer, et 204 rôles d'imposition des chemins, année 1789.

7 décembre 1789.

Présents : de St-Gervais, Gueudry, d'Herbouville.

A M. de Saint-Priest : renvoi de l'exemplaire des lettres patentes du 3 novembre dernier. Prière d'approuver les changements qui sont faits sur cet exemplaire et de les signer.

Aux B. d'Arques et de Gisors : affaires locales.

8 décembre 1789.

Présents : les mêmes.

A M. Lambert : prière de donner des instructions et autorisations sur plusieurs dispositions contenues dans les lettres patentes du 29 novembre dernier [1] (adressées le 4 décembre).

A M. de St-Priest : accusé de réception de lettres patentes.

Au B. d'Évreux : « Relativement à une circulaire qu'il annonce avoir faite et être à l'impression pour l'envoi aux municipalités de lettres patentes. On annonce à ce B. qu'il doit avant tout soumettre à la C^on la revision de cette lettre pour maintenir l'unité d'ordre et de principes qui doit exister. »

Au B. de Pont-l'Évêque : mêmes observations sur ce sujet.

10 décembre 1789.

Présents : MM. de Goyon, de St-Gervais. Gueudry, d'Herbouville.

A l'intendant : envoi des rôles de la capitation du Havre, année 1789 ; prière de les rendre exécutoires.

---

1. « Lettres-patentes du Roi, sur le décret de l'Assemblée nationale, portant que les ci-devant privilégiés seront imposés pour les six derniers mois de 1789 et pour 1790, en raison de leurs biens, non dans le lieu où ils ont leur domicile, mais dans celui où lesdits biens sont situés. » (*Coll. décrets*, l. 103).

Au B. de Caudebec : devis et détails d'ouvrages à faire sur les routes.

Au B. de Pont-l'Évêque : « Renvoi de la requête du sieur Joubert, receveur de S. A. S. Mgr le duc d'Orléans, concernant la capitation à laquelle il est imposé. Le s^r Joubert ne peut justifier qu'il ait été imposé à la capitation de cette année ; il ne peut se dispenser d'acquitter celle qui lui est demandée. »

A divers bureaux : mandats, requêtes, rôles rendus exécutoires.

Au B. de Montivilliers : copie d'une lettre du Contrôleur G^{al} : les religieux d'Ingouville peuvent disposer de leurs bâtiments, ci-devant à l'usage de caserne.

A l'intendant : envoi de rôles d'imposition.

11 décembre 1789.

Présents : les mêmes.

A M. Lambert : relativement au remboursement des avances faites par les municipalités.

Circulaires aux Bureaux : envoi de lettres patentes « accompagnant la commission par laquelle S. M. a fixé le montant des impositions de l'année 1790 pour chaque dép^t ».

Au B. de Rouen : « Le Ministre a décidé qu'il serait à désirer que l'on pût se dispenser en ce moment de procéder à la nomination d'un nouveau municipal (*sic*) en la paroisse de la Neuville[1] pour remplacer celui qui est décédé. »

Aux B. de Pont-l'Évêque et de Caudebec : affaires relatives à des entrepreneurs.

---

1. La Neuville-Champ-d'Oisel, él. de Rouen ; — c. de Boos, arr. de Rouen. Il s'agit du syndic municipal.

12 décembre 1789.

Présents : les mêmes.

A M. Blondel : « Accusé de réception de pièces concernant les réparations aux églises et presbytères[1]. Prière de faire passer le plus tôt possible l'arrêt autorisant les impositions sur chaque paroisse, et homologuant les délibérations. »

Lettres à écrire :

Aux Bureaux : pour annoncer les rôles de l'imposition en rachat de corvée, visés par la C^{on} et rendus exécutoires par l'intendant.

Mandats, rôles de supplément, renvoi de requêtes.

A l'intendant : envoi de rôles de l'imposition en rachat de corvée.

15 décembre 1789.

Présents : de Goyon, de St-Gervais, Gueudry, d'Herbouville.

A M. de St-Priest : « L'intendant a prévenu la C^{on} qu'elle pouvait, comme lui, faire afficher les nouvelles lois. On marque à ce ministre que la C^{on} désirerait être chargée de ce soin, recevoir les nouvelles lois, ainsi que MM. les intendants les ont toujours reçues, au moins trois jours avant qu'elles soient parvenues aux cours et tribunaux.

Au même : accusé de réception des lettres patentes du 3, portant continuation des fonctions des municipalités et autres corps établis par les communes et suspensives d'élections nouvelles.

A M. de la Millière : « Rappel d'une requête adressée le 7 août 1789 par les habitants de St-André et St-Gervais[2] du faubourg Cauchoise, demandant à être déchargés d'une

---

1. *Arrêt qui autorise les adjudications des réparations et reconstructions à faire aux églises et presbytères des différentes paroisses de la Généralité de Rouen*, 8 novembre 1789 (Arch. nat.. H 1587).

2. Paroisses de la banlieue de Rouen, aujourd'hui réunies à la ville.

condamnation prononcée contre eux par des ordonnances du Bureau des Finances pour la réparation de la chaussée appelée le pavé de Deville[1]. On prie en outre ce magistrat d'informer la C^on de la décision du Conseil sur cette affaire. »

Circulaire aux Bureaux[2] : « Le décret de l'Assemblée du 25 septembre dernier sur les impositions ayant fait cesser tous privilèges, franchises et distinctions, tous les rôles des 6 derniers mois de 1789 et 1790 seront vérifiés par les officiers des Élections, et ainsi les articles 16 de la proclamation du 14 octobre et 26 de celle du même mois doivent être observés pour les lieux francs de taille comme pour toutes les autres communautés taillables desdits dép^ts. Cependant les ci-devant privilégiés, domiciliés dans les lieux francs de taille ne doivent être assujettis à la capitation et à la prestation des chemins que comme les anciens contribuables. »

Aux Bureaux : réponses du Ministre à diverses questions concernant l'exécution des proclamations du roi des 14 et 16 octobre dernier.

A divers Bureaux : affaires locales.

Lettres à écrire :

A l'intendant : envoi du double des rôles de répartition des sommes imposées sur certaines paroisses.

16 décembre 1789.

Présents : les mêmes.

A M. Lambert : accusé de réception de plusieurs modèles des nouveaux mandements (rôles de 1790).

Circulaire aux B. « pour les prier de surseoir à l'envoi aux municipalités de mandements de l'imposition des ci-devant privilégiés pour les 6 derniers mois de 1789, vu

1. Déville, él. de Rouen ; — c. de Maromme, arr. de Rouen.
2. Voir la séance du 26 novembre.

que le décret de l'assemblée nationale du 28 novembre dernier donne lieu à des changements sur la manière d'imposer ».

Au B. de Pont-de-l'Arche et de Rouen : affaires diverses.

Au B. d'Arques « par laquelle on lui marque que les héritiers du sieur curé de Tostes[1] n'ayant pu avoir la récolte de ce bénéfice en 1789, elle a dû appartenir au déportuaire[2], et dès lors ce dernier doit supporter l'imposition des 6 derniers mois de 1789.

17 décembre 1789.

Présents : les mêmes.

A M. Lambert : « Relativement aux décrets de l'assemblée nationale des 7 et 14 novembre[3] dernier qui mettent les biens ecclésiastiques sous la sauvegarde du roi, des tribunaux, assemblées administratives, municipalités, communes et gardes nationales. Par ces lettres, on prie le Ministre de vouloir bien faire connaître cette surveillance et à quoi elle s'étend, et on lui observe que, les biens ecclésiastiques étant mis sous la sauvegarde des municipalités, celles des grandes villes pourront fort bien ne pas recourir à la Cᵒⁿ pour les délits qui seraient commis, à moins qu'elles ne reçoivent l'ordre de les lui référer. »

Lettres à écrire :

Aux Bureaux : envois de rôles d'imposition, requêtes.

---

1. Tostes, aujourd'hui Tôtes, él. d'Arques : ch.-l. de c., arr. de Dieppe.

2. Le « déport » était un droit qui attribuait aux évêques et aux archidiacres, en Normandie, tous les fruits et revenus d'une cure pendant une année, de quelque manière qu'elle fût vacante, à condition de commettre un prêtre pour la desservir (définition donnée par Routier, *Pratique bénéficiale*, I, 301, cité par Bridrey, I, 237 n. ; cf. Houard, *Dictionnaire analytique...*, art. Déport, I, 471). Suivant la Commission, les adjudicataires des déports adjugés après la Saint-Jean ne devaient point être soumis à l'impôt, parce que, suivant la coutume de cette province, les fruits deviennent meubles à cette époque ; quant à ceux qui sont adjugés après la Saint-Jean, ils sont soumis à l'impôt, mais c'est à l'adjudicataire à le payer conformément aux lettres-patentes du 14 janvier 1725.

3. *Coll. décrets*, I, 98.

18 décembre 1789.

Présents : les mêmes.

A M. de Saint-Priest « pour l'informer que la libre circulation des grains n'a pas lieu dans la province de Normandie [1], que chaque municipalité et presque chaque individu croit avoir acquis le droit de se circonscrire et de ne pas souffrir que le blé puisse être porté au delà de telle limite ni vendu au-dessus du prix que l'on croit devoir fixer : par cette même lettre, la C^{on} demande à ce ministre si elle peut poursuivre les délinquants devant les juges ordinaires et si ses P.-S. font en cette occasion le service de ministère public ? ».

A M. Lambert : « Par qui peuvent être cotés et paraphés les registres des receveurs particuliers des finances relativement à la contribution patriotique dont les rôles doivent être faits par les B. I. et officiers municipaux des villes et chefs-lieux de recette et d'arrondissement ».

Au B. d'Andely : où imposer les biens du duc de Penthièvre.

Au B. de Pont-Audemer : demande de renseignements

---

1. La Commission, après avoir montré les laboureurs effrayés et les marchés dégarnis, ajoute : « Nous devons rendre justice à la municipalité de Rouen qui, prévoyant tout le mal d'une pareille conduite, a pris tous les moyens pour appeler autour d'elle la liberté et la sûreté. Elle a même envoyé des députés dans les différents endroits de la Généralité pour démontrer aux habitants que le seul moyen d'échapper aux maux qui nous menacent est de se conformer au décret de l'Assemblée nationale, puisque l'abondance ne peut se trouver que là où la liberté existe. Ses représentations ont été vaines. Les habitants mettent toujours la même gêne à la circulation et le sentiment d'inquiétude s'accroît tous les jours d'une façon alarmante. » Quelle conduite tenir ? « Sans doute, le décret du 10 août permet aux municipalités de requérir les troupes, mais il n'y a point de troupes dans les campagnes, et ceux qui composent les milices nationales sont en grande partie les principaux perturbateurs de la tranquillité publique. Veuillez donc bien, Monsieur le Comte, nous dire comment nous pouvons remédier à cette impuissance des petites municipalités ou à leur malveillance. La sûreté générale exige un ordre constant et certain. » (*Reg. corr.* C. 2118.)

sur un attroupement qui s'est formé vers la fin d'octobre dernier aux environs du pont de Grestain[1].

Au B. d'Arques : approbation d'ouvrages.

Au B. de Gisors « on lui marque que, relativement à la détérioration des biens ecclésiastiques qu'il dénonce à la C^{on}, cette dernière va en écrire au Ministre pour savoir quelle action elle peut avoir contre ceux qui se permettent de détériorer. »

Au B. de Rouen : la C^{on} accorde un atelier de charité à Auzouville-sur-Ry[2].

Mandats.

Lettres à écrire :

A différents Bureaux : taxes d'office ou rejets sur les impositions de 1790.

Au B. d'Andely : une division de paroisse ne peut se faire que par arrêt du Conseil.

Au même : mandats, rôles d'imposition.

Aux B. d'Arques, Montivilliers : affaires particulières.

A l'intendant : procès-verbaux d'adjudication.

21 décembre 1789.

Présents : les mêmes.

Au C. G. : état de questions n° 6 concernant les impositions des 6 derniers mois de 1789.

Au même « pour le prier de vouloir bien prononcer sur la question de savoir si les forêts du roi et les terrains qui lui appartiennent doivent être imposés dans le rôle de l'imposition principale de 1790[3] ».

A M. de St-Priest : réception de lettres patentes sur un

---

1. Grestain, hameau réuni à la commune de Fatouville, él. de Pont-Audemer ; — c. de Beuzeville, arr. de Pont-Audemer.

2. Auzouville-sur-Ry, él. de Rouen ; — c. de Darnétal, arr. de Rouen.

3. L'Edit de septembre 1787 prorogeant les Vingtièmes, portait qu'ils seraient perçus « même sur les fonds de notre domaine. »

décret de l'assemblée, concernant les délits qui se commettent dans les forêts et bois.

Au B. de Rouen : presser le travail du rôle de capitation de cette ville.

Lettres à écrire.

Aux Bureaux : envoi de mandats.

A l'intendant : envoi des rôles d'imposition en rachat de corvée pour être rendus exécutoires.

23 décembre 1789.

Présents : les mêmes.

Circulaire aux B. : « D'après la décision du Ministre, les sommes provenant des rôles de supplément de 1789 sont destinées à être réparties en moins-imposé sur les anciens contribuables en 1790 et non sur les anciens de 1789. Les maîtres de verreries doivent être imposés comme l'ont été en 1789 dans cette province les maîtres des autres usines, les maîtres de forges, les fabricants de papier, les chaufourniers, les fabricants de toile, etc. [1]»

Au B. de Pont-l'Évêque : autorisation d'adjuger des travaux ; ateliers de charité.

Au B. de Neufchâtel : le champart [2] est susceptible de la taille d'exploitation. Ceux au bénéfice desquels il est perçu doivent y être assujettis.

Au B. de Pont-Audemer : continuation d'un atelier de charité.

Au B. d'Évreux : l'atelier de charité demandé par le chapitre ne peut êre accordé cette année.

Au B. de Neufchâtel, relativement à une délibération de

---

1. « Tous les arts mécaniques dérogent à la noblesse... Il n'y a d'exception à cette règle que pour l'art de la verrerie. » (Guyot. *Rép. de jurisprudence*, art. Noblesse XII, 111.) Les gentilshommes verriers se rencontraient dans les Élections de Gisors et de Neufchâtel.

2. « Terme usité dans plusieurs coutumes pour exprimer une redevance qui consise dans une certaine portion des fruits qu'on recueille sur l'héritage assujetti à ce droit (*ibid.*, art. Champart, III, 85).

la municipalité de Forges : « On prie le B. d'apprendre à cette municipalité que depuis 1787 toutes les assemblées dépendent des assemblées de département et médiatement des assemblées provinciales ; que celles-ci, correspondant directement avec le Ministre pour les pouvoirs qui leur sont confiés, ont seules le droit de faire des arrêtés, et de lui faire savoir que le nouvel ordre de choses n'a point changé ce régime ; que si cette municipalité persiste dans son arrêté, la C^on prendra le parti d'en instruire l'assemblée nationale [1] ».

Au B. de Rouen « pour le prier de prévenir la municipalité d'Auzouville-sur-Ry, qu'en fixant le prix de la journée des ouvriers qu'elle emploie à l'atelier de charité qui lui a été accordé à 20 sous, c'est exposer les ouvriers employés aux manufactures à quitter leur partie pour aller travailler à cet atelier, et qu'elle ne doit pas accorder plus de 14 sous par jour [2] ».

Lettres à écrire.

Aux Bureaux : ordonnances finales.

24 décembre 1789.

Présents : les mêmes.

Au B. d'Arques et de Pont-l'Évêque : affaires locales.

Lettres à écrire :

Envoi d'ordonnances finales et de mandats.

---

1. Dans sa lettre au B. de Neufchâtel la C^on manifeste son indignation. « Cet acte, tout extraordinaire qu'il est, ne nous a pas surpris, parce que, dans un temps d'anarchie, il n'y a pas de prétention ridicule qu'on ne puisse essayer. Nous avouons cependant que celle-ci est la plus forte dont la connaissance soit parvenue jusqu'à nous : une très petite municipalité, s'imaginant que tous les liens de l'administration sont rompus, veut se changer en république et ne reconnaître aucune autorité supérieure. » (*Reg. corr.*, 2118).

2. Ainsi d'après la C^on, le salaire payé sur les ateliers de charité devait être inférieur à celui que touchaient les ouvriers employés aux manufactures.

26 décembre 1789.

Présents : les mêmes.

Circulaire aux B. « leur indiquant la manière d'imposer les ci-devant privilégiés tant pour les six derniers mois de 1789 que pour 1790, conformément au décret de l'assemblée nationale du 26 septembre dernier, afin que leur condition égale en taxe celle des anciens contribuables[1] ».

A M. de Saint-Priest : accusé de réception de la proclamation du roi du 18 décembre, sur un décret de l'assemblée nationale pour la constitution des municipalités et de l'instruction sur icelles[2] ».

Au même, relativement à la libre circulation des grains dans l'intérieur du royaume. « On lui observe que, dans les campagnes surtout, il est presque impossible d'avoir un officier public qui puisse constater les refus et les contraventions, et qu'il serait plus à propos d'autoriser un ou plusieurs membres des municipalités à dresser procès-verbal desdites contraventions et refus; en conséquence on le

1. L'Assemblée nationale avait rendu au sujet des ci-devant privilégiés le décret du 26 septembre dont il a été déjà question. Celui du 28 novembre portait que les ci-devant privilégiés seraient imposés pour les six derniers mois de 1789 et pour 1790 en raison de leurs biens, non dans le lieu où ils ont leur domicile, mais dans celui où lesdits biens sont situés.

Depuis, un décret du 17 décembre, s'appliquant aux autres contribuables, ajoutait (Coll. décrets, I, 112) que cette disposition avait lieu pour les provinces de taille personnelle ou mixte où les départements ne sont pas encore faits.

L'application de ces décrets jeta la Commission dans un grand embarras : « Nous habitons, écrivait-elle, un pays de taille mixte, mais l'usage ayant prévalu depuis longtemps de cumuler les articles, il n'y a qu'une seule cote du capital de la taille .. Comment établir une cote personnelle puisque nous n'avons point de base pour la fixer? Comment arbitrerions-nous la proportion entre les cotes personnelles locales et la capitation payée par les habitants des villes franches dans le lieu de leur domicile? » Comment assujettir les privilégiés à une double imposition ? La Commission proposait donc d'assimiler les privilégiés aux non-privilégiés, ajoutant : « Les besoins du trésor public l'emportent sur le recouvrement des six derniers mois de 1789 qui n'est destiné qu'à être reporté en moins-imposé sur les contributions ordinaires de 1790. » (Reg. corr.)

2. Ce décret capital fut rendu le 14 décembre 1789, après une discussion qui occupa plusieurs semaines. Il est accompagné d'une Instruction rédigée par Thouret (Coll. décrets, I, 113-125 et 125-140.)

prie, si la chose est possible, d'obtenir cette autorisation. »

Au B. d'Arques : sur l'imposition des ci-devant privilégiés.

Au même : autorisation de construire un pont.

Au B. d'Andely : prière de vérifier les rôles de l'imposition des chemins pour la ville de Louviers.

Au B. de Pont-Audemer : au sujet d'une lettre qu'il se propose de faire imprimer. On s'en remet à sa prudence.

Lettres à écrire :

Au B. de Rouen : lui mander que la prétention du s^r Le Roi d'être exempt de la collecte en sa qualité de membre de la municipalité est mal fondée, vu que l'arrêt du Conseil n'a pas été revêtu de lettres patentes [1].

30 décembre 1789.

Présents : les mêmes.

A M. de St-Priest : accusé de réception des lettres patentes du 28 de ce mois sur un décret de l'assemblée nationale pour la constitution des municipalités, sur l'admission des non-catholiques dans l'administration.

A M. Lambert : « Envoi de l'arrêté de la C^{on} de ce jour relatif à l'imposition de la prestation pour les chemins pour 1790 et du projet de proclamation nécessaire pour autoriser cette imposition. »

Envoi au B. d'un relevé du département des impositions de la chambre ecclésiastique de ce diocèse.

Il a été ensuite arrêté que le Roi serait très humblement supplié de vouloir bien régler la prestation des chemins dans la province de Haute-Normandie [2] à raison de 2 s.

---

1. Cette objection aurait été naturelle de la part du Parlement ; elle étonne, à cette date surtout, venant de la Commission intermédiaire.

2. Sur le nouveau taux imaginé par la Commission pour la prestation des chemins, voir le *Rapp. de la C. I. de Haute-Normandie*, p. 85.

La C^{on} avait établi les règles suivantes « pour asseoir équitablement l'imposition de 1790 » :

3 d. ¹/₄ sur le total des impositions de 1790, la taxation des collecteurs et droits de quittance des receveurs pour former la somme de 737.824 l., 6 s., 8 d., y compris la taxation des collecteurs et confection des rôles à raison de 6 d. pour L. sur ladite prestation, laquelle somme sera répartie à ladite année 1790 sur tous les contribuables des villes et communautés, sans distinction. »

Circulaire aux B. par laquelle on leur donne un mode et une base sur lesquels ils peuvent s'appuyer pour faire le département des impositions 1790 ».

Lettres à écrire aux B. (Caudebec et Gisors), requêtes, ateliers de charité.

Au B. de Neufchâtel, au sujet des dégâts commis dans les bois de l'abbaye de Bival. Prendre des renseignements, écrire au procureur du roi.

31 décembre 1789.

Présents : les mêmes.

A M. de la Millière, relativement à une note mise par le Conseil sur l'état des ateliers de charité à accorder en 1789 — au sujet des 2.000 L. employées pour les gratifications des ingénieurs. Observations à ce sujet.

Au C. G. : prière d'accorder à la ville d'Évreux¹ une

Suite de la note 2, page 147.

1° Trouver un taux commun en comparant dans chaque paroisse la valeur totale des biens avec la somme à payer ;

2° Faire une simple répartition sur chaque individu à raison du taux trouvé. Cette imposition sera l'imposition principale.

La cote personnelle serait assimilée à l'ancienne capitation. Elle serait donc le 200ᵉ de la cote d'exploitation, celle-ci étant égale au dixième du revenu. Mais, de peur d'embarrasser les asséeurs, on leur demandait d'asseoir comme par le passé l'imposition principale, et de la diviser en deux parties, savoir 1/20ᵉ pour la cote personnelle et 19/20ᵉ pour la cote d'exploitation.

Les privilégiés ne faisant pas valoir par eux-mêmes ne doivent qu'une cote personnelle, arbitrée au 2ⁿᵈ de la cote d'exploitation.

Les villes franches seront assimilées aux campagnes. Elles seront donc assujetties : 1° à l'imposition principale ; 2° à l'imposition accessoire ; 3° à la capitation.

1. « Cette malheureuse ville, peuplée d'ouvriers sans travail par le dépé-

somme de 6.000 L. pour un atelier de charité, demandé par MM. du chapitre qui accordent 3.000 L.

Aux B. de Pont-l'Évêque, Évreux, Arques : ateliers de charité, affaires diverses.

Au C. G. : pour dispenser les titulaires de bénéfices, exploitant leurs dîmes et terres, de faire une déclaration, les bénéfices étant actuellement assujettis à tous les impôts [1].

Lettres à écrire :

A l'intendant : envoi de rôles à rendre exécutoires.

1er janvier 1790.

Présents : les mêmes.

A M. de St-Priest : envoi de deux requêtes concernant le port d'armes.

Au B. d'Andely : au sujet d'une paroisse qui veut former une municipalité distincte.

Lettres à écrire : affaires diverses.

4 janvier 1790.

Présents : les mêmes.

Circulaire aux B. Le ministre a répondu, au sujet de l'imposition des bois et forêts du roi, au rôle des ci-devant privilégiés « que cette cotisation ne peut avoir lieu, parce qu'elle dérangerait les bases sur lesquelles l'Assemblée Nationale a établi ses calculs sur la situation actuelle des finances [2] ».

---

rissement de toute espèce de fabrique et de commerce, est dénuée de tout secours. Ses infortunés habitants ne subsistent que de la charité habituelle des gens aisés qui s'y trouvent et particulièrement de l'évêque et du chapitre » (*Reg. corr.*)

1. Les lettres-patentes du 18 novembre, rendues sur un décret du 13, prescrivaient à tous titulaires de bénéfices de faire la déclaration de leurs biens dans le délai de deux mois (*Coll. décrets*, I, 93).

2. La cause en est due, selon la Commission, aux formes nouvelles qui ont été prescrites. Il faut recourir aux rôles de supplément de 1789. Or,

Circulaire et lettres aux B. : envoi de requêtes.

Au B. d'Arques : sur une demande d'imposition de 44 L. 8 s. 9 d., faite par la municipalité de S‑Martin-la-Campagne[1] pour frais de procès. — Réponse : une délibération d'une assemblée des mêmes habitants est nécessaire.

6 janvier 1790.

Présents : les mêmes.

Au C. G. : « Vu la forme des rôles des Vingtièmes de 1790 et la difficulté d'en faire le recouvrement, on propose à ce ministre : 1° de faire rendre exécutoire dès à présent la première partie des rôles des Vingtièmes conforme à ceux de 1789, qui se trouve faite actuellement, et de les mettre en recouvrement; 2° de donner l'ordre pour travailler de suite au supplément des nouvelles cotes pour lesquelles les déclarations ordonnées par le décret du 18 novembre dernier (auquel on satisfera exactement dans le courant de ce mois) donneront des renseignements et des produits certains. »

Aux B. de Pont-Audemer et de Caudebec : affaires diverses.

7 janvier 1790.

Présents : les mêmes.

Au B. de Pont-l'Évêque : impossibilité d'accorder 300 L. aux habitants de cette ville, quartier de la vieille rue.

Au B. d'Évreux : on aura égard à sa demande au sujet des ponts de la levée de Paris.

Au même : envoyer le plus tôt possible ses mandements

---

ils ne fournissent que très peu de renseignements. « Les cotes ne désignent ni n'évaluent aucun bien ; on ne peut, en conséquence, s'en promettre aucun éclaircissement certain, ni même des approximations ». (*Reg. corr.*, 6 févr.)

1. S‑Martin-en-Campagne, él. d'Arques ; — c. d'Envermeu, arr. de Dieppe.

aux municipalités pour l'imposition des six derniers mois de 1789.

Au B. de Gisors : relativement à l'imposition des usu-fruitiers d'un bénéfice.

Mandats.

8 janvier 1790.

Présents : les mêmes.

Aux B. de Rouen et d'Arques : réponses à des questions ; requêtes ; mandats.

Lettres à écrire ; requêtes, mandats.

9 janvier 1790.

Présents : les mêmes.

A M. de St-Priest : Réception des lettres-patentes du 30 décembre, portant que « les officiers municipaux qui vont être élus exerceront par provision la juridiction con-tentieuse et volontaire dans les provinces où ils étaient en possession de l'exercer [1].

A M. de la Millière : envoi des devis et détails montant à 97.078 l. 1 s. 2 d. des ouvrages à exécuter sur fonds de rabais. Prière d'approuver.

Circulaire aux B « pour les prévenir que la répartition de la prestation des chemins devant être faite et comprise cette année dans le rôle de l'impôt principal, accessoires et capitation, et dans une colonne distincte, il est nécessaire qu'ils veuillent bien en arrêter le montant et fixer au pied de chaque mandement la somme que chaque paroisse en doit porter cette année. »

Aux officiers municipaux de Louviers : employer les ouvriers des ateliers de charité plutôt à la tâche qu'à la journée.

---

1. Les élections municipales devaient se faire huit jours après la publi-cation des lettres-patentes du 6 janvier. La juridiction « contentieuse et volontaire » était laissée provisoirement aux officiers municipaux par le décret du 28 décembre 1789 (*Coll. décrets*, I, 142).

Aux B. d'Arques, Rouen, Pont-Audemer : renvoi de requêtes, confection des rôles des six derniers mois de 1789.

A MM. du Bureau des Finances « pour prévenir que le département de Pont-Audemer a fixé le département des impositions de cette année au jeudi 14 de ce mois. »

Lettres à écrire. Mandats. Attribution d'une somme de 22.920 l. à l'Hôtel de ville de Rouen pour ses ateliers de charité.

10 janvier 1790.

Présents : les mêmes.

Au C. G. : « on le prie, dans le cas où les B. I. refuseraient de faire le département de 1790, qui est provisoire, de tracer une marche parce que ni les décrets de l'Assemblée Nationale, ni la proclamation du Roi n'y ont pourvu. »

Au même : relativement à la municipalité de Duclair [1].

A M. Lamandé, pour le prier de donner ses ordres à l'ingénieur du département d'Andely, afin qu'il aide de ses conseils MM. les officiers municipaux de Louviers et qu'il leur trace la marche qu'ils ont à suivre pour l'emploi des 10.000 L. accordées par le Conseil et d'une autre somme de 10.000 L. que cette ville fournit pour occuper ses ouvriers aux ateliers de charité.... »

Lettres à écrire.

14 janvier 1790.

Présents : les mêmes.

A M. de Sᵗ-Priest : réception des lettres-patentes du 6 de

---

1. Le 4 octobre 1789 s'était tenue à Duclair une assemblée générale de la paroisse pour remplacer deux membres de la municipalité. Or, on avait aussi destitué cinq de ses membres et le syndic La Commission donna raison à ce dernier. « Nous sommes persuadés que le sieur Neuville a bien fait de refuser de remettre à la municipalité tous les décrets qu'il reçoit, et que les réclamants ont eu tort d'importuner M. le premier ministre des finances pour soutenir une autorité qu'ils veulent usurper en contrevenant au décret de l'Assemblée nationale du 2 décembre. »

ce mois : convocation des assemblées pour la composition des municipalités.

Au dép¹ de Montivilliers, qui avait demandé des instructions relativement à la manière d'imposer., (*En marge* : le Cᵒⁿ a rédigé et signé des instructions relatives aux impositions de 1790 pour être envoyées aux B. I. et à toutes les municipalités de chaque dép¹).

Aux B. d'Évreux, Caudebec, Arques, affaires diverses.

Circulaire aux B., annonçant un arrêt rendu par le Conseil le 9 de ce mois ordonnant l'imposition et le recouvrement de la prestation à raison du taux fixé par la Cᵒⁿ à 2 s. 6 d. 1/4 pour L. de toutes les impositions.

Lettres à écrire : mandats, rôles d'imposition.

16 janvier 1790.

Présents : les mêmes.

Au C. G. : accusé de réception du projet et des tableaux relatifs aux impositions de 1790.

Au B. d'Andely : éclaircissements divers.

Au B. de Gisors : « quel que soit l'embarras des finances de S. M., elle a cependant bien voulu, sur les représentations que lui a faites la Cᵒⁿ, d'après les différents mémoires que ce B. lui a adressés, accorder à ce dép¹ divers secours extraordinaires [1] pour être employés en ateliers de charité. »

Lettres à écrire. Répondre au B. de Pont-Audemer, au sujet des rôles des privilégiés, et lui marquer que la Cᵒⁿ s'est déterminée à ne pas donner d'exécution aux décrets de l'Assemblée nationale du 28 novembre et du 17 décembre derniers, en ce que la plupart des rôles étaient faits dans presque tous les départements, et que c'eût été une différence trop choquante si on eût suivi ses décrets pour ceux seulement qui restent à faire [2]. »

1. Ces secours s'élevaient à 6.480 livres.
2. Cet exemple montre avec quelle liberté la Commission en usait à l'égard des décrets de l'Assemblée constituante.

21 janvier 1790.

Présents : les mêmes.

A M. de la Millière. Envoi d'un état de situation arrêté le 31 décembre dernier des ouvrages exécutés sur les fonds des ponts et chaussées, pendant 1789 ; — d'un avant-projet d'état du roi, exercice 1789, pour les ouvrages et dépenses à faire sur les fonds des ponts et chaussées, année 1790.

Au comte de la Touche, chancelier du duc d'Orléans : sur le changement d'emplacement d'un atelier de charité.

Circulaire aux B. sur la formation des nouvelles municipalités : les instructions qui leur ont été adressées ne concernent que les campagnes.

Au C. G. : sur le retard du département des impositions dans le dép' de Rouen [1].

Mandats :

Lettres à écrire.

23 janvier 1790.

Présents : les mêmes.

Au C. G. : les dép'ˢ de Pont-Audemer et de Pont-l'Évêque ont arrêté et clos le département de leurs impositions.

Au B. de Pont-l'Évêque : les bois de haute futaie coupés antérieurement à 1789 ne sont pas imposables aux rôles de 1790.

Lettres à écrire.

---

1. Ces retards tenaient à la surcharge imposée au département de Rouen. Sa contribution pour 1789 (taille, accessoires et capitation taillable) était de 540.467 l. 7.5 ; la même pour 1790 était de 850.300 l. 2,5. Sur ce total, la capitation seule, qui était de 153.838 l. 8 d. (capitation taillable) était montée à 464.670 l. 15.8 par l'addition de l'ancienne capitation de la ville, faubourgs, banlieue, nobles, officiers de justice et employés, de la retenue sur les gages des officiers du Parlement, Chambre des Comptes, etc. La Commission faisait observer entre autres que les biens-fonds des riches propriétaires de Rouen devaient être désormais imposés dans d'autres Élections. La perte pour la seule Élection de Rouen était évaluée à 120.000 livres. (*Reg. corr.*)

24 janvier 1790.

Présents : les mêmes.

Circulaire aux B. : « donner connaissance aux receveurs particuliers des finances de chaque Election des requêtes présentées sur l'imposition des six derniers mois de 1789, afin que les collecteurs n'exigent pas le paiement et la provision même du rôle avant les décisions à intervenir, auxquelles ils doivent se conformer. »

Au C. G. : sur la remise des 6 d. pour L. : elle ne doit porter que sur les paiements faits en espèces [1].

Au B. de Montivilliers : envoi de requêtes.

Lettres à écrire.

26 janvier 1790.

Présents : les mêmes.

Au Président de l'Assemblée Nationale, « pour le prier de répondre à la demande que le B. I. de Rouen a faite à la C^{on} sur l'objet de savoir si la municipalité de cette ville doit être commune avec les faubourgs, ou s'il doit y avoir autant de municipalités que de faubourgs [2]. »

A Necker « pour l'informer du soulèvement qui vient d'avoir lieu dans la ville de Pont-Audemer relativement à la libre circulation des grains [3]. »

1. Et non sur les quittances d'impositions antérieures, admises en déduction des impositions nouvelles.

2. Les faubourgs de Rouen étaient : la Madeleine. St-André hors la ville, St-Gervais, St-Hilaire, St-Paul. St-Sever. Depuis l'Edit de juin 1787 ils formaient des municipalités distinctes. « Or, disait la Commission, ils sont unis par trop d'intérêts avec la ville pour s'en séparer et offrir l'image d'une administration bigarrée. » De plus, ils n'avaient formé avec la ville qu'une seule garde nationale. Un décret du 20 février les réunit à la ville. (*Procès-verbal de l'Ass. nat.*)

3. La C^{on} attribuait ce soulèvement au dénuement absolu de blé. « Presque tous nos départements sont dans le même cas. La libre circulation des grains a lieu maintenant ; toutes les gardes nationales, toutes les troupes régulières qui sont dans notre Généralité se sont portées à l'établir et à la perpétuer. L'ordre règne enfin, mais il ne règne plus quand il y a famine, et ce serait une bien cruelle dérision que d'ordonner la libre circulation d'une denrée qui n'existe pas. » (*Reg. corr.*)

A M. de St-Priest, au sujet d'une proclamation adressée à l'intendant, et non à la C^{on} [1].

Aux B. ; mandats.

Lettres à écrire

28 janvier 1790.

Présents : les mêmes.

Au C. G. : sur une difficulté « que l'on éprouve à cause de la réunion de la collecte des Vingtièmes avec celle des autres impositions [2]. On leur propose en même temps des moyens pour faire cette perception. »

Aux B. de Caudebec d'Andely : renvoi de requêtes.

Lettres à écrire.

31 janvier 1790.

Présents : les mêmes.

Au C. G. : envoi de la requête de M. Auvray, conseiller maître à la Cour des Comptes.

Au B. de Caudebec : éclaircissements.

Lettres à écrire : envoyer à l'intendant, pour être rendus exécutoires, les rôles de l'imposition en rachat de corvée 1789.

1. La C^{on} lui marquait sa surprise ; 1° de ce qu'il eût envoyé directement à la municipalité de Rouen les décrets concernant les municipalités nouvelles ; 2° de ce qu'il eût écrit à l'intendant de faire dans les campagnes les publications dont, disait-elle, elle était chargée. C'était oublier le principe de subordination. « Il importe au bien public que les départements qui nous remplaceront profitent de l'ordre que nous avons établi et maintenu, au lieu de s'efforcer de le retrouver dans les débris de l'anarchie. » (*Ibid.*)

2. La C^{on}. en annonçant à M. Lambert qu'elle avait visé la plus grande partie des rôles qui comprenaient les mêmes cotes qu'en 1789, lui signalait l'inconvénient de confier ces rôles aux collecteurs des autres impositions : 1° Les collecteurs savaient à peine écrire ; des confusions seraient à craindre : 2° des personnes devaient être imposées sous d'autres noms ; 3° ils auraient beaucoup d'argent entre les mains : il faudrait les surveiller. Enfin, les collecteurs n'étaient pas nommés au choix, mais d'après l'ordre du tableau. La Commission proposait donc de faire remettre les rôles à ceux des syndics qui voudraient s'en charger. En cas de refus, la municipalité désignerait quelqu'un, sur l'avis du Bureau intermédiaire. (*Reg. corr.*)

2 février 1790.

Présents . les mêmes.

Lecture de lettres-patentes.

A M. de St-Priest, au sujet d'une plainte des officiers municipaux de Rouen, sur la communication des décrets : ces plaintes ne sont pas fondées.

Au B. de Pont-l'Évêque : renvoi d'une requête.

Lettres à écrire.

... Au B. d'Évreux : « lui marquer que pour que le gouvernement s'occupe de faire un approvisionnement de grains pour le mois prochain de la récolte, il est nécessaire que ce B. comme tous les autres, forme un tableau comparatif de la récolte de 1788 avec celle de 1789, pour compléter le travail que l'on doit envoyer à M. le Contrôleur G^{al} à ce sujet. »

A l'intendant : envoi de requêtes et de rôles.

4 février 1790.

Présents : les mêmes.

A M. de la Millière, accusé de réception d'une lettre, ainsi que d'un mémoire d'un entrepreneur.

Circulaire aux B., annonçant des ouvrages à effectuer, approuvés au Conseil sur les fonds de rabais 1789.

5 février 1790.

Présents : MM. de Goyon, Gueudry, d'Herbouville.

Circulaire aux Bureaux, « pour les prier de rappeler aux municipalités, conformément à une lettre du premier Ministre à la C^{on}, le décret du 26 septembre sur la nécessité du paiement exact des impôts, en leur présentant tous les motifs qui doivent les déterminer comme bons Français et comme loyaux citoyens [1]. »

1. « ...Sans la perception exacte des impôts, la Révolution est manquée, la

Lecture de lettres-patentes du mois de janvier dernier, sur la constitution des assemblées primaires et des assemblées administratives.

Envoi au président et aux officiers du Bureau des finances d'un modèle du département, tant des impositions que des rejets pour l'année 1790 dans l'élection d'Évreux.

Au B. de Rouen : envoi de requêtes.

Mandats.

A l'intendant : « envoi d'une assignation commise à la requête de MM. les p.-s. du dép¹ d'Andely envers les nommés J. L. et J. B. le Tellier, adjudicataires d'ouvrages à faire en 1788 sur différentes parties de routes, pour les obliger à faire leurs ouvrages. »

7 février 1790.

Présents : les mêmes.

A Necker : « relativement au retard qu'éprouve le recouvrement des impositions et à la nécessité de faire décréter par l'Assemblée un plan de finances propre à satisfaire les contribuables et les créanciers de l'État[1]. »

France retombe dans l'anarchie et de l'anarchie dans le despotisme... Vous serez douloureusement affectés, MM... lorsque vous apprendrez que sur 9.414.805 L., montant total des impositions de notre Généralité, il restait encore à recouvrer au 10 décembre dernier, la somme de 3.831.500 L. » (Ibid.)

1. La Commission rappelait tout ce qu'elle avait fait. « Mais nous vous l'avouerons, M, toutes nos exhortations seront inutiles. ou du moins ne donneront pas toute efficacité tant que la confiance ne sera pas établie. Les habitants des campagnes, et en grande partie ceux des villes. se sont imaginé dès le principe qu'ils ne paieraient plus d'impôt : maintenant qu'ils sont persuadés du contraire, ils attendent avec effroi ceux qui pourront être établis. et les hommes qui pourraient guider cette classe nombreuse, incertains encore du parti qu'on prendra sur les finances, sont loin de se livrer à ce sentiment généreux qui entraînerait par son exemple. — Autre considération particulière : notre commerce se détruit tous les jours et, à moins d'une protection particulière, nous touchons au terme de notre anéantissement : nos relations intimes avec les colonies qui alimentent un tiers de nos habitants sont suspendues et la crainte que la nation ne prononce l'affranchissement des nègres est un sujet légitime de crainte qui empêche toute expédition en Amérique et. force nos négociants qui se trouveront ruinés par cette décision impolitique à réserver à l'avance pour eux-mêmes des fonds que dans toute autre circonstance ils eussent offerts à la Patrie » (Ibid., 7 février.)

A M. de St-Priest : sur l'envoi d'un décret de l'Assemblée Nationale aux représentants de la commune de Pont-de-l'Arche, au sujet de la collecte : « rien ne doit être changé, quant à présent, au régime établi pour la perception. »

Circulaire : envoi du discours du Roi.

Autre circulaire, annonçant que le Contrôleur G^{al} a autorisé la C^{on} à leur mander que les taxations attribuées aux collecteurs sur le produit des rôles de supplément des six derniers mois de 1789 ne doivent être allouées que sur les recettes effectuées en espèces.

Au B. de Rouen, concernant les réclamations des faubourgs : c'est à l'Assemblée Nationale d'en juger.

Lettres à écrire :

Au C. G. : lui demander si la défense faite aux asséeurs en 1600 et 1630 de diminuer les cotes de leurs parents s'applique aux membres des municipalités.

Au B. d'Évreux : envoi de 2.400 L., à titre d'acompte sur secours extraordinaires.

11 février 1790.

Présents : les mêmes.

Lecture de lettres-patentes.

Au C. G. : accusé de réception d'exemplaires des rôles de la contribution patriotique et des rôles de supplément pour les six derniers mois de 1789.

A Necker : « pour lui accuser réception de 12 exemplaires du discours de S. M.[1] et pour lui rappeler la nécessité d'un bon plan de finances, afin de ramener la confiance dans le commerce[2]. »

---

1. Discours prononcé à l'Assemblée nationale le 4 février (annexe au *Procès-verbal* de la séance de ce jour).

2. La C^{on} donnait à Necker ces conseils : « Nous vous l'avouerons, M, il est temps que l'administration prenne une consistance plus solide et plus certaine. On ne saurait trop promptement faire succéder à la formation des municipalités celle des assemblées de département et de district. Ces émanations du pouvoir exécutif peuvent seules commencer à lui rendre la

Lettres à écrire.

Au C. G. : envoi d'une lettre du B. I. de Rouen, au sujet des impositions de 1790 : le Bureau commettrait une injustice en conformant à la commission du Conseil.

Lettres à écrire.

Au B. de Pont-l'Evêque « pour l'engager à ramener à l'ordre quelques communautés qui prétendaient se soustraire au paiement de la prestation des chemins, parce qu'on n'aurait pas entrepris dans le département les ouvrages qui pouvaient leur convenir le plus. »

Au B. d'Arques : renvoi du mémoire d'une partie des habitants d'une paroisse protestant contre les élections municipales.

13 février 1790.

Présents : les mêmes.

Au C. G : « On lui fait part des réclamations faites à la C[on] contre la nomination des maires et officiers municipaux, particulièrement des campagnes dont plusieurs sont attaquées de nullité et le sont réellement. Par cette lettre on prie le ministre de faire savoir à la C[on] si elle doit s'abstenir de prononcer sur les réclamations, et dans ce cas à qui elle doit renvoyer les mémoires ou requêtes. [1] »

force qu'il a perdue ; elles peuvent seules anéantir la dangereuse anarchie des municipalités. » Elle y joignait la nécessité d'un bon plan de finances, remerciait Necker de l'espoir qu'elle lui donnait sur la traite des nègres, et enfin lui rappelait qu'il fallait s'attendre à des moins-values considérables, à cause du changement dans le mode des impositions de 1790. (*Reg. corr*, 12 février).

1. Les contestations au sujet des opérations électorales étaient aussi nombreuses sous le nouveau régime que sous l'ancien. Mais aucun texte ne donnait à la Commission le droit de les trancher. Aussi les renvoyait-elle d'ordinaire au Comité de Constitution (*cf.* Arch. nat. D. IV. 61), celui-ci « ayant été autorisé à donner son avis sur plusieurs difficultés relatives à la formation des municipalités et à renvoyer aux assemblées de département (non encore créées) les difficultés qui tiennent à des circonstances locales, ce sont ces assemblées qui prononceront sur toutes les questions survenues à cet égard ou qui pourront survenir : les Commissaires du Roi n'en pourront connaître sous aucun prétexte ». (Décret du 29 mars 1790 (*P.-verb. de l'Ass. nationale*).

Lecture de lettres-patentes.

Mandats.

Au B. de Montivilliers : renvoi d'une protestation faite par plusieurs habitants de la paroisse de S¹-Romain de Colbosc[1] contre la nomination du maire et des officiers municipaux.

14 février 1790.

Présents : les mêmes.

Aux officiers municipaux de Louviers. — La Cᵒⁿ leur marque sa surprise de ce qu'ils ne se sont pas concertés avec le B. d'Andely sur les travaux de leur atelier de charité ; on ne leur enverra aucun fonds[2].

A l'ingénieur du département d'Andely : demande d'explications sur sa conduite ; ordre de suspendre les travaux commencés sur une route aux abords de Louviers. (Copie pour M. Lamandé).

Circulaire aux B. « pour les engager à mettre la plus grande célérité à remplir les états qui leur sont adressés de la part du comité ecclésiastique relativement aux désignations et estimations des biens et revenus ecclésiastiques de toute nature ».

A Necker « relativement au recouvrement des rôles des Vingtièmes[3] que la Cᵒⁿ a cru devoir faire faire par les syndics ordinaires pour accélérer ce travail. — On observe en outre à ce ministre que s'il adopte le parti de M. le C. G. le recouvrement sera très lent à se faire, et qu'en outre aucune loi n'oblige les collecteurs des tailles à l'être des Vingtièmes ».

1. S¹-Romain-de-Colbosc, él. de Montivilliers ; ch.-l. de c., arr. du Havre.

2. Cet exemple montre avec quelle rigueur la Commission entendait jusqu'au bout maintenir ses prérogatives.

3. Le C. G. avait encore envoyé le 11 une lettre pour faire connaître à la Commission que les rôles des Vingtièmes devaient être recouvrés par les collecteurs des impositions ordinaires et non par des collecteurs particuliers ; celle-ci était d'un autre avis.

Au président de l'Assemblée Nationale : « Envoi de la copie d'une lettre adressée par le B. de Neufchâtel relativement aux querelles qui résultent de la formation des nouvelles municipalités ».

Au B. de Rouen : faire assigner devant l'intendant les officiers de la verderie des Préaux qui s'opposent à l'extraction du caillou qui doit être pris dans le bois des Préaux pour faire une portion de route.

Lettres à écrire.

Au B. d'Andely : distribution de fonds de charité pour plusieurs paroisses.

18 février 1790.

A Necker (Copie d'une lettre au président de l'Assemblée nationale) : « On observe au ministre qu'il est du plus grand intérêt de former promptement les corps qui doivent avoir autorité sur les assemblées municipales, tant pour empêcher les abus d'autorité auxquels les nouveaux corps municipaux commencent à se livrer, que pour poursuivre le recouvrement des impôts et arrêter les entreprises de communauté à communauté [1] ».

Circulaire aux B. « pour les engager à faire l'état des requêtes qui leur seront adressées par les ci-devant privilégiés sur les impositions des six derniers mois de 1789 afin de faciliter leurs avis ».

---

1. « Notre pouvoir est détruit du moment que les nouvelles municipalités sont formées... A présent qu'il se forme une organisation nouvelle dans laquelle les départements nous remplacent, les municipalités ne reconnaîtront qu'eux et n'obéiront vraisemblablement pas à une administration qui va se détruire et à laquelle l'Assemblée nationale n'a même pas accordé une autorité provisoire. C'est donc avec vérité, M., que nous pouvons représenter que nous sommes sans force : 1° pour terminer les contestations auxquelles la formation des nouvelles municipalités donne lieu ; 2° pour empêcher les actes d'autorité auxquels nous voyons les nouveaux corps municipaux commencer à se livrer ; 3° pour poursuivre le recouvrement des impositions ; 4° pour arrêter les entreprises de communauté à communauté ; 5° pour maintenir la police dans les paroisses ; 6° pour mettre un terme à l'anarchie municipale qui s'établira avec d'autant plus de facilité que partout le sentiment de l'intérêt personnel dominera, et peut-être aux dépens de l'intérêt public. «(*Reg. corr.*)

Autre circulaire : états à fournir pour indemnités de terrains.

Mandats.

Arrêté d'écrire :

Aux officiers municipaux du Hâvre, qui se plaignent de l'augmentation des impôts.

Au Bureau des Finances : le B. de Rouen sera en mesure de commencer ses opérations pour le département de 1790, le 24 de ce mois.

Lettres à écrire : renvoi de requêtes, mandats, etc.

20 février 1790.

Présents : les mêmes.

Au C. G. : envoi de requêtes.

Lecture de lettres-patentes du 5 février : sur la déclaration des possesseurs de bénéfices et pensions ecclésiastiques quelconques [1].

Au B. d'Andely : affaire des ateliers de charité de Louviers. « On observe aux officiers municipaux que, quand même la C^{on} pourrait permettre de continuer les travaux de cette route, elle en serait empêchée par rapport aux indemnités, à moins que les mêmes officiers ne se soient arrangés avec les propriétaires ».

Au B. de Montivilliers, approuvant la conduite qu'il se propose de tenir : recommencer un département des impositions de 1790.

Lettres à écrire aux bureaux : renvoi de requêtes, envoi de rôles d'imposition rendus exécutoires.

24 février 1790.

Présents : MM. de Goyon, de St-Gervais, Gueudry, d'Herbouville.

Au C. G. : envoi de pièces de procédure au sujet d'une

---

1. Les lettres-patentes du 18 novembre 1789 avaient prescrit que tous titulaires de bénéfices seraient tenus de faire dans deux mois la déclaration de tous les biens dépendant desdits bénéfices; celles du 25 janvier avaient prorogé ce délai jusqu'au 1er mars.

extraction de caillou. On le prie de faire rendre un arrêt
par le Conseil pour que de pareilles affaires ne soient pas
portées devant les juges à qui la connaissance n'en appartient pas « mais bien devant M. l'intendant qui seul peut
en connaître[1] ».

Au même : envoi de pièces de comptabilité.

Aux Bureaux : affaires diverses.

Lettres à écrire : demande et réponses.

25 février 1790.

Présents : les mêmes.

Lecture et transcription de lettres-patentes.

Au C. G. : envoi d'une requête des ci-devant privilégiés de la ville de Vernon.

Au même : envoi d'un état comparatif des récoltes de
1788 et 1789, et d'une collection de feuilles d'assiette.

Circulaire aux B., retirer tous les mandats de cantonniers qui se trouvent aux mains des receveurs.

Annulation du rôle des ci-devant privilégiés de la paroisse
de Lisors[2], délibération sur requêtes de contribuables.

Arrêté : qu'il sera fait une circulaire pour les dép[ts] relativement à la forme à suivre pour les instructions des
requêtes des ci-devant privilégiés sur leurs impositions
aux rôles des six derniers mois de 1789.

Lettres à écrire.

A divers Bureaux : direction d'une route, casernement,
impositions de 1790.

Au B. de Pont-l'Evêque. Lui marquer « que la C[on] n'a
pas le droit de forcer des propriétaires à céder leurs terrains sans indemnité[3] pour achever l'embranchement
partant de la route de Pont-l'Evêque à Caen, et qu'il n'y

---

1. La C[on], dans ces sortes d'affaires, a constamment préféré la juridiction
contentieuse de l'intendant à celle des juges ordinaires.

2. Lisors, él. de Lyons; c. de Lyons, arr. des Andelys.

3. Sur ces indemnités, voir la *Notice*.

a que l'intérêt public qui puisse les exciter à en faire le sacrifice ».

A l'intendant : envoi de 4 rôles de l'imposition en rachat de corvée sur la communauté des gantiers, année 1788, et de 3 paroisses rurales, année 1789.

2 mars 1790.

Présents : les mêmes.

Lecture, transcription, envoi de copie des lettres-patentes du 12 février 1790 sur un décret de l'Assemblée nationale du 8 février concernant les contributions à répartir sur les habitants de la ville de Rouen pour le soulagement des ouvriers [1].

Au B. de Caudebec, au sujet d'une portion de route non adjugée : s'en occuper sans délai.

Aux officiers municipaux d'Ecouis [2] « en réponse à la leur, par laquelle ils annoncent à la C[on] la soumission de 11 citoyens de payer aux époques fixées par le décret de l'Assemblée nationale la somme de 2.110 L., avec la clause de renonciation au remboursement. On remercie MM. les officiers municipaux et on les prie en même temps de remplir sans délai les formalités prescrites par l'instruction qui leur a été écrite sur cet objet ».

A MM. des municipalités d'Elbeuf et de Pont-de-l'Arche, « pour les prévenir que M. Paulmier, commissaire du roi, chargé par l'Assemblée nationale de rétablir les perceptions publiques, doit se rendre en ces villes vendredi matin ».

1. L'ancienne municipalité avait demandé l'autorisation d'établir un supplément à la capitation pour remédier à la misère des ouvriers. L'Assemblée l'ajourna « jusqu'à ce que la commune eût fait connaître son vœu » (Procès-verbal des 2 et 7 janvier 1790). Le 8 février fut rendu un décret autorisant la ville à asseoir sur ses citoyens qui paient 3 livres et plus de capitation une imposition extraordinaire pour le soulagement des pauvres ouvriers (Procès-verbal, 8 février). Elle était égale aux trois quarts de la capitation de 1789 et payable en trois termes : janvier, février, mars.

2. Écouis, él. d'Andely ; c. de Fleury-sur-Andelle, arr. des Andelys.

Lettres à écrire.

Au B. d'Arques : renvoi d'une requête.

Au même : « le prier d'apporter une plus grande activité pour faire sans délai le département des impositions de 1790, et lui marquer combien la C^on est surprise de ce qu'il n'ait point encore indiqué le jour où il pourra s'occuper de ce département. »

Au même : annulation de l'élection d'un secrétaire de municipalité.

Au B. de Rouen : approbation d'un projet de lettre aux municipalités.

Au B. de Neufchâtel. — Envoi d'une ordonnance de la C^on souscrite du visa de l'intendant « autorisant une imposition de 360 L. sur les habitants d'Eu pour numéroter les maisons et mettre le nom des rues ».

Aux B. de Gisors et de Pont-Audemer ; ordonnances autorisant des impositions locales.

4 mars 1790.

Présents : les mêmes.

Au B. de Rouen : envoi de requêtes… Les habitants de Pont-Saint-Pierre réclament la réunion des deux paroisses de ce bourg en une seule municipalité ; avis défavorable.

Au même, sur des irrégularités dans la formation d'une municipalité (la Neuville Champ-d'Oisel).

Aux B. de Gisors et de Pont-Audemer, sur la constitution de quelques municipalités. Réponses à des questions posées.

Aux B. de Pont-l'Évêque et d'Arques : renvoi de requêtes, devis d'ouvrages neufs, adjudications.

Mandats.

A M. de Villemont « relativement à deux cavaliers de

---

1. Pont-Saint-Pierre, él. de Rouen, comptait deux paroisses : St-Nicolas et Saint-Pierre. Le nom actuel de la commune est St-Nicolas de Pont-Saint-Pierre, c. de Fleury-sur-Andelle, arr. des Andelys.

la maréchaussée de Cany[1] qui se sont mêlés de la formation de la municipalité d'Ectot et y ont apporté le
désordre »

Lettres à écrire.

A l'intendant : envoi de plusieurs rôles en rachat de
corvée pour être rendus exécutoires.

Lecture, transcription, envoi des lettres-patentes adressées à la C^{on} par M. de St-Priest sur un décret de l'Assemblée nationale, portant que les faubourgs de Rouen
sont réunis à la ville[2].

A M. de St-Priest. Envoi de la délibération d'une municipalité » : faire constater l'état de démence d'un particulier, détenu au dépôt de mendicité de Rouen, pour que sa
détention soit continuée ».

8 mars 1790.

Présents : les mêmes :

Au C. G., relativement aux impositions de 1790 pour la
ville de Rouen. La C^{on} joint ses sollicitations à celles du
B. I[3].

Lecture, transcription, envoi de lettres-patentes sur divers
décrets de l'Assemblée.

Circulaire aux Bureaux, relativement à des pièces de
comptabilité.

Au B. de Neufchâtel : approbation d'une délibération de
ce B. sur la formation d'une nouvelle municipalité (Morvilliers)[2].

Lettres à écrire :

---

1. Cany, él. de Caudebec ; ch.-l. de c., arr. d'Yvetot.
2. Décret du 20 février 1790 (*Procès-verbal de l'Ass. nat.*).
3. La C^{on} réitérait ses instances en faveur de la ville de Rouen, victime
de la surcharge imposée à l'Élection (voir plus haut). Elle demandait qu'il
lui fût fait une remise de 80.000 livres et terminait par cette déclaration
très nette : « Le Bureau se refuse donc à faire le département aux termes
de la commission. Veuillez, d'après cette déclaration, aviser aux moyens
que vous trouverez le plus convenables pour que l'intérêt public n'en
souffre pas. » (*Reg. corr.*)

A divers B., renvoi de requêtes, rôles, mandats, etc.

Ordre à l'ancienne municipalité de Belleville de remettre ses papiers à la nouvelle.

11 mars 1790.

Présents : les mêmes.

A M. de la Millière : devis d'entretien des chaussées en pavé pendant l'année 1790.

Au B. de Caudebec. « Envoi du procès-verbal de nomination du maire, des membres, du procureur de la Commune et des notables qui doivent composer la nouvelle municipalité d'Ectot[1], avec les pièces jointes relativement aux difficultés que forme le s[r] Emo, ancien syndic.

Au même : Envoi de la requête d'opposition que forme M. le curé de Neville[2] à l'élection des officiers municipaux et notables de sa paroisse : prière de vérifier les faits.

Au B. de Rouen. Prière de faire nommer un trésorier ou collecteur pour le recouvrement des Vingtièmes dans la paroisse de Mesnil-Enard[3].

Approbation de la nomination d'un sieur Coignard pour faire fonctions de maire à St-Pierre le Viger[4].

Au B. de Gisors : adjudication de travaux : impositions de 1790.

Mandats :

Lettre à écrire :

A divers bureaux : requêtes de particuliers et de communautés ; extraction de caillou.

Au B. de Rouen, à l'intendant : casernement.

1. Voir séance du 26 août 1788.
2. Neville, él. de Caudebec ; c. de St-Valery, arr. d'Yvetot.
3. Mesnil-Esnard (le), él. de Rouen ; c. de Boos, arr. de Rouen.
4. Saint-Pierre-le-Viger, él. de Caudebec ; c. de Fontaine-le-Dun, arr. d'Yvetot.

15 mars 1790.

Au C. G. : pour le prier de procurer à la C^{on} les fonds disponibles pour les frais de service de 1790.

Au B. de Gisors. Réponse à des questions en matière d'impositions.

Au même, « relativement à la formation des nouvelles municipalités et à la manière de lever les difficultés qui naissent pour faire remettre les papiers par les anciennes municipalités aux nouvelles ».

Au même. Sur le remplacement du secrétaire de ce département.

Au B. d'Andely. Renvoi d'une requête des officiers municipaux de la paroisse d'Ailly [1] demandant une diminution sur l'imposition principale.

Au B. de Pont-Audemer : renvoi d'un mémoire, de requêtes de municipalités.

Au B. de Rouen : renvoi d'une requête de la nouvelle municipalité de Roumare [2].

Au même : renvoi du procès-verbal de nomination du maire et des membres de la municipalité de Fleury. — Il sera convoqué une nouvelle assemblée pour continuer l'élection des notables de cette paroisse.

Délibéré : « la C^{on} arrête que la nomination des membres composant la nouvelle municipalité de la paroisse de Crosville sur Scie [3] est régulière ».

18 mars 1790.

Présents : les mêmes.

« Ont été annoncés MM. Le Boullenger [4], lieutenant-

1. Ailly, él. de Pont-de-l'Arche ; — c. de Gaillon, arr. des Andelys.
2. Roumare, él. de Rouen ; c. de Maromme. arr. de Rouen.
3. Crosville-sur-Scie, él. de Caudebec ; c. de Longueville, arr. de Dieppe.
4. Boullenger (Louis-Charles-Alexandre), né le 26 février 1759, lieutenant-général au bailliage de Rouen, présida en cette qualité les opérations élec-

général au bailliage, et Le Vavasseur[1], ancien juge-consul, lesquels étant entrés ont, ainsi que M. le Mis d'Herbouville P. S. P. présenté trois commissions du Roi dont la teneur suit :

« Louis, par la grâce, de Dieu etc., à notre amé le sieur marquis d'Herbouville, salut : voulant pourvoir à ce que les départements et districts du royaume, ainsi que les municipalités, soient incessamment formés et établis de la manière la plus conforme aux décrets de l'Assemblée Nationale... nous croyons devoir nommer des commissaires qui méritent toute notre confiance et celle des Provinces pour veiller sur ces opérations importantes, les diriger et les accélérer. A ces causes... Nous vous nommons commettons et députons pour, avec les sieurs Le Boullenger, lieutenant-général du Bailliage, et Le Vavasseur, ancien juge-consul,... prendre sans délai toutes les mesures et faire toutes les dispositions nécessaires pour l'établissement et la formation du dép^t de la Seine-Inférieure et des districts dépendant dudit dép^t, faire et convoquer les assemblées pour les élections, faire remplir toutes les conditions et formalités prescrites par les décrets de l'Assemblée Nationale, veiller sur toutes les opérations, décider provisoirement toutes les difficultés qui pourraient s'élever sur lesdites formation et établissement... comme aussi de décider provisoirement toutes les difficultés relativement à l'organisation et à l'établissement des nouvelles municipalités, agir et prononcer sur le tout conjointement avec lesdits sieurs Le Boullenger et Le Vavasseur à la pluralité des

---

torales en avril 1789 (cf. Lebègue, *Thouret*, chap. VIII), commissaire du Roi, puis élu membre de l'administration départementale et président du tribunal de district (1790), député à la Législative (1791), emprisonné (1793), membre du Conseil général de la Seine-Inférieure (1800), vice-président du tribunal civil (1802), président (1805), baron 1821, mort 1823.

1. Le Vavasseur (C. J.-A.), né à Rouen en 1723, d'une famille de commerçants, écuyer, ancien juge-consul, ancien échevin, commissaire du Roi, puis élu membre de l'administration départementale (1790), président du tribunal de commerce (1792), sénateur (1800), mort en 1802.

voix ou chacun séparément... le tout en vous conformant à l'Instruction arrêtée par l'Assemblée Nationale et de nous approuvée, à la charge de nous rendre compte de l'exécution des présentes, notamment des objets sur lesquels vous jugerez qu'il sera nécessaire de prendre nos ordres. A l'effet de quoi nous vous donnons tout pouvoir et autorité nécessaires.

Mandons à tous les corps administratifs, municipalités et officiers civils... qu'ils aient à vous reconnaître et à vous départir toute assistance. En foi de quoi nous avons signé... le 16ᵉ jour de mars, l'an de grâce 1790, et de notre règne le seizième. Louis. »

M. le Mⁱˢ d'Herbouville, ayant ensuite exposé que l'objet pour lequel MM. Le Boullenger et Le Vavasseur se présentaient était non-seulement de faire reconnaître leur titre de commissaires de S. M., mais encore d'engager ladite Cᵒⁿ à instruire les B. I., afin qu'ils veuillent bien continuer d'instruire les requêtes et les leur faire parvenir sous son adresse, ainsi que la correspondance qui aura lieu sur les mêmes objets.

La Cᵒⁿ, délibérant sur ladite représentation, a consenti de donner à MM. d'Herbouville, le Boullenger et Le Vavasseur commissaires... tous les renseignements et toutes les facilités qu'ils peuvent désirer, et en conséquence d'écrire aux B. I. pour les prévenir de ladite nomination.

Circulaire aux B. I. pour leur rappeler les demandes que la Cᵒⁿ a déjà faites de l'état de répartition du moins-imposé de 1789.

Au B. de Caudebec, au sujet de la collecte de 1790.

Au B. de Pont-Audemer : accusé de réception d'un projet de circulaire sur la répartition du moins-imposé. On lui annonce en même temps « que la Cᵒⁿ ne fera pas imprimer ledit projet de lettre, parce qu'on ne peut compter sur le moins-imposé de 1790 dont il est fait mention dans cette lettre circulaire.

A divers Bureaux : renvoi de requêtes. Mandats. Eclair-
cissements sur les impositions.

Lettres à écrire :

« Envoi de la copie collationnée de lettres-patentes sur
le décret de l'Assemblée Nationale du 8 février concernant
la contribution à répartir sur les habitants de la ville de
Rouen pour le soulagement des ouvriers de cette ville [1] ».

20 mars 1790.

Présents : les mêmes.

A M. de St-Priest : envoi d'une requête d'un particulier.

Circulaire aux bureaux, leur faisant connaître la nomination des commissaires du Roi.

Au B. d'Arques. « Envoi d'une copie de la délibération
du corps municipal de la ville de Dieppe, du 15 de ce mois,
relativement à une distribution clandestine de différents
arrêtés du Bureau des travaux et des subsistances de la
ville de Paris, faite à l'aide des paquets de ce Bureau dans
les différentes paroisses de ce dép^t. On prie ce B. de prendre
des renseignements sur cet abus, et de mettre la C^{on} à
portée de le réprimer, de manière qu'il ne puisse plus avoir
lieu ».

Lettre à écrire :

A divers bureaux : envoi de certificats, mandats.

A Necker : « sur la nécessité d'approvisionner de blés
la Haute-Normandie [2]. On lui propose en même temps de

---

1. *Procès-verbal de l'Ass. nat.* 8 février 1790.

2. La C^{on} rappelait à Necker sa lettre du 6 mars 1789 : elle devait, aux
termes de cette lettre, se concerter avec l'intendant relativement à toutes
les démarches qui pourraient avoir pour objet de maintenir le bon ordre
et la tranquillité. Or, depuis, l'administration des grains avait été confiée
aux municipalités. « Le moment est arrivé où les secours du gouvernement
sont nécessaires, si l'on veut éviter de voir se renouveler les scènes
affreuses de 1789. » La récolte est mauvaise. Les laboureurs ont tout porté
aux halles. L'approvisionnement de la ville de Rouen durera jusqu'à la
mi-mai. L'intendant a abandonné cette partie de son administration dès
l'année dernière. « Nous avons besoin d'administration comme nous
avons besoin de blé. » La C^{on} proposait de confier ce soin aux grandes
villes, Rouen, Dieppe, le Havre, Honfleur, Caudebec (*Reg. corr.*).

confier cette administration aux municipalités des grandes
villes et de déterminer les arrondissements qu'elles doivent
avoir pour éviter les transports et les retours ».

24 mars 1790.

Présents : les mêmes.

Lecture des lettres-patentes du 4 de ce mois, adressées
à la C^{on} le 21 sur les décrets de l'Assemblée Nationale des
15 janvier, 16 et 26 février 1790 qui ordonnent la division
du royaume en 83 départements[1]. Transcription et envoi
ordonnés.

Au C. G., « relativement au refus que font quelques
municipalités de faire leurs rôles des impositions de 1790,
et à l'impuissance où l'on est de pouvoir forcer les collecteurs désignés de faire la collecte, ces derniers n'en étant
pas chargés ».

A divers bureaux : renvoi de lettres, d'ordonnances
finales.

Au B. de Gisors, « relativement au refus d'un collecteur
de la paroisse de Civières[2], de percevoir les impositions de
1790 jusqu'à ce que son rôle soit exécutoire, et à la prétention des officiers municipaux de cette paroisse qui disent
que le rôle ne peut être fait avant deux mois. On prie le
Bureau d'enjoindre à cette municipalité de faire son rôle
sous huit jours et d'en informer la C^{on} si elle refuse ».

Au B. de Rouen, sur sa demande de diminution d'impôts.

Mandats :

Lettres à écrire :

Au B. de Caudebec. Renvoi d'un mémoire des habitants
de Bosville[3] : prix excessif du blé ; demande de secours.

1. Collection générale des décrets II.
2. Civières, él. de Gisors ; c. d'Ecos, arr. des Andelys.
3. Bosville, él. de Caudebec ; c. de Cany, arr. d'Yvetot.

27 mars 1790.

Présents : les mêmes.

A Necker, « relativement à la nécessité de pourvoir aux subsistances de la Normandie et particulièrement du pays de Caux où les habitants veulent contraindre les laboureurs de ne plus porter de blé aux halles, dans la crainte d'en manquer dans leurs paroisses[1] ».

Au C. G. Envoi de la lettre de la maîtrise des forêts de Clermont en Beauvaisis (difficulté au sujet du tracé d'une route à travers bois).

Au même : accusé de réception d'imprimés d'une instruction relative à la confection des rôles de 1790. « Les recouvrements deviennent très difficiles ».

Rejet d'une requête des habitants d'Épreville[2] en décharge d'imposition. Injonction de procéder sans retard à la confection du rôle.

Au B. d'Arques. Affaires locales ; défense à la municipalité d'Auppegard[3] de se servir d'un bâtiment appartenant à la fabrique pour y tenir des assemblées.

Au B. de Caudebec, « relativement à plusieurs municipalités qui diffèrent ou refusent de faire la rédaction de leurs rôles d'imposition de 1790, sous prétexte qu'elles ont perdu l'impôt de beaucoup de terres. Leur faire connaître que cela ne doit point les arrêter et qu'elles doivent provisoirement faire le recouvrement de l'impôt ».

Lettres à écrire :

A divers bureaux : renvoi de requêtes, envoi de rôles d'imposition en rachat de corvée.

---

1. Dans sa lettre, la Cᵒⁿ prévenait le ministre que des insurrections étaient à craindre si le gouvernement n'avait pas, avant un mois, assuré les subsistances jusqu'à la récolte. Elle demandait que la municipalité de Rouen fût autorisée à faire des achats à l'étranger, le prix du blé ayant baissé à Hambourg et à Amsterdam (*Reg. corr.*).

2. Épreville, él. de Montivilliers ; c. de Fécamp, arr. du Havre.

3. Auppegard, él. d'Arques ; c. de Bacqueville, arr. de Dieppe.

Circulaire, accompagnant un exemplaire de l'instruction du roi sur la confection des rôles de 1790, afin de les mettre en état de répondre aux municipalités qui pourront les consulter.

Autre circulaire, accompagnant le devis des entretiens de chaussées pour passer les adjudications.

1er avril 1790.

Présents : les mêmes.

Circulaire aux bureaux : envoi du toisé des terres, masures et bâtiments qui seront pris pour la confection des parties de routes faites et à faire sur les fonds de 1788 et 1789.

A divers bureaux : renvoi de requêtes, accusés de réception, mandats.

Lettres à écrire :

Au B. de Rouen : envoi des rôles d'imposition en rachat de corvée 1788 et 1789.

Au B. de Pont-Audemer. « Si la municipalité du Bourg de Routot[1] se croit suffisamment autorisée pour fixer le prix du blé, elle peut agir en conséquence de son propre mouvement, mais non pas sous l'autorisation de la C. I. ».

Aux officiers municipaux de Neufchâtel, relativement au pavage de la place et de la poissonnerie. — C'est au B. de Neufchâtel d'autoriser les réparations et d'ordonner l'adjudication.

« Il a été ensuite arrêté qu'il serait écrit au B. d'Arques relativement à des écrits propres à jeter l'alarme et à disposer les esprits à la fermentation, et dont la distribution s'est faite dans ce dép¹, pour le prier de redoubler de zèle et d'activité pour tâcher de découvrir les auteurs de pareils écrits semés sous l'anonyme, afin de sévir rigoureusement et d'en arrêter les suites ».

1. Routot, él. de Pont-Audemer ; ch.-l, de c., arr. de Pont-Audemer.

3 avril 1790.

Présents : les mêmes.

Lecture des lettres-patentes du 31 mars, sur le décret du 17 : aliénation à la municipalité de Paris et à celles du royaume de 400 millions de biens domaniaux et ecclésiastiques.

Au C. G. « pour le remercier de l'espérance qu'il donne de contribuer à rendre à l'Élection et à la ville de Rouen la justice qui leur est due et qu'on ne leur rendait pas suivant la commission envoyée pour imposer. On prie en même temps le Ministre d'appliquer en entier au soulagement de l'Élection de Rouen, le montant du moins-imposé de 1789 qui s'élève à 27.000 L. et qui deviendrait un faible objet à répartir sur 14 élections [1] ».

Au même, sur deux ordonnances de l'Intendant à la C^{on} sur les fonds variables et libres de la capitation, pour l'acquit des dépenses et frais d'administration.

A Parent de Chassy, président du comité des Domaines, « accusant réception de l'exemplaire par lui adressé à la C^{on} des renseignements demandés par ce comité aux Chambres des Comptes, Bureaux des Finances, etc. On lui marque, relativement à l'état des biens ecclésiastiques demandé par le comité des Domaines, que la C^{on} n'a reçu aucun renseignement à cet égard, ni qu'elle n'a été chargée d'en demander aux municipalités [2] ».

A divers Bureaux : affaires locales.

Lettres à écrire : au B. d'Évreux : autorisation d'imposer sur la ville de Nonancourt [3], une somme de 160 L. pour les gages de la maîtresse d'école.

Renvoi de requêtes et de mémoires ; envoi de mandats, rôles d'imposition.

---

1. Sur la manière dont fut réglée cette question difficile, voir la *Notice*.
2. Voir plus haut, séance du 14 février.
3. Nonancourt, él. d'Evreux ; ch.-l. de c., arr. d'Evreux.

8 avril 1790.

Présents : les mêmes.

Au C. G. « La C^{on} a pris le parti d'inviter le Directeur des Vingtièmes à lui fournir les feuilles de supplément qu'il pourrait avoir faites pour les vérifier, et ensuite les adresser à M. l'Intendant pour être rendues exécutoires, afin d'accélérer cette partie de service ».

Au même, accompagnant une lettre du B. de Caudebec, réclamant des secours pour les incendiés de Saint-Wandrille[1].

Au B. de Rouen : lettre de la municipalité de St-Jean du Cardonnay[2], au sujet d'un incendie.

Au même : devis et détails pour construction d'une route.

A la municipalité de Dieppe : mandats pour loyer de maisons ayant servi de casernements.

A la municipalité de Civières « félicitations pour avoir apporté, avant que le rôle de sa paroisse fût rendu exécutoire, le premier quartier de ses impositions à la recette des tailles de l'Élection ».

Lettres à écrire :

Renvoi de requêtes, demande d'états de situation ; mandats ; rôles de capitation et de prestation des chemins de 1789.

12 avril 1790.

Présents : les mêmes.

Au B. d'Andely. La municipalité de St-Aubin en Bray[3] ne peut obtenir de l'ancien syndic la remise des registres de cette municipalité. On prie le B. de faire connaître à ce

---

1. Saint-Wandrille, él. de Caudebec ; c. de Caudebec., arr. d'Yvetot.
2. Saint-Jean-du Cardonnay, él. de Rouen ; c. de Maromme, arr. de Rouen.
3. St-Aubin en-Bray, él. d'Andely ; c. du Coudray, arr. de Beauvais.

syndic que son refus n'est pas fondé et qu'il s'expose à des poursuites désagréables de la part de la nouvelle municipalité à laquelle il doit compte de sa gestion ».

Aux B. d'Arques et de Gisors : adjudications.

Lettres à écrire :

Au B. de Pont-l'Évêque : relativement à la capitation du sieur Joubert, receveur domanial du duc d'Orléans.

Au B. de Montivilliers : relativement à un collecteur que les habitants d'une paroisse veulent destituer sous prétexte qu'il n'est pas assez solvable. — Renseignements et avis demandés.

A divers : envoi de rôles d'imposition en rachat de corvée 1789 rendus exécutoires.

14 avril 1790.

Présents : les mêmes.

Lecture de lettres-patentes, et de la proclamation du 30 mars sur le décret du 29 concernant les pouvoirs des commissaires nommés par S. M. pour la formation des assemblées primaires et administratives [1].

Au B. de Caudebec : sur une omission commise.

15 avril 1790.

Présents : MM. de Goyon, Gueudry, d'Herbouville.

Lecture de lettres-patentes.

Au Président de l'Assemblée Nationale, envoi d'un mémoire des dames religieuses hospitalières de la Miséricorde de Jésus, établies à Dieppe.

A Necker. « On lui marque que la C^on s'est empressée de donner à M. Anubert les renseignements nécessaires pour approvisionner cette province de grains. On le prie en même temps de faire établir à Caudebec et à St-Valery

---

1. Le décret du 29 mars restreignait sensiblement les pouvoirs accordés tout d'abord aux commissaires du roi (*Procès-verbal de l'Ass. nat.*).

des magasins pour la plus grande commodité du pays de Caux [1] ».

Au même « relativement au retard apporté dans le recouvrement des impositions ordinaires de 1790. On observe à ce Ministre qu'il serait contraire au bien du recouvrement de retirer des mains des anciens syndics les rôles des Vingtièmes, puisqu'ils ont fait des avances à la recette des impositions. On lui adresse à ce sujet deux lettres, l'une de Pont-Audemer, l'autre de Pont-l'Évêque ».

Même lettre au C. G.

Au B. d'Andely : envoi d'une requête du procureur de la commune de Venable [2].

Au B. de Pont-l'Évêque « relativement aux impositions de 1790 dont le recouvrement doit être fait par les collecteurs. On observe par cette lettre à ce B. que, quant aux syndics qui se trouvent en ce moment chargés des rôles des Vingtièmes, ils peuvent continuer cette opération, et si quelques collecteurs veulent s'en emparer, ceux-ci doivent être tenus de rembourser les avances que les premiers auront faites à la recette sur les rôles de 1790 »...

Mandats.

Lettres à écrire :

Au B. de Neufchâtel : relativement à la réunion des faubourgs à la ville d'Eu.

A divers Bureaux : rôles d'imposition, ordonnances finales.

18 avril 1790.

Présents : les mêmes.

A MM. du Comité ecclésiastique. — Lettre accompagnant une copie d'une délibération de la municipalité de Prestot [3], sur le réquisitoire du procureur du roi de la

---

1. St-Valery-en-Caux. él. de Caudebec ; ch. l. de c., arr. d'Yvetot.

2. Venable, él. d'Andely ; c. de Gaillon, arr. des d'Andelys.

3. Prestot, él. de Caudebec ; aujourd'hui Pretot-Vicquemare ; — c. de Doudeville, arr. d'Yvetot.

commune, relativement à des pièces de terre appartenant aux religieux feuillants d'Ouville[1] restées incultes et exposées à des déprédations. »

Lecture de lettres-patentes sur décrets de l'Assemblée Nationale des 18 et 22 mars.

Au C. G. : envoi de 5 rôles d'assiette des impositions 1790. Aux B. de Caudebec et de Gisors : procès-verbal, renvoi d'une délibération de paroisse.

Au B. d'Évreux, relativement aux ateliers de charité de ce dép[t].

Au B. d'Arques, pour l'engager à faire de nouvelles recherches.

Même lettre aux officiers municipaux de Dieppe.

Au B. d'Andely. — Au sujet d'une somme de 1 466 L. réclamée par le curé de la paroisse de Tournedos[2].

Lettres à écrire.

...5° « prier le B. de Rouen (d'après le vœu qu'ont formé les municipalités de St-Pierre de Carville et de St-Ouen de Longpaon, de Darnetal, de se réunir) de comprendre dans un même rôle, sous la qualification de Bourg de Darnetal, les paroisses de Carville et de Longpaon. »

6° « Écrire à M. Le Vavasseur, député de la commnne de la ville de Rouen, pour le prier d'engager la municipalité de cette ville à faire délivrer à la commune de Luneray[3] la quantité de blé dont elle a besoin pour sa subsistance. »

Arrêté d'envoyer une circulaire aux receveurs particuliers des finances, « accompagnant des exemplaires de l'Instruction publiée par ordre du Roi sur la manière d'opérer les compensations de la moitié des quittances des décimes ou de capitation payées en 1789 ».

1. Ouville-l'Abbaye. él. de Caudebec ; — c. d'Yerville, arr. de Caudebec.
2. Tournedos, él. de Pont-de-l'Arche ; — c. de Pont-de-l'Arche, arr. de Louviers.
3. Luneray, él. d'Arques ; — c. de Bacqueville, arr. de Dieppe.

Envoi desdites circulaires aux bureaux.

Mandats.

Lettres au C. G. : on le prie de donner l'autorisation nécessaire pour la continuation des cours d'accouchement dans les dép[ts].

22 avril 1790.

Présents : les mêmes.

Circulaire aux bureaux « les engagant à procurer tous les renseignements qui dépendent d'eux aux contrôleurs des Vingtièmes qui pourraient en avoir besoin pour la deuxième partie des rôles des Vingtièmes de 1790. »

Lecture de lettres-patentes et de proclamation du roi.

Au B. de Neufchâtel : renvoi du procès-verbal dressé contre un entreprenenr de route par un des gardes de M. le duc de Montmorency pour extraction de pierres faite dans la forêt de Forges ».

Au B. de Pont-Audemer, relativement à la formation de la nouvelle municipalité de St-Jean de la Lequeraye[1]. — La C[on] a décidé que les pièces relatives à la formation de cette municipalité seront remises à MM. les commissaires du Roi. »

A la municipalité de Bradiancourt[2], près Gisors. — sur le montant de ses contributions.

Mandats. — Instructions au Directeur des Vingtièmes.

23 avril 1790.

Présents : les mêmes.

A M. de St-Priest « pour l'informer des troubles qui agitent le pays de Caux et pour le prier de contribuer à rétablir le calme dans le pays par des secours en blé et

1. St-Jean-de la-Lequeraye, él. de Pont-Audemer; — c. de St-Georges-du-Vièvre arr de Pont-Audemer.

2. Bradiancourt, él. de Lyons : — c. de Saint-Saens, arr. de Neufchâtel.

en y envoyant des détachements de troupes dans les endroits où il sera nécessaire. »

A Necker, sur le même sujet[1] « on le prie instamment de faire délivrer à ce pays du blé à 4 ou 5 sous, afin d'éviter des insurrections sans nombre. »

A M. de Guibert « pour le prier d'obtenir du ministre les ordres nécessaires afin d'envoyer dans le pays un détachement de dragons dont il est le lieutenant-colonel. »

A M. de la Potterie, président de l'élection de Pont-de-l'Arche, pour qu'il rende exécutoire le rôle de la paroisse de St-Pierre du Vauvray[2], quoiqu'il ne soit souscrit que de la signature du maire et de la lettre d'un officier municipal.

Au C. G. sur le retard apporté à la transmission des lois. « On représente encore à ce ministre que jusqu'à présent il n'a été remis aux B. I. aucun registre ni rôle concernant la contribution patriotique; qu'en conséquence la C^{on} n'a pu lui envoyer les bordereaux qu'il lui a demandés. »

1. La lettre à Necker est plus explicite que celle adressée à M. de Saint-Priest. « Le pays de Caux est depuis quelques jours dans un état de fermentation alarmant : le peuple attroupé a forcé les officiers municipaux de presque toutes les paroisses de lui fournir du blé au prix auquel il l'a fixé lui-même. Il a exigé plus, c'est que les municipalités s engageassent par écrit à le livrer au même prix jusqu'à la récolte. Ceux qui ont hésité à le faire ont été exposés aux plus grands dangers, Remarquez, M., que ce prix est environ à un tiers au-dessous de celui que le gouvernement a fixé pour la livraison de celui qu'il tire de l'étranger. Maintenant, de deux choses l'une : ou l'on enverra du blé du gouvernement et le peuple ne le paiera qu'à 4 L. ou au plus 5 L. le boisseau, au lieu de 6 ou 6 l. 10 s., et le gouvernement sera forcé de supporter la perte; ou bien l'on n'enverra pas de blé, et le pays dénué de moyens de subsister, sera le théâtre de toutes les insurrections et des excès qui les accompagnent. C'est à vous, M., à fixer le parti qu'il faut prendre. Nous insistons pour le premier, parce qu'après tout ce n'est qu'un sacrifice d'argent qu'il sera facile de réparer dans un temps plus heureux et que le pays de Caux manque absolument de denrées... Cette année est la seconde année consécutive de disette; nos malheureux habitants sont sans argent, sans habits, sans travail et sans pain; le prix du gouvernement, y compris les frais de transport, porte le prix du blé mesure du pays, à 36 L. tandis que le prix commun est entre 20 et 21. » En terminant, la Commission demandait l'envoi d'un détachement de cavalerie ou de dragons. (*Reg. corr.*)

2. Saint-Pierre-du-Vauvray, él. de Pont-de-l'Arche ; — c. et arr. de Louviers.

Arrêté d'écrire.

Au B. de Neufchâtel : « les bois de Gaillefontaine[1] âgés de 36 à 37 ans, sont-ils bois-taillis et imposables chaque année? »

A MM. du Comité de Constitution « relativement au retard que l'on apporte à envoyer à la C^{on} les décrets de l'Assemblée Nationale, ce qui discrédite singulièrement les nouvelles lois dans l'opinion publique, vu qu'elles sont presque toujours publiées par les autres tribunaux, sans être mises à exécution[2]. »

Au président de l'Assemblée Nationale : envoi d'un mémoire de plusieurs municipalités du pays de Caux, relatif à la mendicité et à la nécessité pressante d'y remédier.

Arrêté « par lequel la C^{on}, vu les instructions qui lui ont été données, et les plaintes qui lui ont été faites relativement à l'insubordination qui règne dans le pays de Caux, a requis M. de Villemont, prévôt général de la maréchaussée, d'envoyer un nombre suffisant de cavaliers dans les différents endroits de ce pays, comme Luneray, la Gaillarde[3], le Bourg-Dun[4], à l'effet d'y maintenir l'ordre des halles et la tranquillité publique ».

Aux maire et officiers municipaux de Gisors, sollicitant un atelier de charité. — Il n'existe aucun fonds disponible.

Circulaire aux bureaux. — Envoi d'une lettre du Con-

---

1. Gaillefontaine él. de Neufchâtel ; — c. de Forges, arr. de Neufchâtel.

2. « Nous ne les recevons (les décrets) que quelquefois environ un mois après leur sanction : presque toujours les tribunaux les ont avant nous .. Nous avons reçu récemment des représentations de plusieurs municipalités à cet égard : elles se plaignent surtout de n'avoir pas encore le décret du 20 mars qui leur attribue provisoirement l'exercice de la police administrative et contentieuse. Le retard du décret se fait sentir de la façon la plus pénible, surtout à Rouen, où il existe un conflit avec les anciens corps judiciaires qui doit vous être dénoncé par le corps municipal. Nous vous prions instamment, MM., de vouloir bien porter l'attention de l'Assemblée sur cet objet... » (*Reg. corr.*)

3. La Gaillarde, él. d'Arques ; — c. de Fontaine-le-Dun, arr. d'Yvetot.

4. Le Bourg-Dun, él. d'Arques ; — c. d'Offranville, arr. de Dieppe.

trôleur G^{al} du 23, expliquant l'art. 7 de l'Instruction de
S. M. du 21 mars dernier relativement au recouvrement
des Vingtièmes.

Lettres à écrire.

Aux bureaux : envoi de mandats, rôles de répartition,
devis estimatifs.

A l'intendant : envoi de rôles d'imposition en rachat de
corvée, dont 2 de 1788.

27 avril 1790.

A Necker. — Copie d'un acte signé par les habitants de
plusieurs paroisses de l'élection d'Arques « par lequel ils
ont arrêté que les laboureurs du canton de la paroisse du
Thil[1] seront tenus de leur fournir du blé à 4 L. le boisseau de choix, mesure du lieu, et l'autre à 3 L., le seigle
et l'orge à 40 sous[2]. »

A M. de la Millière, accompagnant le projet d'état du
roi des fonds des ponts et chaussées pour 1790. On
observe que les 160.000 L. que M. Lamandé croit être
accordées ne suffiront pas pour satisfaire aux besoins les
plus urgents et qu'on sera obligé de différer la construction de plusieurs ponts. »

Au B. d'Arques : accusé de réception des lettres des
23 et 24 relatives aux insurrections qui se font dans certaines paroisses de ce dép^{t}[3]. La C^{on} a pris les mesures

---

1. Le Thil, él. d'Arques ; — c. de Bacqueville, arr. de Dieppe.
2. La lettre de la C^{on} donne ces détails empruntés à une lettre du Bureau
d'Arques du 24 « ... La crise est terrible ; la fermentation s'accroît, les esprits
s'échauffent, les maires des campagnes tremblent tous : la plupart donnent
leur démission ; on les menace enfin de les pendre aux arbres s'ils ne fournissent pas du blé à 4 et 3 L. le boisseau... Nous nous en rapportons à
votre sagesse pour régler le prix du blé. » En *post-scriptum* « ... Nous
apprenons encore par les officiers municipaux de Fierville et de St-Ouen-le-
Mauger que les habitants ne veulent point payer le blé au prix fixé par le
gouvernement et que même ceux de Fierville se disposent à refuser le
paiement de leurs impositions (*Reg. corr.*)
3. « Nous vous informons que le commandant de la province a dû recevoir des ordres pour faire marcher des détachements de cavalerie ou de
dragons dans les endroits nécessaires. » (*Reg. corr.*)

convenables pour l'envoi de cavaliers de maréchaussée à Bacqueville[1].

A M. Lamandé : accusé de réception de l'état du roi des fonds des ponts et chaussées. Motifs pour lesquels la C^{on} ne peut comprendre la dépense des salaires des conducteurs sur les fonds de la prestation des chemins.

Au B. de Montivilliers « s'entendre avec le subdélégué du Havre relativement au paiement du loyer des religieux d'Ingouville, ci-devant à usage de casernement, et à présent servant à emmagasiner le blé du gouvernement ».

Aux officiers municipaux de Dieppe, relativement à la fermentation qui a eu lieu dans leur canton à l'occasion des subsistances.

Au B. de Rouen : renvoi d'une signification faite à ce B. par un particulier relativement au paiement d'une indemnité. Procédure à suivre.

Lettres à écrire :

A divers B : envoi de requêtes, rôles d'impositions, ordonnances finales, mémoires.

29 avril 1790.

Présents : les mêmes.

Lecture de lettres-patentes, sur un décret relatif aux administrations de dép^t de district, et à l'exercice de la police, ainsi que d'une proclamation concernant la rédaction des comptes et la remise des pièces et papiers relatifs à l'administration de chaque dép^t par les anciens administrateurs aux nouveaux corps administratifs.

Lettre à M. Necker, « portée par un courrier extraordinaire, relative aux troubles qui agitent le pays de Caux, dans certains endroits, et surtout dans le dép^t d'Arques; pour le prier de donner des ordres pour que ce pays soit approvisionné de blé suffisamment, et qu'il y

1. Bacqueville, él. d'Arques : ch.-l. de c., arr. de Dieppe.

soit envoyé des troupes pour arrêter des insurrections qui pourraient avoir des suites funestes [1]. »

A M. Blondel, accompagnant une réclamation de la paroisse de Boissy-le-Bois, ainsi que le mémoire d'un particulier.

Au B. de Pont-l'Évêque : sur un transport de pavé.

Au B. de Gisors : sur une remise de 500 L. 5 s. 6 d. demandée par la commune de Neufmarché [2].

Lettres à écrire.

A divers bureaux : mandats pour salaires de cantonniers, renvoi de requêtes, délibérations, arrêtés relatifs à des particuliers.

2 mai 1790.

Présents : MM. de Goyon, de St-Gervais, Gueudry, d'Herbouville.

Au B. de Caudebec : « la C^on se plaint de la lenteur

1. La C^on rappelait sa lettre précédente, et constatait que, malgré les promesses faites, aucun détachement n'avait été mis en mouvement. Elle ajoutait : « Voici ce que veulent les séditeux : 1° l'engagement par les municipalités de fournir jusqu'à la récolte du blé à 4 L. le boisseau; 2° refus formel de payer celui du gouvernement à un prix plus élevé; 3° refus dans quelques paroisses et nommément à Luneray de r cevoir le blé du gouvernement; 4° le projet aussi de visiter les granges et les greniers des laboureurs et de piller leurs grains ; 5° défense positive de sortir du blé de l'étendue de chaque paroisse ; 6° menace de pendre ou d'égorger ceux des assemblées municipales qui n'obéiront pas aux désirs de ces insensés. L'effet de ces vo ontés impérieusement annoncées a déjà été une insurrection à St-Valery et dans les environs de Dieppe. et nous devons croire qu'elles seront trop tôt suivies par d'autres. Ce qu'il y a encore de plus condamnable dans ces mouvements, c'est qu'ils ne sont pas produits par les n cessiteux, mais par des gens aisés qui, accoutumés à la licence par l'habitude qu'ils ont contractée de mendier la nuit. ou par l'impunité de leurs excès de l'année dernière. essaient de s'y livrer de même cette année... Actuellement le mal gagne et s'approche de Rouen : Doudeville, Yerville, Ouville-l'Abbaye et toutes les paroisses qui les environnent ont été le théâtre de pareilles émeules. » (Reg. corr). Or, le même jour, 29 avril, l'Assemblée rendait un décret « sur les troubles qui ont eu lieu à Dieppe et pour assurer la libre circulation des grains » (Coll déc. II, 321). Le 1er mai la Commiss on a reçu la réponse de Necker à sa première lettre. Elle annonce que le commandant des troupes a reçu l'ordre de faire partir 150 dragons. Elle observe « qu'il faut une troupe dont les mouvements soient assez rapides pour se porter partout avec célérité; que la cavalerie en impose par sa seule présence, et que l'infanterie n'e fraie qu'en faisant feu. ce qu il faut éviter avec le plus grand soin. car il est sûrement dans vos principes, M., ainsi que dans le cœur du Roi. que l'on contienne les sujets égarés, mais que l'on évite d'user de rigueur » (Reg. corr., 1er mai).

2. Neufmarché, él. de Gisors ; c. de Gournay, arr. de Neufchâtel.

avec laquelle les décrets parviennent aux municipalités de ce dép¹ ». Prière de montrer plus de diligence.

Lecture des lettres-patentes adressées le 30 avril sur décret du 11 du même mois, autorisant la ville de Dax, ainsi que toutes les autres villes du royaume, à continuer de percevoir les droits d'octroi¹. Envoi de cette lettre aux officiers municipaux de la ville de Rouen.

A M. de S¹-Priest : accusé de réception de lettres patentes.

A la municipalité d'Eu. Lettre accompagnant le mandement de l'imposition de cette ville. Explication du retard apporté par le B. de Neufchâtel : l'opération du département était commencée, lorsque la décision du Comité de Constitution à cet égard est parvenue à ce dép².

Lettres à écrire.

Envoi de rôles d'imposition 1789, renvoi de requêtes, réponses, renseignements divers.

6 mai 1790.

Présents : MM. de Goyon, Gueudry, d'Herbouville.

Au C. G. « copie d'une lettre de la municipalité de S¹-Mars³ qui se plaint de ce que les officiers de l'élection de Pont-Audemer ont donné la main à des procédés vexatoires contre elle, relativement à des cotes comprises dans le rôle des impositions de cette paroisse ». Prière au Ministre de faire connaître sa décision.

Au B. de Gisors : le fermier d'un moulin est susceptible de la cote personnelle d'exploitation.

---

1. « L'Assemblée nationale délare que la ville de Dax, ainsi que toutes les autres villes du royaume sont autorisées à percevoir les droits d'octroi sans avoir besoin de lettres-patentes ni d'autres titres que le présent décret. » Les bureaux d'octroi à Rouen avaient été démolis dans les émeutes de juillet 1789. (*Coll. décrets* II, 372).

2. Le Comité de Constitution avait été saisi d'une demande de réunion de la ville d'Eu et de ses faubourgs, en mars 1790 (Arch. nat. D. IV 61).

3. S¹-Mards-sur-Risle, él. de Pont-Audemer ; c. et arr. de Pont-Audemer.

Au même : les adjudicataires des forêts du roi ne sont susceptibles que d'une cote personnelle, qui doit être prise en considération à raison du profit qu'ils sont censés faire. »

Rejet d'une requête des maire, officiers municipaux et notables de la paroisse de Bretteville[1], demandant la destitution d'un collecteur.

A M. de la Millière : projet d'état du roi des ouvrages à faire sur les fonds en prestation des chemins, année présente.

Mandats.

Lettres à écrire : renvoi de requêtes.

7 mai 1790.

Présents : les mêmes.

A Necker : relativement à la différence du prix du blé qui se vend au Hàvre et à celui que l'on vend à Rouen aux municipalités qui en ont besoin. On prie ce ministre de permettre qu'il n'y ait aucune différence, afin d'éviter les troubles qui pourraient en résulter. »

Au C. G. « pour le prier d'obtenir le plus tôt possible de S. M., et de l'adresser à la C[on], une approbation de la diminution des 80.000 L. accordée à la ville de Rouen, suivant la lettre de ce ministre du 23 mars dernier[2]. »

Lecture d'une proclamation du Roi sur un décret du 9 avril, relatif à l'achat des biens ecclésiastiques par les municipalités[3].

Au président du Comité de Constitution, « accompagnant l'envoi d'une délibération de la municipalité des Jonquières[4], dép[t] de Neufchâtel, relativement aux impositions

1. Bretteville, él. de Montivilliers ; c. de Goderville, arr. du Havre.
2. Voir la séance du 3 avril.
3. La Proclamation du Roi est du 25 avril (*Coll. décrets*), II, 261).
4. Saint-Pierre-des-Jonquières, él. d'Eu ; — c. Londinières, arr. de Neufchâtel.

de 1790 et à des arrêtés pris par cette municipalité tendant à ce que le rôle soit fait dans la forme précédente, et à ce qu'il y soit sursis jusqu'à ce que le district soit établi, etc. ».

Au B. de Caudebec : « renvoi de requêtes de plusieurs officiers municipaux, notables et habitants d'Ingouville[1] contre le maire et autres officiers municipaux qui ont arrêté le rôle des impositions de 1790. »

Au B. de Rouen : renvoi d'une requête d'un particulier au sujet du dommage éprouvé en 1766 et 1767 par la construction de la route de Canteleu[2]. — Réponse : lui proposer un arrangement.

Au B. de Caudebec : renvoi d'une requête.

Au B. d'Arques : la C^on a pris le parti de faire passer directement aux grandes municipalités les décrets de l'Assemblée Nationale.

Mandats.

Lecture et transcription de lettres-patentes. Lecture d'une proclamation du Roi sur un décret de l'Assemblée Nationale du 29 avril concernant les insurrections arrivées dans le pays de Caux et les délibérations prises par quelques municipalités relativement au prix des grains et à leur circulation, adressée à la C^on le 7 du présent[3]. »

Au président du Comité de Constitution, accompagnant un mémoire adressé à la C^on. « On prie ce président de

---

1. Ingouville, él. de Caudebec ; — c. de Saint-Valery, arr. d'Yvetot.

2. Canteleu, él. de Rouen ; — c de Maromme, arr. de Rouen.

3. Ce décret du 29 avril, sanctionné le 2 mai, déclarait attentatoires à la liberté publique et à l'autorité de ses décrets annulait toutes délibérations prises par plusieurs municipalités pour obliger les laboureurs à fournir du blé à un prix inférieur au prix courant et pour interdire la circulation des grains dans le royaume. Le Roi devait être supplié de donner des ordres pour procurer les subsistances nécessaires à Dieppe et au pays de Caux ; — de procurer aux municipalités les moyens suffisans pour rétablir la tranquilité et prévenir de nouveaux désordres ; d'enjoindre aux municipalités de veiller exactement à la pleine et entière exécution des décrets concernant les subsistances, et faire procéder à la recherche et punition de ceux qui, au mépris de ces mêmes décrets, s'opposeraient à la libre circulation des grains dans le royaume (*Coll. décrets*, II, 321, 322).

vouloir bien décider les questions suivantes : si les membres d'une municipalité peuvent recevoir les plaintes faites contre un de leurs membres qui trouble l'ordre public, ou si c'est un des membres qui est insulté qui doit également renvoyer la plainte. »

Lettres à écrire :

Mandats, ordonnances finales.

Au B. de Caudebec, qu'il fasse former les rôles de la contribution patriotique.

Au sieur Félix, receveur particulier des finances à Eu : « que suivant l'art. 7 de l'Instruction du 21 mars dernier le recouvrement des rôles des Vingtièmes a été en effet réuni à la collecte des impositions ordinaires, mais dans le cas seulement où le préposé qui avait été indiqué pour 1790 ne voudrait pas s'en charger. »

10 mai 1790.

Présents : MM. de Goyon, de St-Gervais, Gueudry, d'Herbouville.

Lecture de lettres patentes.

Au B. de Pont-Audemer « les officiers municipaux de Ste-Opportune[1] sont mal fondés à exiger le maintien du greffier en fonctions. Celui-ci peut se retirer quand bon lui semble ».

Au B. d'Arques au sujet de la banalité de moulin réclamée au sieur X... Le B. fera connaître que par l'art. 23 du décret de l'Assemblée Nationale du 15 mars dernier[2] les banalités sont supprimées.

Au même, accompagnant le mémoire du procureur de la commune de St-Mards[3] demandant que le maire soit tenu de lui communiquer les papiers qu'il reçoit concer-

---

1. Sainte-Opportune, él. de Pont-Audemer — c. de Quillebeuf, arr. de Pont-Audemer.

2. Décret général concernant les droits féodaux supprimés sans indemnité et ceux déclarés rachetables (*Coll. décrets*, II, 182 sq.).

3. St-Mards, él. d'Arques : — c. de Bacqueville, arr. de Dieppe.

nant la municipalité. Prière au B. de faire connaître à ce maire qu'il ne peut se refuser à la demande du procureur. »

Au même, en réponse à un mémoire de la municipalité de Bracquemont[1] sur l'exemption d'impôt des terres nouvellement défrichées.

Au B. de Montivilliers : renvoi d'une lettre des officiers municipaux d'Harfleur[2] relative au pont de leur ville.

Au B. de Neufchâtel : la paroisse des Jonquières est mal fondée à différer de faire son rôle d'impositions de 1790 jusqu'à la formation du district.

Lettres à écrire : renvoi de requêtes, mémoires, ordonnances finales, etc.

12 mai 1790.

Présents : les mêmes.

Au président de l'Assemblée Nationale, accompagnant la requête d'un particulier réclamant le paiement d'un quartier de ses honoraires affecté sur la dîme de la paroisse de Fréville en Caux[3].

Au C. G. : envoi d'un bordereau de rôles de la contribution patriotique.

Au B. d'Évreux : refus d'une gratification pour son secrétaire.

Au B. d'Arques : écrire à la municipalité de Neuville-le-Pollet[4] et à celle de Dieppe, au sujet d'une contestation de territoire.

Délibéré : le chapelain royal de la paroisse de Fréville est autorisé de recevoir du fermier de la dîme le paiement d'un quartier de son traitement annuel.

Au C. G. Observations sur un projet d'Instructions adressées à la C^{on} pour être envoyées aux municipalités.

1. Bracquemont, él. d'Arques : — c. et arr. de Dieppe.
2. Harfleur ; v. page 113.
3. Fréville-en-Caux, él. de Caudebec ; — c. de Pavilly, arr. de Rouen.
4. Neuville-le-Pollet, él. d'Arques ; — c. et arr. de Dieppe.

Au même : le département des impositions de 1790 pour l'Élection de Rouen est entièrement fini ; les mandements seront envoyés incessamment.

Au Président de l'Assemblée Nationale, accompagnant deux requêtes de particuliers se plaignant « de ce que les Élus de Pont-de-l'Arche les obligent de plaider dispendieusement devant eux ».

Affaires diverses.

Lettres à écrire :

A M. de Villemont, grand prévôt de la maréchaussée, pour le prier d'envoyer samedi prochain à Ry[1] pour maintenir l'ordre dans la halle et en imposer aux mutins qui fixent le blé dans cette halle.

Au B. de Caudebec : la C^{on} approuvera que tous les habitants d'une paroisse supportent les frais faits pour son approvisionnement en blé.

Aux P.-S. du dép^t de Rouen « S. M. autorise la C^{on} à assigner 20.000 L. sur l'Élection de Rouen sur les 27.000 L. accordées à la province en moins-imposé 1789, et autorise l'intendant à délivrer 30.000 L. tant sur l'exercice 1787 que 1788 des fonds libres, et 20.000 L. sur les fonds variables de l'exercice 1788, qui avec 5.000 L. que la C^{on} délivrera en un mandat de l'exercice 1789 formeront la somme de 80.000 L. accordée à cette Élection par S: M. »

Au B. de Pont-Audemer, sur le retard apporté dans la confection des rôles de la contribution patriotique dans la ville de Pont-Audemer. Il provient, suivant les officiers municipaux, de ce que « plusieurs particuliers présentent pour leur contribution des créances à exercer sur l'État. »

Au B. d'Andely. La C^{on} a obtenu 360 L. pour le cours d'accouchement. « Ce Bureau peut engager M. le démonstrateur d'ouvrir le cours. »

Au B. de Pont-Audemer relativement à une lettre du

---

1. Ry, él. de Rouen ; — c. de Darnétal, arr. de Rouen.

procureur-syndic de la commune de S*-Mars, au sujet des personnes étrangères qui passent sans passeport. Lui marquer que ce dernier peut toujours demander des passe-ports aux personnes qui lui paraîtront suspectes, le tout avec beaucoup de prudence et de sagesse. »

20 mai 1790.

Présents : les mêmes.

Au C. G. : lettre accompagnant le procès-verbal de l'incendie d'une maison.

Au B. de Pont-l'Évêque : rejet d'une requête des officiers municipaux d'Honfleur (décharge des non-valeurs de la capitation, 1788).

Aux officiers municipaux du Manoir[1], au sujet de la situa-tion de bois contestés : ces bois doivent être provisoire-ment compris dans le rôle de la paroisse de Pîtres[2].

Au B. de Gisors : Comment doivent être imposés les bois de haute-futaie.

Au B. d'Arques : « M. le m[is] d'Herbouville avait fait proposer à la municipalité de Gueures[3] d'y envoyer un détachement de dragons, ainsi qu'à celle d'Auffay[4] qui ayant refusé, doivent s'imputer à elles-mêmes si l'ordre n'est pas rétabli dans leur canton. »

Au même : renvoi d'une requête.

Aux B. de Neufchâtel et de Caudebec ; idem.

Au comte de Caumont, en réponse à la même, relative à l'imposition de 1790. Renseignements fournis.

Lecture de lettres-patentes.

Accusés de réception, mandats, etc.

Lettres à écrire.

1. Le Manoir, él. de Pont-de-l'Arche ; — c. de Pont-de-l'Arche, arr. de Louviers.
2. Pîtres ; v. page.
3. Gueures, él. d'Arques ; — c. de Bacqueville, arr. de Dieppe.
4. Auffay ; él. d'Arques ; — c. de Bacqueville, arr. de Dieppe.

Au C. G. : « accusé de réception du mémoire du ministre adressé à l'Assemblée Nationale sur la répartition des impositions de 1790 et sur la confection des rôles. On informe en même temps le Ministre que la principale cause qui arrête en ce moment la confection des rôles de plusieurs paroisses tient, comme ce ministre l'a observé, à l'organisation des municipalités. »

Au même ; « mémoire des frais occasionnés par des journées de cavaliers de maréchaussée qui ont été envoyés dans différents marchés du pays de Caux pour y maintenir le bon ordre ». Prière de procurer à la C⁰ⁿ l'autorisation nécessaire pour payer cette dépense sur les fonds libres de la présente année 1790.

Au B. d'Arques « en réponse aux abus qu'il dénonce et aux délits qui se commettent dans les bois et forêts. On lui observe que les bois sont sous la sauvegarde des municipalités qui en répondent, et que c'est à elles d'y veiller d'après les décrets de l'Assemblée Nationale, l'un du mois de décembre dernier, l'autre du 18 mars[1] ».

Lettres à écrire par les P.-S.

A l'intendant : pour qu'il enjoigne au sieur Martin, ancien syndic de la municipalité de Maulevrier[2], de remettre aux mains du collecteur choisi par cette municipalité les rôles des impositions.

Au B. de Pont-l'Évêque : pour qu'il écrive au procureur du roi de l'Élection de Pont-l'Évêque « de vouloir bien contraindre dans les formes ordinaires les paroisses qui n'ont pas déposé leurs rôles ou omis leurs impositions, d'y satisfaire ».

Au même : la C⁰ⁿ s'en rapporte à ce B. pour infliger une punition à un cantonnier qui a prévariqué.

1. Lettres-patentes du Roi sur un décret de l'Assemblée nationale concernant les délits qui se commettent dans les forêts et bois (*Coll. décrets* I, 106), sur un décret concernant la conservation des forêts et bois domaniaux ecclésiastiques (*ibid.*, II, 208).

2. Le Maulevrier, él. de Caudebec ; — c. de Caudebec, arr. d'Yvetot.

Au B. d'Andely : convocation d'une assemblée de paroisse à Rozai[1] pour consentir ou contredire un emprunt demandé sur les fonds de la fabrique.

Au B. de Rouen : « la C^{on} a autorisé la municipalité de Fréquenne[2] de prélever la somme de 300 L. sur les deniers de la fabrique du trésorier de cette paroisse pour être employée au soulagement des pauvres ».

Affaires diverses.

27 mai 1790.

Présents : les mêmes.

Lecture de lettres-patentes.

Au C. G. : relativement à la contribution patriotique.

Aux Bureaux : devis d'ouvrages neufs.

Aux B. de Gisors, relativement à une signification qui lui a été faite par le P.-S. du district de Chaumont. On observe par cette lettre à ce B. que le dép^t de l'Oise étant formé[3], ses fonctions doivent cesser pour tout ce qui peut être de ce dép^t. En conséquence on lui envoie un état des paroisses qui dépendent de son arrondissement dans le dép^t de l'Eure et un autre pour les paroisses qui doivent composer celui de la Seine-Inférieure. On lui envoie en même temps les devis et détails des travaux ordonnés d'après l'autorisation du Conseil, mais on le prie d'en différer l'adjudication jusqu'à ce qu'on ait reconnu les districts dans lesquels les travaux peuvent avoir lieu. »

A M. de la Millière : relativement à la notification faite au B. de Gisors par le district de Chaumont, qu'il entendait régir et administrer sous l'autorité dudit dép^t tous les

---

1. Rozay, él. d'Andely ; — c. de Lyons, arr. des Andelys.

2. Fréquenne (aujourd'hui Fresquienne), él. de Rouen ; — c. de Pavilly, arr. de Rouen.

3. Un décret du 7 février 1790 avait formé le département appelé alors « du Beauvaisis ». Un de ses districts, celui de Chaumont, avait été détaché de la Généralité de Rouen, *Coll. gén. des décrets*, II, 92-93 ; cf. le décret général du 25 février, *ibid.* 149).

travaux publics qui se trouvaient dans son arrondissement. »

Au même : au sujet des prétentions des municipalités
de Ressons [1] et d'Auteuil [2] d'imposer toutes deux un bois
appartenant à l'abbaye de Ressons.

Au B. de Pont-Audemer : « faire savoir à la municipalité d'Ecaquelon [3] qu'il ne peut être diverti aucuns deniers
de la fabrique pour subvenir aux pauvres, sans le consentement général de la paroisse ; par quoi il est nécessaire
qu'elle soit convoquée dans la forme ordinaire.

Lettres à écrire.

A la municipalité de Cailly [4] : « relativement à l'insubordination qui a eu lieu dans sa halle ; lui marquer qu'elle
sera personnellement garante des désordres qui pourront
se commettre, vu qu'elle peut employer l'autorité qui lui
est confiée. »

Aux Bureaux : envoi d'exemplaires du mémoire adressé
à l'Assemblée nationale par M. Lambert sur la répartition
des impositions de 1790 ; leur annoncer que l'Assemblée
a décrété le 15 de ce mois que les municipalités qui n'auraient pas procédé à la confection de leurs rôles des impositions ordinaires de 1790, seront tenues de les terminer
dans le délai de 15 jours [5].

Envoi d'états et de pièces.

1. Ressons, él. de Chaumont ; — c. de Noailles, arr. de Beauvais.
2. Auteuil, él. de Beauvais ; — c. d'Auneuil, arr. de Beauvais.
3. Ecaquelon, él. de Pont-Audemer ; — c. de Montfort, arr. de Pont-
Audemer.
4. Cailly, él. de Rouen ; — c. de Clères, arr. de Rouen.
5. M. Lambert, contrôleur-général, avait adressé à l'Assemblée un rapport
sur la répartition des impositions de 1790. Il fut imprimé, mais ajourné
(procès-verbal de l'Ass. nat. 11 mai 1790). De même furent ajournés les
dix premiers articles d'un projet de décret concernant la confection des
rôles (ibid., 15 mai 1790). Le décret du 15 mai, dont il est ici question,
obligeait en outre les administrateurs et autres officiers de vérifier les
rôles et de les rendre exécutoires, sous peine de demeurer responsables du
retard qu'éprouverait le recouvrement des impositions (Coll. des décrets
II, 397).

1er juin 1790.

Présents : les mêmes.

Lecture d'une proclamation du Roi pour le rétablissement de la tranquillité et du bon ordre[1].

Au C. G. : questions posées sur les impositions.

Au même : sur le refus de la ville d'Honfleur de faire les rôles pour les six derniers mois de 1789. Quelle voie prendre pour contraindre cette ville à faire son rôle?

Au même, le priant « de demander au président de l'Assemblée nationale un mémoire relativement à une sentence rendue par l'Élection de Pont-de-l'Arche pour obliger deux particuliers à plaider à ce siège, au lieu de les renvoyer par devant la C^{on}, comme ils le demandaient ».

Aux B. de Rouen, accompagnant requêtes et pièces concernant une imposition de 1.195 l. 18 s., 4 d. sur les habitants de Maromme... Un arrêt du Conseil sera nécessaire. Avis du B. demandé.

A plusieurs maires : Le B. de Pont-l'Évêque agit sagement en refusant de délivrer aux susdits les copies collationnées de tout ce qui a rapport aux impositions sans une autorisation de la C^{on}, qu'elle refuse formellement de donner ».

Mandats.

Lettres à écrire : envoi de requêtes et d'états.

2 juin 1790.

Présents : les mêmes.

A M. Necker : secours demandés au gouvernement en faveur d'une institution de sourds-muets formée depuis plusieurs années à Rouen par M. Huby, chapelain de

---

1. Proclamation du Roi pour le rétablissement de la tranquillité... (Arch. nat. K 2433). L'Assemblée décrète qu'il serait envoyé au Roi une députation pour le remercier (*Coll. gén.* II, 474, 29 mai 1790).

l'Hôpital G^al. Demande d'un traitement de 1.000 à 1.200 livres [1].

Au même : « l'Intendant n'a pu délivrer à la C^on l'ordonnance de 15.000 L. sur les fonds de l'exercice 1787 pour former les 80.000 L. accordées à la ville de Rouen, parce que les fonds de cet exercice sont entièrement consommés. En conséquence, on le prie de vouloir bien remplir cette somme sur d'autres fonds. »

Au B. de Neufchâtel : mandats. Lettre relative à la municipalité de la Jonquaire qui prétendait retarder son rôle jusqu'à la formation du nouveau dép^t. Lui faire observer qu'elle agit formellement contre le décret de l'Assemblée.

Au B. d'Arques : au sujet d'un officier municipal qui demande à donner sa démission. Le prier de continuer ses fonctions.

Envoi de requêtes et de mandats.

A M. de Guibert, commandant le régiment de Dragons-Dauphin. « Le B. d'Arques et plusieurs mairies du pays de Caux demandent que le détachement qui est dans le pays y reste jusqu'après la récolte ».

Lettres à écrire.

Envoi de mandats, renvoi de requêtes.

10 juin 1790.

Présents : les mêmes.

Au C. G., relativement à la municipalité de St-Riquier [2], dans laquelle il n'a été fait aucune contribution patriotique. Que faut-il faire ?

Au même, au sujet d'une somme de 3.139 l. 9 d.,

---

1. M. Huby, chapelain de l'Hôpital Général, élève de l'abbé de l'Epée, s'était occupé de l'instruction des sourds-muets. La Commission sollicita pour lui un traitement annuel ; Necker, par une lettre du 12 juillet 1790, lui accorda 1200 L. (*Rapp.*, p. 148).

2. St-Riquier-en-Rivière, c. de Blangy, arr. de Neufchâtel, ou St-Riquier-ès-plains, c. de St-Valery.

demandée à la C^{on} pour frais de casernement dans le bourg de Darnétal. Sur quels fonds l'acquitter?

Lecture de lettres-patentes.

Au B. de Neufchâtel : sur la réclamation d'un particulier au sujet de l'imposition des six derniers mois de 1789. Elle est reconnue fondée.

A divers bureaux : affaires locales.

Délibéré : lettre au B. d'Andely accompagnant une autre de la municipalité du Vaudreuil[1], relativement au recouvrement des Vingtièmes que l'ancien syndic refuse de faire. Lui faire savoir qu'il doit continuer le recouvrement, et que c'est à lui que le receveur s'adressera.

A M. Aviat, receveur particulier des finances, demandant quelle peut être la voie à prendre pour le recouvrement des impositions en rachat de corvée. « La C^{on} lui marque qu'elle pense que la voie des garnisaires est la meilleure ».

Envoi de mandats, requêtes, etc.

16 juin 1790.

Présents : les mêmes.

Au B. de Neufchâtel : renvoi de requêtes ; envoi de mandats.

Délibéré au sujet d'une indemnité réclamée par un propriétaire. Rejet : les travaux ayant été faits en 1766 et 1767[2].

Au B. de Pont-Audemer « pour le prier d'engager M. le procureur du roi de l'Élection à envoyer la copie des rôles des six derniers mois de 1789 qu'il peut avoir, et de contraindre les municipalités qui n'ont point encore fait de rôles, à les fournir d'après la Déclaration du 14 octobre dernier ».

---

1. Le Vaudreuil, él. de Pont-de-l'Arche ; — N.-D.-du-Vaudreuil, c. de Pont-de-l'Arche, arr. de Louviers.

2. Il s'agissait de terrains enlevés pour la route de Rouen à Canteleu Or, « avant 1774 on ne connaissait point les indemnités de terrains » *Rapp. C. i.*, p. 48).

17 juin 1790.

Présents : les mêmes.

Au C. G., relativement à un incendie.

Aux B. de Gisors : « délibéré par lequel il est enjoint au sieur Leblanc de remettre dans trois jours de la notification du présent le rôle de la municipalité de Puchai [1] au collecteur de la paroisse, moyennant la somme de 24 l., 4 s., montant des 2 deniers pour livre de l'imposition, année présente, pour la confection dudit rôle, et que, faute par lui de le faire, il demeurera personnellement garant des deniers royaux ».

Circulaire aux B. : « pour les prier d'envoyer le plus tôt possible à la C^{on} un état des paroisses et communautés qui composent chaque dép^t., avec les sommes que chacune d'elle doit payer pour leur marc la livre de l'impôt des chemins ».

Mandats.

Arrêté d'écrire au B. de Rouen une lettre accompagnant la requête d'un fermier.

A Necker : envoi de deux mémoires d'un fabricant de cette ville sur la filature du lin et l'apprêt des soies [2].

Lettres à écrire par les P. S. P.

Envoi de mandats, ordonnances finales, renvoi de requêtes.

Accusé de réception de lettres-patentes.

23 juin 1790.

Présents : les mêmes.

Au B. d'Arques. Le curé de St-Crespin [3] a fait une

1. Puchay, él. de Lyons ; — c. d'Etrepagny, arr. des Andelys.

2 La C^{on}, dans sa lettre, approuvait ce mémoire sur la filature du lin, car, disait-elle, « la filature de coton ne soutiendra jamais la concurrence de nos voisins, tant que nos préjugés contre les machines subsisteront. » (Reg. corr.)

3. Saint-Crespin, él. d'Arques ; — c. de Longueville, arr. de Dieppe.

remise des dîmes aux habitants. Quel emploi en faire ?
Réponse : « se conformer à l'art. 6 du décret du 17 de ce
mois qui porte que les municipalités seront tenues de surveiller soit la perception des dîmes, soit l'administration
des biens nationaux, chacune dans leur territoire [1]. »

Mandats.

Approbation d'un arrêté du conseil général de la commune de Rouen du 14 concernant la suppression des droits
de coutume, poids, contrôle et parisis, du poids de la
vicomté de Rouen, etc., vu l'art. 21 des lettres-patentes du
28 mars dernier [2].

Arrêté d'écrire.

A M. Lambert, Contrôleur G^{al}., sur une omission commise dans une lettre.

A la municipalité de Clerbec [3], sur sa requête, tendant
à être autorisée de substituer dans l'église des chaises à
la place de bancs et d'en payer les frais. Elle devra convoquer une assemblée de paroisse à l'effet de délibérer
sur cette demande.

Au B. de Gisors : il ne doit compte qu'à la C. I. et non
à M. le Président de la Seine et de l'Oise [4]. En conséquence, envoi au Contrôleur G^{al} de la lettre que ce président a écrite au B. de Gisors.

Lettres à écrire par les P. S. P.

Aux officiers municipaux de Ry : « pour leur annoncer
qu'ils sont en droit de requérir la force publique toutes les

---

1. Décret du 18 juin (sanctionné le 23) qui ordonne le paiement de la
dîme pour l'année 1790 et celui des redevances foncières en nature non
supprimées jusqu'au rachat (*Coll. des décrets*, III, 94).

2. Décret concernant les droits féodaux supprimés sans indemnité,
art. 21 : « le mesurage et poids des farines, grains, denrées et marchandises dans les maisons particulières sera libre dans toute l'étendue du
royaume » (*Coll. des décrets* II),

3. Clerbec (ou Clarbec), él. de Pont-l'Evêque ; — c. et arr. de Pont-
l'Evêque.

4. Plusieurs municipalités de l'ancien département de Gisors, entre
autres celles de l'élection de Magny, avaient été attribuées au département dit de la Seine et de l'Oise, formé par décret du 27 janvier 1790.

fois qu'ils en auront besoin. En conséquence, la C^on écrit à M. de Villemont, commandant la maréchaussée à Rouen, d'envoyer des cavaliers à Ry pour y maintenir le bon ordre à la halle prochaine. »

Même lettre au B. d'Arques pour la municipalité des Grande-Ventes [1].

1er juillet 1790.

Présents : les mêmes.

A la municipalité de Varengeville-sur mer [2]. Elle peut, aux termes d'un décret du 18 juin, affermer ou faire exploiter les dîmes de M. l'abbé de Conches qui refuse de s'en charger, son bail étant expiré.

Délibéré, par lequel la C^on autorise l'abbesse de Bondeville [3] de toucher des fermiers redevables à ladite abbaye, provisoirement et jusqu'à concurrence de 4.000 L. et, faute par eux d'y satisfaire, ils y seront contraints « par toutes voies dues et raisonnables ».

Au directeur des Domaines, relativement aux bois de l'abbaye de St Ouen de Rouen [4].

Au B. d'Arques : « la municipalité d'Etran [5] peut et doit, 1° régir les biens attachés au bénéfice-cure de cette paroisse, ou les louer pour une année seulement ; 2° conjointement avec celle de Varengeville louer les dîmes ou les vendre par adjudication, à la charge d'en compter au directoire du district ».

Mandats : 10 l., 4 sous au profit d'un boucher à Richeville [6] pour les 24 livres de viande à 8 sous 6 d. qu'il

1. Grandes-Ventes, él. d'Arques ; c. de Bellencombre, arr. de Dieppe.
2. Varengeville-sur-Mer, él. d'Arques ; — c. d'Offranville, arr. de Dieppe.
3. Bondeville (Notre-Dame de), él. de Rouen ; — c. de Maromme. arr. de Rouen.
4. L'abbaye de St-Ouen, à Rouen, déclarait un revenu de 55.000 Livres. Son dernier abbé fut l'archevêque de Sens, Loménie de Brienne.
5. Etran, él. d'Arques, réunie à Martin-Eglise, c. et arr. de Dieppe.
6. Richeville, él. Gisors ; — c. d'Etrepagny. arr. des Andelys.

a livrée pour les pauvres malades de la paroisse de Richeville.

Au Président du Comité de Constitution. Envoi de la
réquisition de la municipalité de Fongueusemare[1]... « relativement à une ferme dépendante de l'abbaye du Valasse[2],
à l'aménagement de laquelle il est urgent de pourvoir
ainsi qu'au recouvrement des fermages ».

Au B. d'Arques : le fermier général de la grosse dîme
de l'abbaye de Conches s'est proposé pour vendre les
dîmes de Varengeville, dépendantes de ladite abbaye.

Délibéré sur plusieurs requêtes.

Lettres à écrire.

Pièces à envoyer, renvoi de requêtes.

A l'intendant, pièces relatives à la contestation élevée
par les agents de M. le duc d'Orléans contre l'adjudicataire des travaux des routes du dép[t] de Pont-l'Évêque.

A Necker : rappel d'une lettre au sujet d'une institution
de sourds-muets.

8 juillet 1790.

Présents : les mêmes.

Au B. de Caudebec, accompagnant un mémoire adressé
à la C[on] par les officiers municipaux de Cleuville[3] concernant les dîmes. Conformément au décret de l'Assemblée
nationale du 18 juin sanctionné le 23, les redevables de la
dîme, tant ecclésiastique qu'inféodée, sont tenus de la
payer à qui de droit. Ainsi l'abbaye de Baubec[4] et le curé
de Cleuville sont fondés à la percevoir, comme précédemment. « S'ils négligeaient leurs droits à cet égard,

---

1. Fongueusemare, él. de Montivilliers ; — c. de Criquetot, arr. du
Havre.

2. Le Valasse, él. de Montivilliers ; aujourd'hui Gruchet-le-Valasse, c. de
Bolbec, arr. du Hâvre.

3. Cleuville, él, de Caudebec ; — c. d'Ourville, arr. d'Yvetot.

4. Beaubec-la-Rosière, él. de Neufchâtel ; — c. de Forges, arr. de Neufchâtel.

alors la municipalité, aux termes de l'art. 6 des mêmes
lettres-patentes, serait tenue de régir la dîme. »

A M. Lambert : sommes à accorder sur les fonds libres
de la capitation pour journées et vacations de cavaliers de
la maréchaussée envoyés en différents endroits.

Mandats.

Lectures de lettres-patentes.

Lettres à écrire.

Aux p.-s. du dép‹ de Rouen : remplacement du collecteur de Duclair.

12 juillet 1790.

Présents : MM. de Goyon, Gueudry, d'Herbouville.

A M. de la Millière : expédition de pièces.

Au C. G. : envoi des frais d'administration de l'assemblée
provinciale de Haute-Normandie, pour 1789 [1].

Délibéré sur une requête adressée par le procureur d'une
commune et plusieurs habitants tendant à ce qu'il fût fait
un nouveau rôle d'impositions. La C‹ decide que le rôle
arrêté par la municipalité sera exécuté, et que le collecteur
sera tenu de s'en charger.

Lettres à écrire :

Envoi de rôles, mandats.

17 juillet 1790.

Présents : les mêmes.

« La C‹, vu la requête des religieux Carmes de la ville
de Rouen [2], et considérant qu'il est essentiel de pourvoir
à leur subsistance, a délibéré qu'ils sont autorisés de recevoir des personnes qui leur sont redevables en qualité de
locataires fieffataires et autres jusqu'à la concurrence de

1. Ces frais d'administration se montaient à 95.286 l. 8 s.
2. Les Carmes avaient un monastère situé dans le centre de Rouen; une
rue rappelle leur nom. Le décret du 13 février 1790, qui supprimait les
communautés religieuses, accordait des pensions aux membres de ces
communautés (Coll. des décrets, II, 116).

la somme de 2.053 l, 10 s, dont ils compteront sur les pensions qui leur sont accordées. »

Au procureur-général-syndic du dép[t] de l'Oise : M. Niel, secrétaire du dép[t] de la Seine-Inférieure, est nommé pour faire la remise des pièces qui concernent le dép[t] de l'Oise.

Mandats.

19 juillet 1790.

Présents : les mêmes.

Au B. de Neufchâtel. — Envoi d'un exemplaire de l'Instruction adressée par ordre du roi au Directoire du dép[t] de l'Oise. « On le prie de s'abstenir de toutes fonctions relativement aux paroisses qui entrent dans ledit département. On le prie en outre de faire un inventaire de toute correspondance relative auxdites paroisses, pour en opérer la remise aux directoires de qui ces paroisses dépendent. »

A M. Lambert. Accusé de réception d'Instructions. On se conformera à sa lettre pour la remise des papiers aux différents départements qu'ils concerneront.

Au B. d'Andely. — La C[on] croit le curé de Neuville-sous-Farceaux[2] fondé à poursuivre son fermier pour les termes échus...

Au procureur général-syndic de Seine-et-l'Oise. On l'informe que M. Niel, secrétaire provincial et du dép[t] de la Seine-Inférieure, a été délégué pour opérer la remise des papiers qui peuvent concerner celui de la Seine et l'Oise.

1. « Du jour où les administrations de département et de district seront formées, les États provinciaux, les Assemblées provinciales et les assemblées inférieures qui existent actuellement demeureront supprimés et cesseront entièrement leurs fonctions. » (Lettres-patentes du Roi sur le décret de l'Assemblée nationale pour la constitution des assemblées primaires et des assemblées administratives. janv. 1790, section III, 8 ; *Coll. des décrets* 1, 186.)

« Il sera pourvu à ce que tous les papiers et renseignements nécessaires leur soient remis (aux administrations de département et de district) et à ce que le compte de la situation de leurs départements respectifs leur soit rendu. » (*Instruction de l'Assemblée nationale* du 8 janvier 1790, *ibid.* 1, 222.)

2. Neuville-sous-Farceaux, él. d'Andely ; — c. d'Étrepagny, arr. des Andelys.

·Mandats. ·

Au B. de Gisors : sur une omission de cotes dans les rôles des impositions de 1790.

Lettres à écrire.

Envoi de mandats, de rôles de répartition ; renvoi de rôles rendus exécutoires de l'imposition pour les chemins 1789. Renvoi de requêtes.

Au procureur général-syndic du dép[t] du Calvados, relativement à la remise des pièces qui peuvent concerner les paroisses qui entrent dans ce dép[t].

Au sieur Emo, de la paroisse d'Ectot : lui mander « qu'il est on ne peut plus intéressant de faire cesser les troubles qui depuis longtemps divisent cette paroisse ; qu'en conséquence le directoire du dép[t] projette de prendre cette affaire en considération ». Lui envoyer sans délai toutes les pièces qui lui ont été remises.

Au B. d'Andely, sur requête d'une municipalité.

Mandats.

Envoi aux B. des exemplaires des Instructions adressées par le Ministre à la C[on] et au directoire du dép[t] de la Seine-Inférieure. On lui marque en même temps que la C[on] a été prévenue qu'à dater de leur réception elle devait cesser toutes fonctions d'administration et s'occuper seulement de la remise des papiers à ses successeurs. Par quoi elle prie lesdits bureaux de déléguer leurs procureurs-syndics pour faire cette remise aux mains du procureur-syndic des districts qui sont à cet effet délégués.

Vu, le 18 avril 1910.

Le Doyen de la Faculté des Lettres
de l'Université de Paris,
A. CROISET.

VU ET PERMIS D'IMPRIMER :
Le Vice-recteur de l'Académie de Paris.
Pour le Vice-recteur,
l'Inspecteur de l'Académie,
FRINGNET.

TABLE ALPHABÉTIQUE

C

Cachin, 44, 48, 49, 52, 53.

Caen, 3, 14, 93 n.

Cahier de la ville de Dieppe, 98.

— de doléances du bailliage du Cotentin, 12 n.

Caillou (extraction de), 83, 88, 128, 162, 164.

Cailly, 196.

Calonne (la), rivière, 27.

Calvados, 206.

Canteleu (village), 189.

Canteleu (Le Couteulx de). Voir Le Couteulx.

Cantonniers, XXXVIII, XXXIX, 15, 16, 22, 24, 25, 29, 35, 37, 54, 88, 94, 95, 96, 101, 106, 125, 129, 135, 164.

Cany, 167.

Capitation XXIX, 5 n. 6 n.

— des nobles, employés, privilégiés, 43, 55, 84, 85, 86, 93, 97, 100, 104, 106, 112.

— des non-taillables, ou des villes franches, 80, 102, 110, 111, 123, 135.

— bourgeoise de Rouen, 31, 32, 44, 47, 67, 68, 72, 94, 100, 106, 112, 135.

— du Havre, 59.

— (fonds libres, fonds variables de la), Voir fonds libres, fonds variables.

Carmes de Rouen, 204.

Carville, 106, 180.

Casernements, 64, 95, 110. 112, 122, 129, 138.

Catonnerie (de la), 4.

Cauchoise (quartier de), 23, 89, 139.

Caudebec, X, 122 172, 178.

Caudebec-les-Elbeuf, 41.

Caule, 46.

Caux (pays de), 136, 174, 181, 198.

Chambois (comte de), 102.

Chambre de Commerce de Normandie, 12, 18, 66, 109.

Chambre des Comptes. Voir Cour des Aides.

Chambre ecclésiastique, 136, 147.

Champart (droit de), 144.

Chapitre d'Évreux, 144, 149.

— de Gournay, 4.

Charleval, 100.

Chatelet (duc du), 8.

Chaumont, X, 105, 195.

Chaussy, 65.

Cimetières des non catholiques, XLI, XLII, 31, 34.

Circulation des grains. Voir Subsistances.

Civières, 173, 177.

Cléon, 89.

Clerbec, 201.

Clercs de paroisse, 90.

Clérembray, XVII n, XVIII n.

Clermont en Beauvaisis, 174.

Cleuville, 203.

Clochers (réparation de), 45, 72, n., 98.

Coigny (duc de), 8.

Collecte, collecteurs, XXVII, XXVIII, XXIX, XXXI, 39, 42, 46, 47, 50, 61, 62 n, 65, 70, 72, 76, 78, 86, 88, 105, 106, 127 n, 130, 131, 133, 147, 148, 155, 156, 159, 161, 168, 173, 178, 179, 188, 194, 200, 204.

Comité de Constitution, 183, 188, 203.

Comité des Domaines, 176.

Comité ecclésiastique, 161.

Commerce (mémoire sur le), 6.

— (dépérissement du), 158 n.

Commis aux gabelles, 7.

Commissaires des routes, 19, 22, 40.

Commissaires du roi pour la formation des départements, 170, 171, 178.

Commissaires du roi pour le rétablissement des perceptions publiques, 165.

Commission intermédiaire d'Alençon (ou de moyenne Normandie), 8, 33, 40, 59, 75 n, 100.

Commission intermédiaire d'Amiens, 3.

Commission intermédiaire de Caen, 75 n.

Commission intermédiaire d'Ile-de-France, 45.

Commission intermédiaire de Lorraine, 116.

Communautés d'arts et métiers de Normandie, 65, 135.

Communautés d'arts et métiers de Rouen, 44, 47, 50, 55, 57, 71, 92, 94, 106, 135, 165.

Commune de Paris. Voir Paris.

Communes. Voir Biens communaux.

Conches (abbaye de), 203.

Conducteurs des ponts et chaussées, XXXVIII, XXXIX, 22, 24, 29, 97, 99, 105, 183.

ÉVREUX, IMPRIMERIE PAUL HÉRISSEY

www.ingramcontent.com/pod-product-compliance
Lightning Source LLC
Chambersburg PA
CBHW071827020726
47502CB00004B/1261